Émilie WITWICKI-BARBET

Demain est un autre monde

Tome 2

Les Révoltés

Val Sombre Editions

Soudain les rêves exhalent de vapeurs enivrantes
que la réalité décide de respirer.

Prologue

Depuis toujours, ils étaient deux. Frères, et même jumeaux sans doute, qui aurait pu le dire ? Ils étaient seuls. Uniques. Éternels. Inséparables.

Leur terrain de jeu était l'univers, leurs éclats de rire déclenchaient des tempêtes, des big bang, et chaque jour était semblable au précédent. Sans souci, sans question. Sous le soleil.

Un jour cependant, l'un d'eux en eut assez du néant et décida de créer une planète pour se reposer.

Ainsi naquit la Terre.

L'autre s'acclimata à cette nouvelle vie. Ils étaient ensemble, c'était l'essentiel.

Puis le premier eut envie de rompre la monotonie de l'étendue de terre aride. Il créa la pluie, et les lacs et les mers se constituèrent.

Ils inventèrent tous deux la nage et leurs jeux reprirent.

Mais le premier s'ennuyait. Il décida alors de concevoir un décor varié. Il dessina des tiges qui sortaient de la Terre grâce à l'eau et qui filaient vers le soleil.

Les arbres furent nés. Les jeux se diversifièrent.

Mais le premier s'ennuya de nouveau. Il ne s'amusait plus avec son seul frère et toutes ses créations étaient certes jolies, mais peu utiles pour rompre son ennui. Il lui fallait quelque chose qui puisse bouger, voire penser, mais qui sache aussi se montrer humble devant le Créateur.

L'humanité naquit.

Les frères se déchirèrent.

L'un trouvait son nouveau jouet particulièrement divertissant, l'autre s'en montrait jaloux !

Ainsi le premier fit évoluer l'homme, le second s'évertua à lui créer des ennemis.

Alors que l'homme se redressait et pratiquait la cueillette, le second mit sur sa route des animaux dangereux, qui étaient capables de le dévorer.

Le premier fit à nouveau évoluer son jouet, de manière à ce qu'il puisse se défendre.

Un nouveau jeu fut lancé, qui dura …

Le second inventa la maladie, le premier créa donc la guérison.

Le premier devint une Religion. Le second un Cauchemar.

Alors que le premier faisait évoluer ses personnages sur l'échiquier terrestre, le second tentait toujours de le mettre en échec.

Il conçut les chimères, les sirènes, mais elles étaient trop douces pour se venger de ceux qui lui avaient pris son frère.

Il esquissa des loups-garous, mais ils manquaient cruellement de raison et de rappel.

Les fantômes se révélèrent plutôt comiques, loin de leur fonction première.

L'apocalypse se révéla trop radicale. Il était question de faire rentrer son frère dans le droit chemin, pas d'annihiler purement ses créatures. Il n'aurait jamais pardonné.

Vinrent alors les vampires. Forts, subtils, intelligents, issus de la création même de son frère et donc prompts à l'infiltrer et l'affaiblir.

Mais les vampires ne firent que renforcer le lien entre le Créateur et les créations.

Il les améliora sans cesse, conscient de son pouvoir immense et de la perfection de son œuvre.

Finalement, l'humanité, animal domestique du créateur devenu mégalomane, se mordit la queue, et tua le Créateur en rejetant son culte.

Le Cauchemar, devenu fou de douleur, décida de venger son frère et de lui prouver dans la mort ce qu'il n'avait pas su lui montrer dans la vie.

Il lâcha des hordes de jeunes vampires assoiffés sur le monde, et décida qu'il était temps pour l'Homme de redécouvrir l'humilité.

Chapitre 1
Utopie

Le soleil inondait le lac de reflets brillants, rendant sa surface miroitante. L'été était d'une rare vigueur et les prés alentour étaient plus jaunes que verts. À l'approche de l'eau, cependant, l'air était un peu moins étouffant et l'on sentait l'appel de la fraîcheur de l'onde.

Utopie ôta son pare-poussière de cuir marron, sa chemise et son jean. Ne lui resta plus que ce bandeau sur l'œil, qu'il ne quittait jamais.

Son corps musclé, nu, s'enfonça dans l'eau avec délice. Il y a encore un an, il était interdit de se baigner dans les eaux du lac. Qui s'en souciait aujourd'hui ?

La population n'était plus qu'un souvenir. Le lac, ses abords et sa station hier encore très prisée n'étaient plus qu'un îlot désert sur lequel Utopie et quelques amis avaient élu discrètement domicile.

Ses bras fendaient l'eau d'une brasse dynamique, l'oreille pourtant aux aguets. Les temps étaient tels qu'il fallait savoir ne se détendre qu'à moitié, toujours sur le qui-vive.

— Utopie ! cria une voix sur la berge. J'arrive !!

D'un geste vif, Cayenne ôta ses vêtements à son tour et rejoignit son ami.

— Jamais moyen d'avoir la paix. T'as jamais entendu parler de discrétion ?

Cayenne ne semblait jamais avoir peur ni redouter quelque chose.

— Si les Crocs Rouges étaient dans le coin, je le sentirais… tu n'as rien à craindre.

— Je suis tout nu !

— Oh ! Mais je ne regarderai pas sous l'eau. Je peux bien me baigner aussi. Tu n'avais qu'à garder ton caleçon…

— Et toi !! Tu n'avais qu'à aller nager plus loin.

— Bourreau a dit qu'on devait rester en binôme !

Utopie plongea la tête sous l'eau et resta immergé le plus longtemps possible.

Entrer en guerre pour venir à bout des Crocs Rouges était une chose, mais supporter un binôme à longueur de journée en était une autre.

Cayenne était une chic fille, mais c'était une fille. Elle n'avait pas conscience de son comportement parfois déplacé. Au fond il l'appréciait, mais c'était quand même bien sa veine qu'on lui ait attribué un binôme fille alors que tous les autres étaient du même sexe. Au début, les autres l'avaient charrié : son binôme était une belle pépée, plutôt musclée, blonde et pulpeuse. Mais le cliché s'arrêtait là. Il est vrai qu'elle avait prouvé sa bravoure. Elle avait combattu à mains nues un Crocs Rouges et en était venue à bout alors que la lumière du jour déclinait dangereusement. En plus elle avait un sens de l'humour plutôt décapant et était loin d'être bête. Un Han Solo au féminin, presque. Elle avait vite gagné ses galons dans leur troupe.

Mais ils étaient si différents. Elle si vive, toujours gaie comme un pinson et lui de plus en plus taciturne.

Il faut dire que ces dernières semaines n'avaient pas été de tout repos.

Après avoir presque zigouillé cette enflure de Harbonnier, Utopie avait regagné le foyer familial, pensant trouver au moins un survivant à la grande épidémie. Mais la maison de son enfance avait brûlé et il n'en restait plus que quelques cendres.

Il s'était porté volontaire pour cette mission dans l'Avesnois parce que les infos disaient qu'une ferme immense y était dissimulée dans les bois et qu'elle devait approvisionner tous les groupes de Crocs Rouges au Nord de Paris. Démanteler cette ferme lui permettrait d'atteindre deux objectifs : en faire voir à ces salauds et retrouver tout ou partie de sa famille.

Mais faire la peau de ces bouffeurs de sang ne l'amusait plus depuis qu'il ne se battait plus pour personne.

Ses idées noires loin d'être chassées, il décida néanmoins de sortir de l'eau.

Il avait beau être un soldat, être nu devant une fille le gênait.

Il se saisit du drap de bain qu'il avait récupéré à la piscine aujourd'hui vide et s'enroula dans le tissu.

Il se frictionna rapidement puis, après avoir secoué ses vêtements, les revêtit.

—Tu me passes ta serviette ?

Il jeta le tissu éponge à Cayenne qui sortit de l'eau à son tour. Elle avait gardé ses sous-vêtements.

Tous deux habillés, ils remontèrent vers les chalets dissimulés dans la forêt.

C'était un casernement plutôt chic. Une station touristique avec de petits chalets qui parsemaient les bois.

L'endroit idéal pour se cacher.

Il était même bizarre que les Crocs Rouges ne se soient pas emparés de la place. Il n'allait cependant pas s'en plaindre.

Son unité, dirigée par Bourreau, y avait élu domicile depuis presque dix jours et les choses allaient plutôt bien.

L'endroit était suffisamment vallonné pour pouvoir être discret. Personne ne se doutait de leur présence dans ces bois, et leur baignade était autorisée uniquement à certains endroits, comme ce petit étang tout proche du lac, le Fond des Amours, qui était dans les sous-bois et donc presque invisible.

Quel plaisir de dormir dans de vrais lits après avoir affronté la rigueur des chemins les plus sombres pour venir dans ce coin paumé !

Nager lui avait fait le plus grand bien. Son dos endolori par les dernières manœuvres commençait à retrouver sa souplesse, et la perspective de dormir encore dans un lit ce soir lui rendait les choses plus gaies.

Pourtant, son moral ne l'était guère.

Il aurait voulu transpercer sans attendre la poitrine de chacun des Crocs Rouges qu'il imaginait dans le secteur.

Il avait vu tant de choses atroces qu'il ne pouvait plus supporter l'idée même de leur existence. Ces abominations de la nature n'avaient pas leur place dans ce monde, alors le discours de Bourreau l'inquiétait de plus en plus.

Imaginer des Crocs Rouges qui ne seraient pas Sanguinaires, qui seraient du côté des humains, et prêts à combattre leurs semblables pour la survie de l'espèce humaine, déjà presque éradiquée, lui apparaissait juste comme une grande farce. Un piège énorme dans lequel son escadron filait tête baissée.

Demain serait un autre jour, puisqu'il allait rencontrer ces fameux Crocs Rouges Humanistes. Il n'y voyait guère d'espoir et craignait plutôt de tomber dans un piège...

— Tu veux des M&M's?

— Où as-tu trouvé ça, toi ?

Cayenne était pleine de ressources et d'une gourmandise insatiable. Elle avait aussi un don particulier qui lui permettait de trouver ce qu'elle cherchait. C'est aussi pour cela qu'elle savait détecter les vampires. Elle avait une sorte de radar et avait coutume de dire que désormais elle serait toujours à la recherche de deux choses : du chocolat et des vampires !

— Y'avait un distributeur de confiseries dans un des bâtiments, encore presque plein. J'en ai ramené pour tout le monde.

Tout en remontant vers le camp, Cayenne croqua donc des M&M's. C'était un doux plaisir aujourd'hui, au regard des événements.

Ils retrouvèrent leur chalet quelques instants plus tard. La fraîcheur régnait dans le bâtiment de manière délicieuse, mais ils n'eurent pas le loisir de l'apprécier bien longtemps.

Bourreau avait convoqué ses troupes dans la salle de réunion aux fauteuils molletonnés pour une annonce concernant cette fameuse collaboration avec les vampires « Humanistes ».

Utopie n'y voyait que le début de nouveaux problèmes, résolu qu'il était à ne voir chaque vampire que comme un monstre calculateur et avide de sang humain.

Après tout, c'était bien les vampires qui les avaient tous forcés à vivre en marginaux, sur les routes, à se battre et à en oublier jusqu'à leur identité pour ne plus être qu'une armée de résistance.

Encore précaire, leur troupe ne s'en composait pas moins d'une vingtaine de personnes, toutes motivées à faire la peau aux vampires et plutôt efficaces dans leurs démarches. Ils avaient à leur actif quelques actions qui avaient eu le mérite d'irriter et de déstabiliser un peu l'Ordre Nouveau. Utopie était d'ailleurs assez fier de la déculottée mise récemment à Mathieu Harbonnier, un vendu qu'il avait connu plus jeune et qui n'avait pas tardé à s'acoquiner avec la fange vampirique du secteur.

Dommage qu'il ait couru si vite, avec le feu aux trousses, ils auraient même pu l'achever, sinon.

L'achever... Comme le monde avait basculé pour qu'on en arrive à penser cela sans le moindre remord !

Bien calé dans son fauteuil, Utopie regardait Bourreau monter sur l'estrade. La station touristique de jadis était abandonnée, mais leur troupe avait vite vu l'intérêt de tels bâtiments.

Des chalets dissimulés dans une forêt autour du lac et facile à défendre. Des bâtiments alimentés en eau par les récupérations de pluie, équipés en panneaux solaires...

Pourtant, en arrivant, ils avaient bien failli ne pas s'y installer.

Des cadavres jonchaient les allées et les chalets et il avait fallu faire un grand ménage tout en respectant les dépouilles mortelles. L'odeur putride de la mort hantait les lieux et c'est sans doute ce qui préservé l'endroit de toute vie. Personne n'aurait voulu s'y installer et rendre les lieux habitables, tant la charge de travail était énorme. La maladie avait aussi frappé les centaines de vacanciers qui séjournaient là. Les survivants avaient simplement dû regagner leur pénates, à moins qu'on ne les ait emmenés ailleurs...

— Demain matin à l'aube, je prendrai la route avec quelques uns d'entre vous pour rencontrer ces Crocs Rouges qui seraient plutôt de notre côté. Je suis sûr que nous pouvons, ensemble, mettre à mal la nouvelle organisation et espérer reprendre nos existences en main.

Le chef parlait d'une voix claire et déterminée, celle-là même qui avait arraché Utopie à la mort quelques mois plus tôt...

Il était encore étudiant et le seul survivant de sa résidence universitaire. Tous les autres avaient péri de la maladie et lui était resté là, sans savoir quoi faire après avoir essayé de sortir et vu les cadavres presque par milliers dans la ville.

La troisième nuit, il avait cru voir un ange. Belle à damner un saint, sa robe blanche ondulant dans le vent pourtant inexistant de la pièce, elle avait posé sa main sur sa joue. Il avait senti la froideur de ses doigts et avait de suite pensé à la Mort. Ses ongles rouge passion n'avaient pas ôté cette idée de la tête du jeune homme tandis que la main glacée avait enlevé doucement les lunettes de celui qui deviendrait Utopie mais n'était encore qu'un jeune adulte pataud.

Il avait laissé l'ange plonger dans son regard et s'était dès lors livré sans détour, certain d'être au seuil de la mort et l'acceptant, car elle semblait douce. Cependant, la porte de sa chambre qui avait éclaté contre le mur l'avait tiré de sa torpeur et il avait quitté l'hypnotique regard. Il avait alors aperçu un gaillard, presque un colosse, barbu et armé de bouts de bois pointus.

— Ne la regarde pas dans les yeux ! avait hurlé le nouveau venu.

Utopie avait alors détourné le regard, ce qui avait paru énerver l'ange qui auparavant lui caressait le visage lentement, ses cheveux ondulés et bruns auréolés autour de son visage.

Le regard bienveillant s'était changé en une œillade furieuse et la douce main s'était faite rage.

Les ongles rouges avaient alors incisé de manière presque chirurgicale le visage du jeune homme, depuis le haut du front jusqu'au milieu de la joue, sectionnant l'œil en deux hémisphères morts.

Le sang était la seule chose qu'Utopie avait vu avant de sombrer dans ce qu'il avait cru être la mort.

Lorsqu'il s'était réveillé, bien plus tard. Il avait trouvé le colosse à son chevet. Immense et bien bâti, l'homme l'avait soigné et avait confectionné un bandeau en cuir, pour maintenir le pansement sur l'œil blessé.

— Je suis Bourreau, déclara l'homme.

— J'ignorais qu'il y avait encore des bourreaux, répondit le jeune homme, encore embrumé par la douleur.

— Non, c'est le nom que je me suis choisi depuis que les Crocs Rouges m'ont forcé à fuir pour survivre.

Celui qui n'était pas encore Utopie regarda Bourreau d'un air étonné :

— Les Crocs Rouges ?

— Oui, ce sont des vampires. J'ai traqué celle qui t'a attaqué sur plusieurs kilomètres.

Quand, malgré son œil perdu, Utopie fut en mesure de prendre la route, ils partirent tous deux rejoindre le reste d'une petite troupe que Bourreau avait commencé à composer.

Un soir, au coin d'un feu dans un parc jadis public et désormais désert, les deux nouvelles recrues du groupe reçurent leur nom de combat.

— À quoi pensez-vous lorsqu'on évoque le combat contre les Crocs Rouges ?

Une jeune fille à l'air frondeur mais sympathique répondit la première :

— Faudrait rouvrir Cayenne et tous les foutre au bagne, méritent pas de mourir mais de trimer ces enflures.

Les autres personnes acquiescèrent en opinant du chef.

— Alors nous t'appellerons Cayenne.

Cayenne était la première fille à rejoindre le groupe mais cela ne semblait pas la déranger outre mesure. Elle sourit à l'assistance et demanda :

— Et toi, tu penses à quoi ?

En se remémorant l'impuissance ressentie face à la vampire qu'il avait même prise pour un ange il déclara, laconique :

— C'est une utopie.

Quelques mois plus tard, le jeune homme pataud avait laissé place à un soldat courageux et entraîné, mais encore plus pessimiste.

Sa lueur d'espoir s'était éteinte en même temps que le feu qui avait ravagé la maison de son enfance, et il était désormais d'autant plus dangereux pour les Crocs Rouges qu'il n'avait plus rien à perdre.

— Utopie, tu viendras aussi...

La voix du chef le tira de ses souvenirs pour le replonger dans l'instant présent.

Maussade, il accueillit la nouvelle avec peu d'entrain. Voir des Crocs Rouges se prétendre humanistes n'était pas dans ses cordes. Il craignait que ce ne soit un piège tendu par les vampires pour démanteler leur troupe. En effet, bien que restreinte, leur organisation clandestine commençait à gêner les vampires, et surtout les humains qui les servaient comme des moutons. Ces imbéciles qui se faisaient appeler des auxiliaires. Des auxiliaires, des larbins oui ! Des déchets honteux pour l'espèce humaine, pourtant déjà bien entamée par la grande épidémie.

Pourtant, le lendemain matin, à l'aube, il fut parmi les premiers à rejoindre le chef.

Le groupe de cinq hommes marchait en silence, dans une forêt qu'Utopie connaissait bien.

Le rendez-vous avait été fixé au bunker de Guillaume II, un blockhaus particulièrement bien caché, qui avait hébergé le Keiser durant la première guerre mondiale.

Les locaux avaient tendance à ne pas s'en approcher. Dans la région, on pensait que l'endroit était un peu hanté.

Mais Utopie savait exactement où le blockhaus se trouvait et y mena la troupe à travers bois en quelques heures.

Arrivé aux abords du lieu de rendez-vous, le groupe se figea. Bien dissimulé derrière les chênes centenaires de la futaie, chacun guetta le moindre bruit.

Soudain, un hululement fendit le silence. Il se répéta par deux fois.

Bourreau plaça les mains devant son visage et souffla entre ses doigts, pour répondre au signal, trois fois, au même rythme.

Un homme sortit de derrière un arbre et avança, les mains bien en évidence devant lui.

Bourreau se releva et se dirigea vers l'homme.

— Je suis Thierry, merci d'être venu.

Bourreau serra fermement la main tendue puis répondit :

— Bourreau. Je ne sais pas encore si c'est une bonne idée, mais je voulais voir...

Thierry siffla un coup bref et trois autres personnes sortirent des buissons.

Bourreau eut, malgré lui, un mouvement de recul en reconnaissant deux vampires.

Il n'en avait encore jamais vu jusqu'à un an plus tôt, mais savait désormais les reconnaître en moins de deux secondes.

— Joseph et Margot sont des Humanistes, ils sont avec nous. Lucie, elle, est humaine, comme vous et moi.

La jeune fille en question s'avança doucement, protégée par les deux vampires.

— Ces gens m'ont sauvée d'un sort bien pire que la mort et me protègent depuis lors, se justifia la jeune fille.

Joseph s'avança un peu plus et prit la parole.

— Nous sommes un petit groupe, composé de vampires et d'humains. Unir nos forces serait sans nul doute plus efficace que de petites actions isolées.

Bourreau regarda le vampire dans les yeux, réfléchit puis répondit :

— On peut toujours essayer... Vous avez des informations sur ce camp des bois dont on nous a parlé ?

Margot proposa alors :

— Entrons, nous vous montrerons ce que nous en savons.

Sur la table en béton, vestige des guerres humaines, Joseph étala une feuille qu'il commença à griffonner.

Une carte se dessina bientôt et Bourreau s'en remit à Utopie.

— Tu saurais lire cette carte ?

Utopie détailla la carte quelques secondes puis regarda Joseph :

— Ici, c'est l'ancienne voie de chemin de fer qui menait à la carrière, et là c'est le gouffre de l'eau bleue, c'est ça ?

Joseph confirma en baissant la tête vers la carte et poursuivit son explication.

— Il y a un ruisseau qui longe la voie. Après le gouffre de l'Eau Bleue, continuez à suivre le ruisseau et quand il se sépare en deux rus, prenez à droite. La forêt devient plus dense. Continuez vers le nord sur encore trois kilomètres et vous rencontrerez un semblant de route tracée par les chaussures des gens qu'on amène au camp. Suivez cette route en parallèle, tout en restant cachés dans les bois. Vous y serez.

Bourreau voulait vérifier l'information avant de se prononcer.

— On se retrouve ici dans trois jours, même heure ?

Joseph opina du chef et tendit la main à Bourreau qui la saisit avec un peu moins de fermeté qu'il n'avait saisi celle de Thierry en arrivant.

La troupe salua ses « hôtes » et se retira.

Chapitre 2
Lou

Les mains de Lou dégoulinaient du liquide rouge encore tiède. Elle serra encore, de toutes ses forces, afin d'extraire jusqu'à la dernière goutte de ce précieux nectar carmin.

Non qu'elle en raffolât, mais il en fallait pour tous les goûts et certains de ses « pensionnaires » ne concevaient pas la vie sans.

Dubuissert, qui cherchait Lou pour la prévenir du retour imminent de ses amis, s'arrêta, interdit, au seuil de la cuisine. Pour un vampire qui devait se contenter de boire du sang animal parce qu'une jeune fille, en l'occurrence elle, lui imposait des restrictions draconiennes, la scène était évocatrice de fantasmes.

Le liquide foncé coulait le long des doigts de Lou et une goutte rubis suivit même le sillon de la veine de son avant-bras lorsqu'elle réajusta sa prise.

Une boule se forma dans la gorge de Dubuissert. Décidemment, elle lui en ferait voir de toutes les couleurs ! C'était le cas de le dire.

Elle déposa la bassine en cuivre sur le piano de la cuisine et entreprit de chauffer le fluide. Elle se rapprocha ensuite de l'évier pour débarrasser ses mains de la texture épaisse. L'eau prit une teinte sanglante et Lou dut frotter énergiquement pour ôter de ses doigts la couleur persistante.

Elle se saisit ensuite du sucre qu'elle avait pesé au préalable et le jeta dans la bassine, avec le demi citron.

De sa cuillère en bois, elle remua, puis attendit que de gros bouillons apparaissent.

Pendant ce temps, elle vida le torchon qui lui avait servi d'étamine du reste des mûres écrasées. Privées de leur jus, elles n'étaient plus qu'un amas noir et sec qui partit rejoindre le seau de compost.

Toujours troublé, Dubuissert entra néanmoins dans la cuisine et s'installa lourdement autour de la table, tandis que Lou préparait les pots. Elle les remplit de la gelée de mûres encore fumante et lui demanda :

— Pourriez-vous mettre les couvercles et retourner les pots s'il vous plaît ?

Hautain, Dubuissert interrogea la jeune fille du regard.

— Vous ne risquez pas de vous brûler, moi si ! répondit-elle avec audace.

Voilà plusieurs semaines qu'ils devaient cohabiter et l'ancien Ordonnateur avait tendance à oublier qu'il était chez elle. Et non dans son propre fief.

— Voudriez-vous que je colle les étiquettes aussi peut-être ?

Lou fulmina et le regarda droit dans les yeux.

— Vous êtes là, vous pouvez vous rendre utile non ?

— Je suis venu dans le but de vous informer de leur retour, ils seront là dans quelques minutes.

Rosalie dévala l'escalier en voyant ses amis revenir.

— Alors comment c'était ? Comment ils sont ? Mais ils sont où ?

Joseph accueillit la gamine dans ses bras en riant. Il déposa un baiser sonore sur la joue rose de l'enfant puis répondit à ses questions.

— C'était très... instructif. Nous avons rencontré des gens qui se méfient, on les comprend, et ils ne sont pas là car nous nous méfions aussi, ce qui est normal ! Peut-être que tu les verras bientôt, si nos impressions se confirment. En attendant, belle enfant, nous avons à parler.

— J'ai compris ! Je vais aller jouer avec les chiens.

Et elle s'éloigna en rendant chaleureusement son sourire à Joseph.

Margot, Lucie, Joseph et Thierry entrèrent dans la cuisine au moment où Lou terminait la vaisselle.

Dubuissert, déjà installé, attendit que les autres prennent place autour de la table.

Cette rencontre avec les humains ne lui plaisait pas. Il lui fallait déjà composer avec ceux-là, leur rendre leur domaine et ne plus prétendre à rien une fois son fief récupéré, il n'allait tout de même pas s'allier avec tous les moutons du secteur. De toute façon, il était bien improbable que d'autres humains soient aussi courageux et déterminés que ceux-là. C'est vrai, si d'autres l'avaient vraiment été, le Nouvel Ordre n'aurait jamais eu aucune chance de voir le jour ! Et il était là. Pas comme il l'avait imaginé certes, mais il était bien là.

Désabusé, Dubuissert jeta un coup d'œil autour de lui. Il était dans cette cuisine, prêt à écouter les racontars de ces gens qui auraient dû être ses serviteurs, coincé dans cette maison avec cette humaine dont il ne savait que penser.

Elle était sur tous les fronts. Toujours la première à provoquer les entraînements, elle avait mis à mal plusieurs de ses vampires. Rapide et agile, elle était aussi imprévisible au combat que dans la vie de tous les jours. Une énigme en somme. Aidée de ses chiens, qui lui vouaient un amour inconditionnel, elle bénéficiait d'un avantage certain.

Lou se racla la gorge nerveusement, il releva donc la tête et laissa ses pensées pour revenir vers l'instant présent. Elle le fixait de son air si peu avenant.

— Si cela ne vous dérange pas mon seigneur, le provoqua-t-elle, une main sur la chaise voisine de celle sur laquelle il était assis. Si ma grand-mère avait encore été là, elle vous aurait flanqué un soufflet !

Incrédule, il ôta le pied qu'elle lui désigna du menton, qu'il avait appuyé sur le goujon de la chaise.

Elle prenait décidément trop de libertés avec lui et il avait tendance à ne plus s'en émouvoir. La situation devenait de plus en plus étonnante. Déroutante même.

— Je ne pense pas que nous ayons quoi que ce soit à craindre de ces nouveaux arrivants. Ils ont l'air bien organisés, bien que d'un nombre insuffisant pour renverser l'Ordre à eux seuls. Ils doivent aller en reconnaissance vers le camp de Wilma. Nous nous reverrons dans trois jours.

— Je pourrai venir cette fois ? demanda Lou.

— Je ne pense pas que ce soit une bonne idée, intervint Dubuissert.

Lou n'eut pas le temps de s'énerver. Thomas venait d'entrer comme un courant d'air et se dirigea droit vers Lucie.

— Alors, c'était comment ?

Depuis quelques temps et au vu des nouveaux rebondissements, il avait été décidé que Lucie et Thomas ne devaient plus être considérés et protégés comme des enfants.

Ils étaient donc traités en adultes et participaient à toutes les activités comme tels.

Les entraînements, les corvées, les missions... Rien ne leur était épargné.

Alors forcément Thomas aurait bien aimé faire partie du convoi de ce matin là, mais c'est Lucie qui avait décroché la place.

— Des femmes les mettront aussi en confiance. Et nous leur montrerons que les nôtres n'ont pas peur ! avait avancé Joseph en guise d'argument.

Et il avait eu raison. Seulement, Thomas avait rongé son frein toute la matinée et il n'en pouvait plus d'attendre. Il regarda Lucie, prêt à lire dans ses pensées s'il en avait eu le pouvoir.

— C'était merveilleux de voir à nouveau des êtres vivants. Je ne dis pas ça pour vous, s'excusa-t-elle auprès de Dubuissert, mais il y a tellement longtemps que je n'avais plus vu d'inconnus ! Il y en a un qui semble même être de par ici. Il a su lire la carte sans problème. Il a aussi parlé d'un gouffre de l'eau bleue.

Elle se tourna vers Lou puis l'interrogea :

— Tu connais ?

— C'est une ancienne carrière de pierre. Lorsque son exploitation a été interrompue, les eaux de pluie ont rempli le gouffre d'une eau très pure. Le fond étant toujours de la pierre bleue, c'est un étang qui a la couleur d'un lagon. Il est encaissé dans des falaises créées par l'extraction de la pierre et il y a une petite plage là ou s'enfonçait jadis la route pour le centre du trou. J'allais m'y baigner petite, l'endroit est magnifique. Dangereux aussi. Il y a plus de trente-cinq mètres de fond par endroit.

Les yeux de Thomas pétillèrent de malice.

— J'aimerais bien voir ça !

— Ce n'est pas demain la veille, conclut Joseph, l'endroit est bien trop dangereux, entre le Nouvel Ordre et les sbires de Wilma.

En cette fin du mois d'août et malgré une chaleur étouffante, Lou réclama, comme chaque jour, son entraînement.

Les vampires restés fidèles à Dubuissert après la mise en scène de sa mort se rapprochaient déjà de la terrasse, sauf les deux jumeaux que la jeune fille appelait Castor et Pollux. Ils avaient pour mission de veiller sur Marie, que Lou et Dubuissert avaient arrachée des griffes de Harbonnier, un auxiliaire stupide, à la botte de Lydie, la nouvelle Ordonnatrice.

Pour qu'elle ne meure pas, Dubuissert l'avait convertie, sur la demande de Lou, mais sa conversion était difficile. Elle avait même failli s'abreuver de Lou et sa soif semblait inextinguible.

Elle était encore incontrôlable, plusieurs semaines après sa transformation.

Les loups, aux premières loges, entouraient Rosalie, qui fournissait elle aussi un effort de guerre.

Armée de son courbet, elle taillait des pieux dans les branches que Thomas lui sélectionnait. Elle avait beau n'avoir que six ans, elle avait bien compris l'enjeu de ce qui se tramait là, d'autant qu'elle revenait de loin elle aussi. Un vampire dénommé Virgile avait bien été sur le point de la dévorer et lui avait arraché sa mère. Sans l'intervention de Lou, Rosalie serait morte.

— Hé Rodolphe, qu'est-ce que tu penses de mes pieux ? demanda l'espiègle gamine à Dubuissert.

Il se figea un instant puis répondit d'un simple geste de la main.

Comment cette fillette pouvait-elle se permettre de le tutoyer et de l'appeler Rodolphe ? Et comment cela ne l'exaspérait-il pas plus ? Il aurait dû fulminer. La raison semblait pourtant évidente, mais il avait du mal à l'admettre, il s'humanisait. Il commençait de nouveau à ressentir des émotions et cela n'était pas bon pour ses affaires !

Il se jeta presque sur Lou et démarra l'entraînement sans sommation.

Elle était de plus en plus robuste, coriace aussi. Son agilité s'était accrue et à force d'observer les vampires, elle avait fini par comprendre les rouages de leur fonctionnement. Bien sûr, nous étions encore sous le soleil, mais Dubuissert était un homme massif et bien bâti, fort déjà lorsqu'il était encore humain et il avait une capacité d'endurance qu'elle ne pouvait avoir. Il ne s'essoufflait pas.

Lou dirigeait ses mouvements le plus précisément possible. Elle économisait ses coups pour ne produire que des impacts calculés, durs, efficaces.

Il lui tardait qu'Adam revienne, tant elle se sentait en insécurité avec Dubuissert. Non qu'elle ne lui fasse pas confiance dans l'immédiat, mais il avait cette façon de la regarder comme s'il allait la dévorer, de la traiter aussi comme… comme quoi d'ailleurs ? Il ne lui laissait aucune initiative, sans doute par manque de confiance, mais savait lui mener la vie dure à l'entraînement.

Il reprochait aux humains de n'être que des moutons écœurants suivant le troupeau où qu'il aille, mais ne supportait pas qu'elle exprime son opinion personnelle, bien souvent en contradiction avec la sienne.

Il était vraiment temps qu'Adam reprenne sa place ! Elle le faisait passer pour son fiancé et croyait sincèrement que son retour éloignerait Dubuissert. Et ce serait un juste retour des choses, puisque c'était Dubuissert qui l'avait fait fuir !

— Votre esprit divague, vous n'êtes pas concentrée ! rugit-il en lui assénant une fulgurante claque sur les fesses.

— Comment osez-vous ? fulmina Lou en retour.

— Vous imaginez sans doute que les vampires que vous croiserez sur le champ de bataille ne se risqueront pas à des gestes déplacés ? Vous vous trompez !

Et il accompagna d'un rire éloquent la deuxième claque retentissante.

Pinçant les lèvres, Lou regardait ce vampire qui ne la ménageait en rien. Elle l'exécrait. Pourtant, elle décida de prendre le contre-pied.

— Je comprends que vous aimiez ça, glissa-t-elle en un murmure.

Interdit, Dubuissert regarda Lou dans les yeux. Que racontait-elle ?

— Vous y pensez depuis longtemps, Rodolphe, n'est-ce pas ? susurra-t-elle encore en se rapprochant, le regard toujours plongé dans celui du vampire.

Elle ne l'avait jamais appelé par son prénom, c'était bien la première fois, et après Rosalie quelques minutes plus tôt, il ne savait plus quoi penser. Lorsqu'elle posa une main sur son épaule, il lui découvrit une délicatesse qu'il ne soupçonnait pas.

Il se surprit à fixer son visage, souriant, pour une fois. Il aperçut cette veine qui palpitait furieusement, conséquence des efforts fournis à l'entraînement. Lorsqu'elle posa son autre main sur sa deuxième épaule, elle renversa la tête, à peine. Juste assez pour découvrir la naissance de son cou et sa galopante carotide.

Inexorablement, son corps s'avança vers elle, les lèvres goûtant presque déjà de son sang. Il n'avait jamais eu aussi faim de toute sa mort. Ses crocs mordaient l'intérieur de ses joues dans une ultime tentative de résistance qui s'avérait pourtant inutile.

— Votre esprit divague, vous n'êtes pas concentré ! ricana-t-elle en lui envoyant un coup de genou bien ciblé.

— Louise Godin, vous me paierez cela ! éructa-t-il, le plus virilement possible.

Lou se retourna, lui sourit avec éclat puis conclut l'entraînement :

— Je vous en prie, appelez-moi Lou !

Elle s'éloigna, ravie, les loups sur les talons. Il resta là, presque à genoux, remerciant le ciel pour une fois que personne n'ait vraiment prêté attention à leurs échanges. Il maudissait cette femme de le traiter comme cela et en même temps il fallait bien qu'il avoue être plein d'admiration pour elle. Si d'autres avaient eu son cran dans une autre révolte, il ne serait peut-être jamais devenu ce qu'il était aujourd'hui.

Margot, qui venait de sortir de la Bâtisse, vint chercher Rosalie, qui taillait toujours ses pieux.

— Rosalie, viens, il arrive ! annonça-t-elle joyeusement.

La gamine bondit en laissant tout en plan et s'engouffra dans la maison.

Qui pouvait bien arriver et être aussi attendu ? se demandait encore Dubuissert en entrant dans la maison.

Mais arrivé dans l'entrée, après avoir traversé le salon, il comprit. Un jeune homme au physique plus qu'avenant venait de faire son apparition sur le seuil de la porte.

— Adam ! cria Rosalie les joues roses d'excitation en lui sautant au cou, tandis que la maisonnée entière semblait voir le messie.

Le remue-ménage provoqué par le retour d'Adam tira bien malgré elle Lou de la douche et lorsqu'elle comprit, elle dévala les escaliers, dans son peignoir de bain rouge, une serviette enroulée sur la tête.

— Adam, répéta-t-elle à son tour, avant de sauter elle aussi dans les bras du nouveau venu. Je suis si heureuse de te revoir enfin. Et sans attendre son reste, elle l'embrassa.

Chapitre 3
Cohabitation

Les jours qui suivirent furent entraînés dans un tourbillon d'événements.

Chacun avait un rôle à jouer et le retour d'Adam avait accéléré les choses.

Il fallait venir à bout de la menace vampire car le monde entier avait sombré. Adam avait traversé l'Espagne puis avait embarqué vers l'Amérique. En posant le pied sur le continent outre-Atlantique, il avait découvert un autre monde que celui qu'il avait déjà vu. La maladie venait de faire son entrée dans le pays et le progrès avait été stoppé dans son élan. Les centrales à charbon, qui étaient encore très utilisées, n'étaient de toutes façons plus approvisionnées, l'électricité ne circulait plus et le pétrole devenait rare, puisque plus rien et surtout personne ne le pompait plus. Dans le port d'Islip où il avait débarqué avec le Toqué, ce vampire finalement plus bête que méchant que Lou avait roué de coups, les gens étaient en pleine panique. Les morts s'amoncelaient sans qu'on sache vraiment quoi en faire et tout était désorganisé. Adam et le Toqué avaient tenté d'aider des survivants, mais nombre d'entre eux étaient bien trop occupés à piller pour se retourner sur leur présence. Entre la peur de la maladie, l'arrêt de toutes les technologies et les cadavres qui jonchaient les rues, les survivants avaient de quoi devenir fous.

Adam avait vite constaté que là aussi les vampires se servaient aveuglément, se repaissant sans vergogne des survivants, parfois jusqu'en pleine rue.

L'un d'eux lui avait même déclaré fièrement que le temps de la Grande Moisson promise par le Maître était enfin arrivée.

Adam avait tenté de retrouver quelques amis vampires qui, l'espérait-il, n'avaient pas sombré dans cette folie ravageuse et meurtrière.

Hélas, peu y avaient résisté. Il découvrit néanmoins retranchés dans le village de Saltaire quelques humains et quelques vampires, qui avaient décidé de protéger les enfants surtout. Dans le City Hall de ce minuscule hameau de cinquante âmes, toutes mortes, la défense étaient presque possible, initiée par un vieil ami de Joseph qu'Adam connaissait, un médecin qui accueillit le jeune homme comme le messie.

Dalton Matthews, conscient du potentiel d'Adam, lui demanda d'ailleurs de convertir certains volontaires pour renforcer les défenses.

Adam fut révolté par l'idée. Ils étaient vivants, en bonne santé, et leur transmettre un tel virus était impensable pour Adam. Pourtant, tous avaient défilé devant lui, expliquant qu'ils seraient de toute façon convertis, afin de veiller avec plus d'efficacité et de force sur cette petite population en laquelle ils plaçaient leurs espoirs. Il était donc bien moins risqué et plus judicieux que ce soit par lui, que Matthews décrivait comme l'équilibre parfait entre l'homme et le vampire.

Le Toqué, lui, saisit parfaitement les motivations.

— Tu ne souffres pas de la soif, tu ne connais pas le besoin de sang et pourtant tu es plus fort que n'importe lequel de tous les vampires. Tu ne crains pas le soleil qui ne te prive d'aucune de tes capacités mais tu as gardé une âme humaine, bonne. Tu préfères que ces enfants soient confiés à de jeunes vampires qui auront du mal à se maîtriser ? Tu es prêt à risquer la vie de ces enfants ?

Adam comprenait les arguments de son ami, mais il ne pouvait se résoudre à prendre la vie d'innocents. Nora, la compagne vampire du médecin, prit à son tour le parti des volontaires.

— Tu ne prends pas leur vie, tu leur en offres une meilleure, plus forte et plus adaptée à la situation. Et de toute façon, il ne resteront pas humains, ils te l'ont dit. La question est donc de savoir ce qui est le mieux pour le futur : des vampires qui vont forcément être tentés par le sang humain, qui risquent de se retourner contre ceux qu'ils défendent ou des Équilibrés, comme toi, avec plus de force physique et une conscience que le besoin de sang ne pourra corrompre ?

Ce fut Matthews qui acheva de le convaincre :

—Adam, cette génération est perdue, ce ne sont pas ces hommes qui repeupleront la Terre, mais les enfants innocents que nous tentons de protéger. N'y a-t-il pas un enfant quelque part que tu rêves de voir protégé ? A qui confirais-tu cette protection ?

A l'évocation de Rosalie, Adam comprit que même si la décision était difficile, il faudrait pourtant passer par là.

Il avait converti déjà, en Espagne, des gens à l'agonie, dans l'espoir de les voir survivre. Certains s'étaient même joints à lui. La perspective de convertir des gens de leur plein gré lui fut difficile, mais il s'y résigna finalement.

Et les conséquences pour lui furent bien différentes des conversions de malades.

En effet, le sang vicié par la maladie des agonisants n'avaient pas eu l'effet excitant et stimulant que le sang humain produisait normalement chez lui et qu'il avait ressenti lorsqu'il avait converti Nicolas des dizaines d'années plus tôt.

Mais le sang de ces volontaires en bonne santé, même prélevé en quantité négligeable, avait fait de lui une tornade qui avait réussi à nettoyer les abords du village de toute menace.

La première fois qu'il avait converti un volontaire, il était resté plus de vingt heures à l'extérieur, tuant plus d'une quinzaine de vampires et ramenant six enfants dans leur orphelinat de fortune.

Les Équilibrés ainsi convertis commencèrent à fortifier la place et le village redevint un endroit presque paisible.

Le Toqué décida de regagner le navire et de s'assurer que rien ni personne ne les empêcherait de repartir, le moment venu. Il lui était de plus en plus difficile d'être entouré d'humains et de voir Adam convertir des humains.

Il savait pertinemment que c'était la solution idéale, il l'avait lui même encouragé en ce sens, mais il ne pouvait ôter de son esprit l'image si attrayante du sang qui sort de la veine sous la pression de canines acérées contre la peau humaine.

Se maîtriser devait rester la chose la plus importante, car c'était la condition de sa survie. Adam l'avait épargné et avait cru en lui, il ne pouvait le décevoir.

De ce petit port de la Côte Est, le groupe de Saltaire comptait bien gagner chaque jour un peu plus de territoire, pour rendre à leurs enfants non une chance de vie meilleure, mais un espoir de survie.

Adam fit son possible pour venir en aide à cette communauté qui s'organisait. A son départ, Dalton Matthews savait tout ce qu'il y a avait à savoir sur les Équilibrés créés par Adam.

Cette petite armée avait en projet de reprendre en main le comté, puis l'état, puis le pays.

Au milieu de la panique ambiante, due à la maladie qui n'en finissait pas de tuer, les vampires n'avaient pas encore imposé leur organisation, la situation était donc bien différente de ce que connaissait l'Avesnois qu'Adam brûlait maintenant de retrouver.

— Mais si vous partez, nous ne pourrons plus créer de nouveaux Équilibrés. Il faut que tu nous aides à terminer ce que nous avons commencé.

Le regard de Matthews était implorant. Pourtant, Adam n'avait plus le choix. Il ne pouvait plus rester ici, loin de chez lui, loin d'elle. Il devait repartir avant qu'il ne soit trop tard. On le voyait comme un sauveur, mais lui n'avait plus qu'une idée en tête : la sauver, elle.

À quoi lui servirait donc la satisfaction d'avoir bouté les vampires hors d'un pays s'ils étaient toujours chez elle ! Contre elle !

Il réunit donc tous les Équilibrés qu'il avait créés, bon gré mal gré, et entreprit de leur faire ses adieux.

— Il est temps que je parte, de toute façon, vous êtes assez forts et assez organisés pour mener à bien le combat que vous avez entrepris. Je ne pourrais plus vous être d'aucune aide. Je ne peux que vous recommander de veiller à ne pas laisser traîner vos crocs sans surveillance, lança-t-il comme une boutade.

Il savait qu'ils avaient désormais bien les cartes en main.

Si lui pouvait convertir des humains en Équilibrés, ceux-ci étaient incapables de convertir à leur tour.

La moindre morsure s'avérerait fatale pour un humain, mais aussi pour un vampire, ce qui représentait un atout non négligeable.

Pourraient-ils par contre se reproduire entre Équilibrés ? Seraient-ils à même de créer une race ?

Il n'en avait pas la moindre idée. Peut-être le découvrirait-on un jour.

Parmi les rescapés de la maladie qui avaient trouvé refuge auprès de Dalton Matthews, Adam avait converti dix-neuf hommes et deux femmes.

Dans quelques années, peut-être aurait-il des nouvelles de ces personnes qui lui seraient liées à jamais. Mais pour le moment, les seules nouvelles qu'il souhaitait recevoir étaient celles de Lou. Il brûlait de la revoir, de la retrouver, elle, sa fougue et son courage.

Par un matin brumeux il décida qu'il était temps pour lui de reprendre la mer.

Certains des Équilibrés espagnols restèrent sur place, d'autres l'accompagnèrent.

La traversée fut longue, tant en temps qu'en impatience. Après un arrêt aux Açores où Adam retrouva certains amis laissés là à l'aller, il reprit la route vers le Nord. Quand la caravelle pénétra dans La Manche, Adam se sentit heureux. Pourtant il avait toujours cette sensation de manque qu'il avait commencé à ressentir à Saltaire et qu'il avait associée à l'absence de Lou. Il avait au ventre une boule qui ne voulait plus partir. Ses nuits n'étaient qu'une suite d'heures sans sommeil pendant lesquels les visages des Équilibrés de Saltaire tournaient autour de lui. Seul, livré à lui même bien qu'entouré par de nouveaux amis, Adam était alors persuadé que son retour à la Bâtisse, parmi les siens, près d'elle, soulagerait cet état de nervosité.

Sa connexion mentale avec sa mère, devenue vampire alors qu'il était encore dans son ventre, et avec Joseph, l'initiateur de Margot, lui permit de revenir à la Bâtisse sans faire d'esclandre. Les quelques sbires de Dubuissert qui assuraient une sorte de surveillance discrète mais efficace furent prévenus de son arrivée et ne le filtrèrent donc pas.

Il constata qu'il aurait de nombreuses questions à poser une fois ses marques retrouvées, mais pour le moment, il n'avait qu'une chose en tête, la revoir.

Lorsqu'il fut dans le hall et qu'il la vit dévaler les marches de l'escalier de chêne pour se blottir dans ses bras, une boule explosa dans sa tête. Un bonheur fulgurant lui traversa l'échine lorsqu'il sentit enfin sa peau et son étonnement fut aussi total que son plaisir lorsqu'elle l'embrassa. Pourtant, contre toute attente, il la repoussa au bout de quelques secondes. Les lèvres encore pleines du goût tendre de sa bouche, il dût faire un effort surhumain et même contre-nature pour maîtriser ses désirs. La boule au creux de son ventre était toujours là.

Chapitre 4

Les deux hommes se toisaient. Face à Dubuissert, Adam avait l'air d'un gamin. La gentillesse transparaissait sur ses traits autant que la dureté se lisait sur le visage de l'autre. Pourtant, ils n'avaient qu'une préoccupation, mettre en place un plan capable de renverser le camp de Wilma, que les résistants appelaient la Ferme. Si la préoccupation était bel et bien commune, d'autres paramètres entraient en ligne de compte. Le genre de paramètres qu'on garde pour soi, qu'on ne peut exposer aux autres.

Adam avait dû livrer son secret à Dubuissert. Lou l'avait exigé et les autres membres de leur troupe pensaient qu'en tant que bande organisée, tous les participants devaient avoir les mêmes informations. La surpuissance d'Adam, sa nature particulière et cette force incommensurable dont il disposait n'était pas une information à prendre à la légère. Mais c'était un atout puissant dont disposait désormais leur équipe et qui pouvait largement faire pencher la balance en leur faveur.

— Nicolas n'est plus avec moi. Il est resté en Espagne pour assouvir une vengeance et ne reviendra vers nous que lorsqu'il aura accompli la mission qu'il s'est fixée. Mais j'ai d'autres amis, « Équilibrés » comme lui. C'est ton ami, Joseph, Dalton Mathews et sa femme qui ont trouvé ce terme : « Équilibrés ».

Joseph acquiesça. Dalton était un ami cher qu'il connaissait depuis la première guerre mondiale. Il servait alors comme chirurgien sur les champs de bataille et Joseph avait toujours admiré la capacité de ce docteur à recoudre des plaies quand il aurait été si bon d'y plonger les crocs sans en laisser la trace. Mais Dalton, comme Joseph, était profondément humain. « Humaniste », comme on appelait aujourd'hui les vampires qui avaient pris le parti des humains.

— Attaquer le camp de Wilma ne va pas être une mince affaire, reprit Margot. Pour y être déjà allés, nous savons que l'endroit est fort gardé, d'autant que notre passage a dû les énerver. Je suis prête à parier que nous ne bénéficierons plus de l'effet de surprise qui nous avait alors sauvés.

Lou observait la scène, en retrait. Elle ne connaissait du camp des bois que ce que l'on avait bien voulu lui en dire puisqu'elle ne participait pas à l'expédition qui avait sauvé Thierry et Lucie. Elle avait pris sur elle de recueillir à la Bâtisse les rescapés et s'était alors jouée de Dubuissert en lui affirmant qu'elle les avait trouvés au bord de la route, exténués par un voyage harassant à travers bois et champs. Il n'avait pas été dupe, mais à l'époque il était encore l'Ordonnateur de la région et l'annexion forcée d'une partie de la forêt par Wilma et ses sbires avait eu le don de l'énerver. Quand Louise Godin était apparue, prétendant vouloir compter sur ces deux paires de bras supplémentaires pour améliorer le rendement de la Bâtisse, il y avait vu un double intérêt : plus d'impôt collectés et surtout le plaisir de découvrir que quelqu'un avait roulé Wilma en beauté.

Pourtant, il ne pouvait qu'être amer. Pour n'être jamais allé au camp des bois, il n'en connaissait rien et ne pouvait avoir aucun contrôle sur les décisions qui seraient prises. De plus, les capacités du nouvel arrivant, qu'il ne supportait déjà pas, avaient le don de le mettre hors de lui. Jusqu'à présent, il était le vampire le plus puissant et il n'acceptait d'ordres de personne. Tout au plus feignait-il de suivre les prescriptions de Louise Godin. Il avait près de deux cent cinquante ans et l'idée qu'un jeune vampire particulier, plus jeune mais bien plus fort, puisse prendre l'avantage ne l'enchantait guère.

Tout le monde l'avait accueilli comme le messie à la Bâtisse. Pourtant, au plus profond de lui, Dubuissert, même en se forçant à faire abstraction de ses considérations puériles de rivalité masculine, ne lui faisait pas confiance. Quelque chose en ce garçon Équilibré ne lui inspirait guère confiance. Il lui faudrait veiller à cela...

— Nous devons revoir les résistants demain, reprit Margot, il serait bon de pouvoir leur exposer un plan d'attaque auquel nous pourrions tous participer. Le camp des bois semble être l'objectif premier. C'est visiblement de là que vient le pouvoir principal, même si une nouvelle

Ordonnatrice a été nommée et occupe la mairie.

La mairie et son fauteuil, occupé par cette idiote de Lydie. Il fallait en effet remédier à cela.

Alors que lui ne dépendait que du Pouvoir Vampirique Suprême, Lydie, elle, prenait ses ordres directement de Wilma. La vieille sorcière devait avoir un appui considérable au PVS pour bénéficier d'autant de passe-droits et de soutiens.

Il faudrait aussi, un jour, creuser de ce côté ; mais comment annoncer aux humains qu'il y avait un PVS ? Cette information, qu'il avait gardée pour lui, pouvait bien lui éclater au visage. Il entendait déjà Louise Godin lui reprocher son manque de confiance quand eux partageaient tout, qui ressemblait fort à un refus de s'engager à leur côté et à une tentative de se ménager une porte de sortie.

Aurait-elle tort ? Lui même ne le savait plus. Il voulait avant tout reprendre la place qui était la sienne et s'il n'adhérait pas à toutes les idées du PVS, il devait bien admettre que jusque-là les humains n'avaient que peu montré une raison de les défendre. Sauf ces humains bien sûr. Il était tombé sur la seule poche de résistance et de courage du monde. C'était bien sa veine.

— J'ai bien une idée, proposa Thomas.

Les autres se tournèrent tous vers ce garçon de dix-sept ans qui avait définitivement quitté l'adolescence pour devenir un solide gaillard.

— Personne, dans le camp adverse, ne connaît les capacités d'Adam et des Équilibrés lorsqu'ils ont ingurgité du sang, même en quantité infime. Il faut se servir de cet effet de surprise et envoyer Adam et son unité en première ligne, pour occuper les molosses qui gardent le camp. Nous pourrons ensuite nous infiltrer plus discrètement et finir le travail de l'intérieur en délivrant tous les prisonniers.

Adam réfléchit un instant puis répondit :

— Ce n'est pas une mauvaise idée, mais cet état que nous procure le sang appelle du sang humain. Le sang animal n'a aucun pouvoir particulier sur notre constitution.

L'idée de goûter à nouveau au sang humain éveillait des sentiments contradictoires chez Adam. Il avait toujours cette boule au ventre qu'il avait attribuée d'abord au manque de Lou. À l'idée de boire du sang, la boule lui brûlait le ventre, comme un tison qu'il aurait avalé.

— Qu'à cela ne tienne, nous donnerons notre sang !

— Thomas, la moindre morsure venant de moi te convertira, et venant d'un autre Équilibré, elle te tuera !

Ce fût le docteur Derode, en général toujours silencieux, qui prit la parole :

— Nous pouvons faire une réserve de sang humain, par le biais de prises de sang régulières. Bien sûr, il faudra faire quelques expérimentations pour voir si le sang congelé est aussi efficace que le sang frais, mais nous pouvons tenter cette chance, je pense ! Les autres vampires se trouveront aussi plus forts avec une dose de sang humain avant la bataille, je présume... Le vieux docteur se tourna vers Dubuissert qui ne put qu'acquiescer. Mais avant qu'il puisse répondre, Lou intervint :

— Oui, mais n'y a-t-il pas un risque d'accoutumance qui pourrait être dangereux pour nous et les autres humains ensuite ?

Dubuissert fustigea la jeune fille du regard. Que l'on donne du sang humain à ses précieux Équilibrés issus de son non moins précieux fiancé ne lui posait pas de problème, mais que lui ou un autre vampire « classique » puisse avoir un instant de réconfort avant la bataille lui était insupportable.

— Nous saurons nous maîtriser, croyez-moi ! Mais notre utilité dans ce groupe n'est peut-être plus aussi reconnue maintenant...

Lou baissa les yeux, pour la première fois depuis longtemps, comme prise en faute.

— Ce n'est pas ce que j'ai voulu dire...

Elle se tourna ensuite vers le vieux docteur et déclara, décidée :

— Allons-y. Je serai votre donneuse pour ces expérimentations, Adam pourra quant à lui tester l'efficacité du sang décongelé dans... deux jours. Qu'en pensez-vous, Docteur ?

— C'est une idée entendue, nous la mettrons donc en pratique sans tarder.

Lou et le médecin quittèrent donc la cuisine, bien décidés à mettre les tests en route le plus vite possible.

Il serait désastreux que ce système ne fonctionne pas, car ils étaient bien trop peu d'humains pour pouvoir abreuver les vampires et les Équilibrés en direct.

Si l'alliance avec le groupe de résistants se précisait, ils seraient peut-être à même de constituer des binômes humains / vampires ou humains / Équilibrés, de manière à s'entraider entre espèces. La force des vampires et leurs sens aiguisés pouvaient être un sérieux atout pour les humains et le sang des volontaires pourrait redonner le coup de fouet qui manquait parfois entre deux batailles...

En être arrivée à penser cela donnait l'impression à Lou qu'elle n'était-elle même plus tout à fait humaine.

Installée dans la chambre du Docteur, qui servait aussi d'infirmerie et de petit laboratoire, Lou tendit son bras sans broncher. Certains détestaient les prises de sang, ou la vue du sang en général, du leur en particulier. Lou, donneuse régulière pour la banque du sang, ne se trouvait en rien dérangée par le liquide carmin qui s'apprêtait à quitter ses veines pour remplir les flacons du docteur.

Pas de poche ici, juste quelques flacons de prélèvement issus de la sacoche du docteur. Lou avait bien récupéré un peu de matériel à la pharmacie, mais cela ne serait pas suffisant, il faudrait donc vite penser à la manière de se procurer assez de matériel de prélèvement pour assurer la bonne marche de leur projet et la santé des donneurs.

— Il faudrait faire un saut chez Marie, il y a peut-être encore du matériel utilisable dans son stock. Pensez-vous que l'on pourrait aller jusqu'à l'hôpital ? Celui de Fourmies est peut-être trop exposé mais celui de Liessies, perdu dans la forêt, doit être plus accessible non ?

Une voix lui parvint de derrière la porte qui s'ouvrit en même temps sur Dubuissert.

— Je vous y accompagnerai. Je sais que vous connaissez les bois comme personne et que vous trouverez le moyen de vous y rendre sans vous faire remarquer, mais je pense qu'une présence à vos côtés est souhaitable, au cas où...

Le docteur installa le garrot au dessus du coude de Lou puis passa au creux de son bras un coton imbibé d'alcool. Il approcha ensuite l'aiguille de la peau de la jeune fille, qui ne quitta pas des yeux la manœuvre. Elle trouvait particulièrement intéressant le moment où le sang jaillissait de ses veines pour emplir les flacons, comme un tonnelet de vin que l'on mettrait en perce.

Dubuissert, qui venait d'entrer dans la pièce, n'en perdit pas une goutte non plus.

Les yeux rivés à la scène, l'odeur musquée du sang de la jeune fille lui chatouillait les narines plus que de raison. Il n'avait encore jamais respiré un tel parfum et il commença à comprendre qu'elle puisse s'inquiéter d'une possible accoutumance. Quiconque aurait goûté à son sang ne pourrait sans doute plus s'en passer. Était-ce le courage qui donnait tant de bouquet au liquide pourpre ?

Lou releva les yeux vers son interlocuteur et ne trouva rien à dire si ce n'est :

— Entendu.

Elle n'avait pas râlé après son injonction parce qu'à y bien réfléchir c'était une bonne suggestion, juste mal formulée. Il aurait du lui proposer plutôt que de lui imposer, cependant, après la façon dont Adam l'avait gentiment repoussée lorsqu'elle l'avait embrassée, il était inconcevable qu'elle se retrouve seule avec son ami. Il lui faudrait un peu de temps pour préparer ce qu'elle pourrait lui dire et qui expliquerait son attitude.

De plus, elle avait beau ne pas l'apprécier, elle avait une réelle confiance en Dubuissert, à présent. Elle savait qu'il ne la mettrait pas en danger et tenterait même par tous les moyens de la sauver.

Pourquoi ? Elle l'ignorait. Depuis que Cindy avait quitté la maison à la recherche de Marie les choses était allées tellement vite qu'elle avait du mal à se remémorer la vie avant que Dubuissert emménage. Mais il lui fallait bien admettre que sa présence l'avait parfois rassurée, son appui l'avait aussi aidée pour prendre certaines décisions. Elle avait parfois l'impression qu'il faisait désormais partie de la famille. Certes comme un cousin lointain qu'on n'apprécie guère, mais qu'on ne déteste pas assez pour l'ignorer ou le laisser sur le côté.

C'était un début. C'était mieux que rien. Mais jamais elle ne l'avouerait. Juste pour la forme et pour le tarauder un peu elle ajouta donc :

— Je pensais plutôt demander à Adam de venir avec moi, mais il doit être fatigué de son périple et il a sans doute des choses bien plus importantes à faire, donc nous irons ensemble ! Rendez-vous dans l'entrée dans dix minutes.

Sur ces paroles, alors que le docteur d'un sourire entendu, lui confirmait que la prise de sang était terminée, elle se leva et quitta la pièce.

— Elle vous taquine mais elle est rassurée que vous veniez avec elle. J'en suis sûr.

— De toute façon ce plan est une des seules façons que j'ai de pouvoir goûter un peu de sang humain, alors je veillerai sur ces aiguilles et ces flacons comme sur la prunelles de mes yeux !

Chapitre 5

Pédalant vivement sur le sentier forestier qu'elle avait si souvent arpenté, protégée sur les flancs par les crocs rassurants de Kodiak et Hinouk, ses deux chiens, Lou trouvait la balade plutôt calme. La troisième paire de crocs, appartenant à Dubuissert, se trouvait derrière elle.

En jean noir, chemise blanche et veste noire, il n'avait même pas pris la peine de se chausser pour la circonstance. Il portait toujours de belles chaussures de cuir, très citadines. Forcément, on peut se chausser comme on veut quand on ne risque aucun mal de pieds ! Lou se retourna pour voir s'il la suivait toujours d'aussi près. Il devait être en colère car il n'avait encore décoché aucune remarque cinglante.

Elle aurait pu le trouver beau si elle ne l'avait pas connu. Il avait une allure renversante. Lucie disait souvent qu'il était à tomber ! Lou trouvait qu'il était certes séduisant mais que son antipathie avait le don de tout gâcher. Il avait l'air tellement austère et sévère, voire prétentieux, que Lou ne s'attardait jamais sur les qualités physiques qu'il aurait pu avoir. Elle poursuivit donc sa route, un peu inquiète en passant certes à plusieurs kilomètres mais néanmoins proche à vol d'oiseau du camp de Wilma.

Les chiens durent sentirent son angoisse car ils se rapprochèrent, aux aguets.

Dubuissert fit de même.

Le souvenir de l'odeur de son sang était encore tellement ancré dans sa mémoire que courir ne pouvait pas lui faire de mal. Lorsqu'ils arrivèrent aux abords de l'hôpital, dont les nombreux et imposants bâtiments de crépi jaune étaient perdus dans la forêt, il l'interrogea du regard. Quel bâtiment serait le plus à même de renfermer le matériel nécessaire aux prises de sang ?

Elle lui indiqua de la main le bâtiment en question.

—Je vais faire un repérage, je vous fais signe si tout va bien.

Lou resta donc en lisière de bois et suivit du regard Dubuissert qui avançait vers l'hôpital. Elle le vit entrer par une porte de service puis attendit qu'il ressorte.

Assise au pied d'un arbre, ses chiens lui assurant une protection bienvenue, elle réfléchissait. Joseph, Margot et Adam était revenus, ils avaient un plan qui pourrait peut-être mettre à mal l'organisation de Wilma et sans doute de l'Ordonnatrice, mais ensuite ?

L'Avesnois ne serait libre que lorsque le monde le serait. Sans cela, les vampires continueraient d'envoyer des troupes pour tancer la rébellion. Leur nombre n'était en rien comparable au leur.

Kodiak se releva prestement et Lou fut tirée des ses pensées. Devant l'attitude un peu belliqueuse de son chien, un pieu déjà en main, elle attendit de voir l'ennemi arriver, mais il n'en fut rien. Ce fut Adam qui s'avança vers elle.

— Je suis venu te sauver des griffes du grand méchant vampire, déclara-t-il en riant.

Il était bon de revoir son visage souriant, sa jeunesse et sa bonne humeur, qui tranchait nettement avec l'air taciturne de Dubuissert.

— Les autres savent que tu es parti ? Nous avons une règle bien précise, nous devons toujours faire savoir que nous quittons la bâtisse et pourquoi !

— Maman m'a dit que tu avais édicté tout un tas de règles, cela ne m'étonne pas de toi !

Il rit de plus belle et elle l'accompagna. Il y avait bien longtemps qu'elle n'avait pas ri ou même souri. Elle revoyait encore le visage de sa grand-mère avec qui elle avait eu des moments de franche rigolade et rire lui faisait du bien au moral.

Il lui tendit la main pour l'aider à se relever et elle se retrouva dans ses bras. Comme une simple camarade, loin d'une étreinte amoureuse. Juste une accolade de bienvenue, une embrassade amicale qui dit à quel point les gens vous ont manqué.

— Je suis désolée de t'avoir embrassé quand tu es revenu. C'est que j'avais dit à Dubuissert que tu était mon fiancé.

— Pourquoi, il te fait des avances ? demanda Adam d'un air étrange.

— Non, c'est juste qu'il a vite compris que tu étais spécial et cela me donnait l'impression d'être moins fragile en étant fiancée avec toi !

— Fragile, toi ? Je ne pense pas que qui que soit puisse y croire, rassure-toi. J'ai depuis longtemps compris à quel point tu es forte.

Lou leva un regard interrogateur vers son ami.

— Pourtant tu étais plus que protecteur envers moi, ça avait le don de m'exaspérer !

— J'ai eu du mal à te voir comme une adulte, pour moi tu étais restée l'enfant des photos que nous recevions au nouvel an. Tu es si jeune. Mais aujourd'hui j'ai compris que tu es une femme, une sacrée femme même ! Tu as tellement changé depuis mon départ.

C'était vrai. Elle avait certes gagné en assurance, mais elle était devenue plus « femme » ! Ses rondeurs d'adolescente bien couvée s'étaient effacées avec le temps, les privations, les travaux de la ferme et les entraînements. Elle était désormais une belle jeune femme. Encore plantureuse mais ferme. Plus sûre d'elle aussi. Elle était presque devenue un chef de guerre. Elle couvait sa troupe comme une mère, la défendait comme une louve et la menait à la baguette.

Ses cheveux roux, plus longs maintenant, avaient tendance à onduler et bien qu'elle les attachât, il y avait toujours une mèche pour définir son caractère : rebelle.

— Une chose n'a pas changée, je suis toujours aussi gourmande et il y a des mûres juste derrière toi !

Elle s'avança pour cueillir quelques baies à hauteur d'homme mais ne s'avisa pas des ronces qui lui encerclèrent les chevilles. En se dégageant, elle se griffa profondément. Rien de bien alarmant, mais l'odeur du sang se répandit alentour, jusque dans les narines d'Adam qui ferma les yeux en respirant le plus calmement possible.

Lou éclata de rire, malgré les petites douleurs qui se répandaient dans son mollet.

— Tu ne vas pas me dire que la vue du sang t'insupporte ! C'est trop drôle pour un vampire, même un Équilibré !!!

À peine avait-elle fini sa phrase qu'Hinouk se releva d'un bon. Dubuissert venait de revenir si vite qu'on ne l'avait pas même vu arriver.

— Il faut cacher cette plaie, l'odeur est bien trop puissante pour passer inaperçue !

Il sortit un mouchoir de sa poche, un grand carré de tissu immaculé, encore bien plié, et entreprit de le nouer autour de la cheville de la jeune fille.

— C'est dangereux de laisser une blessure sans pansement dans une zone où l'on peut tomber nez à nez avec des vampires. Pour renforcer leurs troupes, certains n'hésitent pas à convertir à tour de bras et les jeunes vampires sont parfois bien difficiles à contrôler. Vous ne voulez-pas qu'il vous arrive malheur !

Il se tourna ensuite vers Adam, l'œil noir, et lui reprocha :

— Vous auriez pu y penser, vous connaissez assez les vampires pour le savoir, non ?

Adam le prit de haut et lui demanda à son tour :

— Vous avez trouvé ce que nous cherchons ?

— Oui, j'en ai une pièce pleine. Il y a aussi des médicaments encore utilisables si vous voulez faire un réassort, mademoiselle Godin.

Lou, gênée que sa maladresse ponctuelle ait pu causer autant d'animosité, s'empressa de répondre.

— Alors, si la voie est libre, allons-y. À nous trois nous aurons vite fait le plein !

Ainsi fut fait.

Seringues, aiguilles, poches à remplir, antiseptiques, morphine, antibiotiques... Tout ce qui pouvait servir fut emporté et Lou composa même un grand sac à l'attention des insurgés que son groupe devait retrouver le lendemain. Sans doute n'avaient-ils pas beaucoup plus qu'eux. Elle ajouta des kits de suture, quelques attelles et quelques médicaments pédiatriques. Rosalie restait sa préoccupation principale !

Le voyage de retour vers la Bâtisse se passa bien moins sereinement que l'aller.

L'atmosphère était tellement chargée en électricité que Lou craignait qu'ils ne se fassent repérer. Les mauvaises ondes que s'envoyaient les deux hommes devaient se répercuter à plusieurs kilomètres à la ronde.

Elle tenta d'engager la conversation.

— Monsieur Dubuissert, vous êtes allé au camp des bois avant que le chaos ne s'installe pour de bon. Je le sais, Adam vous y a vu. Comment était-ce, alors ?

Mentir aurait sans doute été plus facile, mais quelle solution avait-il, alors que l'espion en question était à quelques pas de lui ? Il se résigna donc à parler.

— Nous y avions notre camp de base avant que nous ne nous installions au village. Ce n'était en rien comparable à ce que vous m'en avez dit. Il n'y avait alors que quelques baraquements et nous y logions. L'Ordonnatrice actuelle, Lydie Malverne, était en quelque sorte ma secrétaire, mais elle était trop dissipée. Bien trop préoccupée par des problèmes mineurs.

Adam se souvenait très bien de la conversation qu'il avait surpris. La femme brune aux lèvres fines et à la frange coupée juste au dessus des yeux voulait à tout prix retrouver son « enfant ». Un certain Virgile. Celui-là même qui était responsable de la mort de la maman de Rosalie et qui avait tué les grands-parents de Lou. Elle serait aussi morte sous ses crocs si Adam ne s'était pas trouvé sur sa route. Il n'oublierait pas son combat avec Virgile. Son premier combat avec un vampire depuis longtemps. Le Toqué avait dit à Adam que cette Lydie était aussi sa créatrice.

Il devait l'appeler « Mère ». En pensant au Toqué, Adam se dit qu'il faudrait bien un jour ou l'autre dire à Lou qu'il était de retour. Pour le moment, il était sous bonne garde avec Marie, mais Adam redoutait néanmoins la réaction de Lou.

— Elle était préoccupée par le sort de « son enfant ». Celui qui a tué la maman de Rosalie. Si vous la croisez un jour, faites-lui savoir que je suis responsable de la mort de cette ordure de Virgile et que j'en suis ravie !

Les mots avaient jailli de la bouche de Lou sans qu'elle les contrôle, trop heureuse de pouvoir se décharger sur Dubuissert. Sans savoir pourquoi, elle voulait lui faire mal, lui faire payer sans doute. Ils avaient beau être désormais alliés, elle avait beau avoir désormais confiance en lui en ce qui concernait sa propre sécurité, celle de Rosalie et celle des humains de la Bâtisse, elle n'en restait pas moins persuadée qu'il trahirait sans remord si toutefois cela lui permettait de reprendre sa place d'Ordonnateur.

— En plus vous cautionniez qu'elle se compose un garde-manger en lui permettant de stocker des humains comme du vulgaire bétail ou des boîtes de conserve.

Dubuissert releva la tête et déclara, froidement :

— Ce n'est ni le lieu ni le moment de parler de cela. Vous ne me connaissez que peu, mademoiselle Godin. Je pensais que nous avions établi une relation de confiance réciproque, mais depuis le retour de votre… fiancé, j'ai bien l'impression qu'il va de nouveau falloir que nous nous affrontions sans relâche. Mais rassurez-vous, un jour ou l'autre je saurai bien, de nouveau, vous faire taire.

Lou manqua tomber de son vélo à l'évocation de la façon dont il avait, un jour, réussi à la faire taire effectivement. Ils étaient alors dans les bois, à scruter la cabane de Mathieu Harbonnier. Lou voulait se lancer tête baissée à l'assaut de la cabane, persuadée que Marie s'y trouvait en grand danger et ne voulait pas entendre raison. Sa verve aurait bien pu les faire prendre et il n'avait trouvé d'autre remède pour lui clore les lèvres que de les emprisonner sous les siennes. Le contact avait été brûlant. Il en demeurait un souvenir étrange.

— Nous parlerons de cela à la maison. Nous sommes encore sur des terres hostiles, nous ferions mieux de nous concentrer.

Adam tentait vainement de ramener le calme dans leur petite troupe. Même les chiens voyaient le danger que représentait un manque de concentration car ils semblaient encore plus aux aguets que de coutume. Presque en même temps qu'Adam, ils se figèrent, imités à la seconde par Dubuissert qui posa une main sur le guidon du vélo de Lou, lui intimant le silence d'un doigt sur la bouche.

Plus aucun bruit ne vint rompre la calme animation naturelle de la forêt, si ce n'est le cœur de Lou battant la chamade, d'excitation et de peur mêlées.

Adam se déporta sans bruit et, tendant l'oreille, entreprit de découvrir quelle était la présence que chiens et vampires avaient clairement perçue. Il fut presque soulagé de découvrir les effluves de deux humains, bien que les odeurs en question empestassent la trahison. Les personnes qui s'approchaient, sans se douter encore de leur présence, étaient de mauvaises gens, il pouvait le dire à leur émanation. Chaque personne a une odeur bien particulière, qui témoigne de la façon dont on vit mais aussi de la façon dont on pense. Le parfum le plus difficile à percevoir était celui de l'amour entre deux êtres, le grand Amour. Il était rare et

Adam ne percevait l'odeur de rose et guimauve mêlées qu'en présence de Joseph et Margot. Les traîtres, eux, dégageaient une odeur affreuse de purin d'ortie et Adam s'étonnait de ne pas la percevoir chez Dubuissert. Mais il se pouvait très bien qu'un vampire de son âge ait pu apprendre à contrôler son odeur.

Dissimulés par des fourrés, les chiens conscients autant que les hommes de l'importance du silence, ils perçurent néanmoins des bribes de la conversation que les deux hommes tenaient, chemin faisant.

— Harbonnier est encore pire qu'avant. Depuis qu'il a la gueule cramée et qu'il ne peut plus rien faire, il n'a plus qu'une idée en tête, retrouver une certaine Marie qui l'aurait quitté.

— Ouais, y'en a qui disent qu'elle est morte dans l'incendie qui a ravagé la gueule de l'autre, mais il y croit pas. Il n'arrête pas de dire que s'il la retrouve, l'Ordonnatrice lui a promis de le convertir et que sa gueule cramée sera guérie. Sacrée religion, non ?

Puis ils partirent tous deux d'un rire gras et aviné. Leur tenue, jeans et veste en cuir, permirent à Dubuissert et à Lou de reconnaître des auxiliaires, ces humains qui avaient décidé de collaborer avec les vampires, parfois même sans connaître leur nature. Être du côté du plus fort, plutôt qu'être du côté de ses convictions. Un opportunisme malsain que l'on retrouvait néanmoins aux quatre coins du monde.

Les deux hommes assez loin pour ne plus être repérés, Lou, Adam, Dubuissert et les deux chiens reprirent leur chemin, cette fois dans un silence rigoureux, aux aguets, et rentrèrent à la bâtisse sans rien ajouter. Marie n'était pas encore sortie d'affaire. Elle luttait tant bien que mal contre ses penchants vampiriques incontrôlables et Harbonnier était toujours vivant. La journée avait été instructive, mais pas dans le sens joyeux du terme.

Chapitre 6

Septembre approchait à grands coups de vent en cette matinée presque automnale.

Joseph, Margot, Thierry, Lucie et Dubuissert étaient déjà au bunker de guillaume II, attendant l'arrivée du groupe de Bourreau. Lou avait elle-même confié à Dubuissert le soin de porter le sac contenant les pansements et autres matériels de premiers secours et elle se demandait si cela leur serait utile. Peut-être étaient-ils très organisés et bien mieux équipés que ce qu'elle pensait. Assise dans la cuisine, elle regardait un nœud dans le bois qui composait le plateau de la table en chêne. Depuis quelques heures, elle savait que le sang décongelé avait pour Adam les mêmes conséquences que le sang frais. Le jeune homme était parti depuis lors, essayant de calmer la folie qui s'était emparé de lui. Il courait sans discontinuer et Lou s'en inquiétait. Qu'arriverait-il s'il se trouvait nez à nez avec des humains ou avec des vampires de la nouvelle Ordonnatrice ?

Le docteur Derode savait ce qui passait par la tête de la jeune fille, néanmoins, il savait aussi que ce plan représentait leur plus grande chance de réussite.

Il avait proposé à chaque humain présent à la Bâtisse de donner un peu de sang régulièrement, pour composer des stocks. Thierry avait décidé de proposer au groupe de rebelles de se joindre aux donneurs.

La prochaine expérimentation consistait à tester le sang de vampire sur Adam.

— Il faudrait un donneur autre que sa mère ou Joseph. Il y a des liens sanguins trop importants entre eux pour que le test soit convaincant.

— Je suis sûre que nous trouverons parmi les vampires de notre équipe un volontaire !

Lou releva sa manche en voyant l'aiguille que le docteur avait préparée. Elle faisait partie des donneurs fréquents car elle était jeune, de constitution solide et surtout elle ne sortait pas pour des raids en pleine forêt. Thierry et Lucie devaient garder leurs forces pour pouvoir faire face à n'importe quelle attaque, mais Lou était cantonnée à la Bâtisse et il fut heureux que ce soit le cas ce matin-là, car un auxiliaire de Lydie Malverne se présenta à la grille de la propriété porteur d'un message à remettre en main propre à Lou. Le docteur venait juste de terminer le prélèvement sanguin lorsque Nanuk se rua dans la cour, boitillant toujours à cause de sa patte cassée mais prête à en découdre malgré tout.

Lou posa une main rassurante sur la grosse tête de sa chienne puis regarda l'auxiliaire à travers les arabesques de fer forgé du lourd portail.

— Je suis venu porter un message pour Louise Godin, tutrice de Rosalie Poulain.

A l'évocation du nom de Rosalie, Lou se figea intérieurement. Elle redoutait toujours un moment où on tenterait de lui enlever cette petite fille qui était devenue la sienne par la force des choses et par la force de leurs sentiments.

— C'est moi.

Droite comme un I, elle tenta de garder la tête haute, le regard froid et la peur secrète.

— L'ordonnatrice a décidé de regrouper les enfants sans famille. Les orphelins doivent donc se présenter à la mairie avec leur tuteur afin que l'Ordonnatrice décide de leur avenir.

— Comment ça, de leur avenir ?

Bête et discipliné, l'auxiliaire se contenta de répondre la leçon qu'on lui avait fait apprendre avant de partir.

— Un camp de réfugiés a été ouvert non loin d'ici et l'ordonnatrice pense que les enfants réunis seraient plus à même de s'épanouir, puisque de toute façon ils n'ont plus de famille...

— Rosalie a encore de la famille, elle est ma cousine.

Ce lien qui s'appuyait sur un mensonge serait-il assez fort pour garder Rosalie près d'elle ?

— Il faudra quand même vous présenter à la mairie avec la gamine. L'ordonnatrice jugera elle même ! D'ici à demain, sans faute !

Sans aucun commentaire de plus, il laissa Lou pantelante et se remit en chemin.

Il n'avait pas parlé de Lucie et Thomas qui devaient être considérés comme des adultes. C'était déjà un bon point, mais il lui fallait sans perdre un instant trouver une solution pour Rosalie. Elle n'avait aucun document qui puisse attester de son lien de parenté avec Rosalie puisqu'il n'existait pas.

Ce fut le vieux docteur qui une fois encore trouva une parade.

— J'ai dans ma sacoche des actes de naissance vierges. Voilà ce que c'est d'être vieux, il y a tout un tas de paperasse dont je n'ai plus besoin depuis plus de trente ans. Je vais te rédiger un acte à ton nom et un au nom de Rosalie. Le papier est déjà bien passé, nous n'aurons plus qu'à user l'encre. Avec une gomme à effacer en caoutchouc cela devrait faire l'affaire !

Ils s'attelèrent donc à cette tâche et composèrent une famille Poulain-Godin.

Rosalie était donc la fille de la jeune tante de Lou. Elle était en vacances dans la région avec sa mère lorsque l'épidémie s'était déclarée et Alice, la mère de Rosalie, en était morte. C'est donc naturellement que Lou avait pris soin de Rosalie. La tombe d'Alice était de toute façon sur le terrain de la bâtisse, cela ne serait pas difficile à prouver.

— Pour Papa, j'aurai qu'à dire qu'il est mort quand j'étais bébé dans un accident de voiture. Au moins on n'aura pas besoin d'inventer une histoire trop compliquée !

Lou prit la gamine dans ses bras. Elle avait toujours réponse à tout et ne se formalisait jamais de ce qu'on lui faisait dire ou faire. A une autre époque, ils auraient été des bourreaux de se conduire comme cela avec une gamine de six ans. Aujourd'hui, ils lui sauvaient simplement la vie et lui apprenaient comment survivre à tout.

Un pinceau trempé dans un peu de thé acheva de vieillir les feuilles et Lou se saisit d'une vieille pochette où se trouvaient jusqu'alors les papiers de Mamie et entreprit de ranger des papiers de famille, les actes de naissance falsifiés signés par le docteur, le titre de propriété de la bâtisse...

Quand les autres rentreraient, elle partirait.

Chapitre 7

Du haut de ses dix-sept ans, Lucie avait décidé de se comporter comme une adulte et de partager avec les autres les corvées comme les responsabilités.

Avec ce qu'elle avait frôlé au camp de Wilma, elle ne serait de toute façon plus jamais une ado comme les autres. Il est des épreuves qui forgent un caractère. Puis avec des couteaux elle n'était pas la dernière. Elle avait appris lors d'un stage sur le cirque les rudiments du lancer de couteaux et s'en sortait décidément très bien. À l'entraînement, elle avait validé cette pratique et avait commencé à remplacer les couteaux par des pieux.

Margot, bonne couturière, lui avait même confectionné une sorte de holster en cuir où couteaux et pieux étaient bien attachés mais pourtant prêts à jaillir vers un ennemi.

Si elle avait une relation particulière avec Thierry, qui avait risqué sa vie pour la soutenir au camp de Wilma, elle avait trouvé au sein de la bâtisse une solide famille de substitution.

Elle se sentait très proche de Thomas, qui avait pratiquement le même âge qu'elle et qui était ce qui se rapprochait le plus d'un frère. Lou était la grande sœur de référence, Rosalie la petite sœur espiègle... Même les vampires avaient une importance particulière pour elle. Si Joseph et Margot lui étaient très familiers, elle apprenait encore à connaître Adam. Pour Dubuissert c'était différent. Elle ne l'avouait pas vraiment mais il était un peu jusque là son fantasme d'adolescente. Avec son physique élancé, son regard froid, son visage décidé, il était aussi beau pour elle qu'inaccessible. Une utopie en somme. Dont on s'affranchit en découvrant qu'il existe finalement des rêves que l'on pourrait atteindre si l'on y mettait son cœur.

Revenir au bunker de Guillaume II était excitant pour Lucie pour deux raisons.

Elle était enfin une adulte aux yeux des autres, on lui confiait une mission particulière, elle faisait partie de l'expédition à part entière, non comme une gamine que l'on couve mais comme un soldat sur lequel on compte. Et puis il y avait ce garçon plein de mystère. Utopie justement. Quel doux nom pour un rêve.

Elle souriait intérieurement chaque soir en pensant à ces deux raisons. On pouvait être un bon soldat et penser avec son cœur en dehors de la bataille.

Elle n'avait oublié aucun détail de leur première rencontre et savait dépeindre le révolté point par point.

Plus grand qu'elle de quinze bons centimètres, il avait l'air plutôt musclé et agile.

Le bandeau de cuir qui lui barrait la joue et cachait sans doute un œil blessé était plus attirant qu'autre chose. Une cicatrice s'en échappait, mordait sur le front pour se perdre dans le milieu de la joue, que le bandeau laissait à découvert.

Ses cheveux balayaient son front, tentant peut-être de cacher cette cicatrice mais ajoutant encore au côté mystérieux du jeune homme.

Elle s'était juré de prendre son rôle à cœur et de se concentrer sur la rencontre avec tous les Révoltés et pas juste sur lui.

Il inspectait le sac que Dubuissert lui avait remis et paraissait plutôt content de ce qu'il y trouvait. À les voir l'un à côté de l'autre, quiconque aurait fait des comparaisons. Il existait deux différences marquantes entre Utopie et Dubuissert.

Utopie, humain, avait une vingtaine d'années, Dubuissert, vampire, paraissait trente ou trente-cinq ans. Surtout, s'ils avaient tous les deux un air plutôt sévère, Utopie avait un visage fermé, comme en souffrance, alors que Dubuissert avait un visage froid, limite calculateur.

Mais il était temps pour Lucie de reporter son attention sur cette seconde rencontre.

Joseph et Thierry en chefs de file, la discussion était déjà entamée.

Les informations transmises la dernière fois avaient permis aux Révoltés de mesurer le degré de sérieux des résistants de Lou et ils étaient un peu plus détendus.

Margot avait amené du pain et de la confiture ainsi qu'une thermos de café. Quelques détails en somme, mais une collation appréciée par tous, en ces temps où les privations et les restrictions s'étaient vite fait sentir.

— Nous avons un atout non négligeable. Notre fils est particulier, expliqua Joseph. S'il est un vampire comme nous, il a aussi un côté très humain, et une force qui surpasse ce que nos deux espèces connaissent.

Bourreau était attentif. Il avait été un peu sceptique à l'idée de s'acoquiner avec des vampires, mais il fallait bien se rendre à l'évidence, ce groupe avait bel et bien l'air de se surpasser en vie collective et organisation. Vampires et humains se soutenaient et on pouvait presque dire qu'ils formaient tous une sorte de famille avec même l'oncle grincheux, à voir la mine renfrognée du grand vampire brun qui avait amené le sac de secourisme à Utopie.

Margot poursuivit l'explication de son mari.

— Il n'a pas besoin de sang pour vivre ou survivre. Mais s'il en prend, sa force se décuple, un peu à la façon de la potion magique dans cette BD sur les gaulois. Nous avons commencé à constituer des stocks de sang, car il n'est pas le seul à bénéficier de tels effets à l'absorption de sang. Fort de cette première ligne survitaminée, nous pourrions mettre très à mal le camp des bois, le démanteler sans aucun doute. Tous ensemble. Nous serions presque une armée.

Bourreau mesurait bien l'ampleur de la possibilité. Renverser ce camp des bois qui alimentait en sang les vampires aux nord de la capitale était leur objectif principal.

— Je voudrais bien rencontrer votre fils et en discuter avec lui. Serait-ce possible ?

Les habitants de la bâtisse se regardèrent et comprirent que l'heure était venue.

— Venez chez nous. Vous verrez aussi notre organisation et vous pourrez parler avec mon fils, déclara Joseph, conscient qu'il parlait au nom de tous.

C'est ainsi que Bourreau, accompagné de deux autres membres de son équipe, se dirigea avec le groupe à la bâtisse, tandis qu'Utopie repartait vers les chalets du ValJoly, menant le reste du groupe à travers ces bois qu'il connaissait si bien.

Chapitre 8

La main de Rosalie serrée dans la sienne, Lou avait au cœur une boule énorme.

Ne pas se présenter à la convocation aurait été une erreur terrible pour toute la population de la Bâtisse mais d'un autre côté, se diriger tête baissée vers la mairie à la rencontre de cette Lydie Malverne qu'elle avait déjà croisée lui faisait froid dans le dos. Heureusement, Kodiak et Hinouk les escortaient. Deux molosses aux crocs lupins pouvaient bien être dissuasifs en public. Ils n'auraient sans doute pas l'avantage contre un vampire en pleine nuit, mais protégés par le soleil qui affaiblissait la force vampire et surtout exposés aux vu et au su de tous, ils étaient un renfort particulièrement bienvenu et rassurant.

— Tu ne devrais pas t'inquiéter, tu sais. Je suis sûre qu'elle va nous laisser repartir dès qu'elle aura vu nos papiers, cousine ! Mais quand même, je voulais te dire. Lou... Je t'aime.

La gamine avait beau se vouloir rassurante, les fines larmes qui perlaient au coin de ses yeux tendres n'étaient pas en accord avec l'air qu'elle voulait afficher.

— Moi aussi je t'aime, ma chérie. Et quoi qu'il se passe, je ne laisserai rien t'arriver, je te le promets !

La mairie bien en vue se dessinait de manière encore plus sinistre que d'habitude. Avant le Nouvel Ordre, c'était un beau bâtiment de briques dans lequel on entrait pour les papiers officiels et pour les mariages.

Aujourd'hui, il était synonyme de représailles et de contrôles. Déjà lorsqu'elle avait dû s'y rendre chaque jour pour être la secrétaire de Dubuissert, Lou avait trouvé que l'aura du bâtiment avait changé. Cette fois, ce fut encore pire.

Un auxiliaire qu'elle ne connaissait pas l'accueillit froidement, prit les renseignements nécessaires à cet énième recensement puis la pria d'attendre sur un ton qui n'acceptait aucune réplique.

Les deux filles s'installèrent donc, mal à l'aise, dans les fauteuils du hall, conscientes d'être sans doute observées par la vitre de l'étage.

Rosalie était d'une pâleur effrayante et la peur se lisait sur son beau visage.

Lou, contrôlant tant bien que mal ses émotions, tentait d'afficher un visage serein, tant pour rassurer Lou que pour ne pas offrir aux vampires et à leurs sbires la satisfaction de lui faire peur.

Une femme passa devant elle, pleurant à chaudes larmes, et se dirigea d'un pas traînant vers la sortie. Ses baskets frottant sur le sol semblaient accompagner son chagrin d'une complainte lancinante. L'auxiliaire qui l'escortait, une femme, posa la main sur son épaule et murmura :

— Je suis sûre que tout ira bien pour lui. C'est presque un jeune homme, l'Ordonnatrice a de grands projets pour les gens de son âge. Rassurez-vous. Il vaut mieux qu'il s'élève loin de vous plutôt qu'il stagne chez vous. Vous ne croyez-pas ?

Elles étaient arrivées près de la porte et la main faussement rassurante poussa la malheureuse vers la sortie. L'auxiliaire se dirigea ensuite vers le bureau que Lou avait occupé puis se replongea dans la paperasse.

— Montez !

Une voix un peu nasillarde venait d'intimer un ordre et Lou se demanda s'il s'adressait à Rosalie et elle. Interdite, elle interrogea du regard l'auxiliaire qui ne daigna même pas lever le nez de son travail.

— Montez, j'ai dit !

Rosalie et Lou se regardèrent. C'était à n'en pas douter à elles que cette voix désagréable s'adressait.

Main dans la main, dans une ultime tentative de se rassurer, elles se levèrent et se dirigèrent sans urgence vers l'escalier de bois clair qui s'élevait non loin du bureau d'accueil.

L'escalier leur sembla bien trop court et le pallier s'invita bien trop vite. Toutes les portes que desservait l'étage étaient fermées à l'exception de celle qui menait vers la salle de réunion, une pièce présentant un bel espace et une luminosité agréable.

— Entrez.

Lou prit une profonde inspiration puis franchit le seuil de la salle.

Rosalie suivait, presque cachée par la stature de Lou.

— Vous êtes donc cousines ? Il n'y a guère de ressemblance !

Sans même un bonjour, bien entendu. Lou ne put se retenir de s'insurger, même poliment.

— Bonjour, madame...

— Votre Excellence, cela suffira amplement.

Oui, amplement, s'indigna mentalement Lou.

L'Ordonnatrice s'avança lentement vers Rosalie et la saisit doucement au menton, lui intimant l'ordre silencieux de relever la tête. La gamine plongea malgré elle son regard dans celui de Lydie Malverne et, loin de ressentir une quelconque fascination hypnotique, elle fût glacée par l'effroi.

— Quels jolis yeux... Et quel teint magnifique ! Une vraie petite poupée...

Lou nota aisément la convoitise dans le regard de la femme vampire et ses craintes s'accentuèrent. Hinouk se glissa même entre la petite et l'Ordonnatrice, ce qui eut pour effet de briser le charme dans lequel se perdait Lydie.

— Je vous demande l'autorisation de garder près de moi ma cousine. Nous sommes l'une pour l'autre la seule famille restante. S'il vous plaît.

Lou avait beau être fière, son ton était le plus déférent possible. Elle savait que l'avenir de Rosalie passait par sa soumission et elle était bien prête à payer un tel prix pour garder « sa fille » auprès d'elle.

— J'ai étudié les documents que vous avez remis à ma secrétaire. Je ne peux donc qu'accéder à votre requête. Autre chose... On dit que votre amie, qui officiait comme institutrice pour le précédent Ordonnateur a disparu. Avez-vous de ses nouvelles ?

Vider son esprit pour mentir avec conviction. Lou inspira discrètement puis répondit sans feindre l'air contrarié qu'elle afficha :

— Non. Votre... Excellence. Nous sommes toujours sans nouvelles de Marie. Nous craignons le pire...

Rosalie se tût. Elle savait que Marie était vivante, façon de parler bien entendu puisqu'elle était devenue un vampire. Après avoir été enlevée par Harbonnier, une ordure d'auxiliaire encore plus véreux que les autres, Marie avait vécu sous le joug de son tortionnaire dans une cabane abandonnée au milieu du bois communal. Lou l'avait retrouvée au moment où la cabane, en feu, menaçait de s'écrouler sur une Marie entravée par des liens la maintenant au lit.

Profondément blessée, sa vie s'était perdue dans les bras de son amie qui avait supplié Dubuissert de la convertir. Malheureusement, Marie connaissait une adaptation difficile et il lui était désormais impossible de se tenir près des humains. Sa faim était toujours aussi puissante qu'incontrôlable et deux lieutenants de Dubuissert se relayaient à ses côtés afin de juguler ses envies, ses folies et tentaient ainsi de lui apprendre à maîtriser ses pulsions vampiriques.

Ce qui étonnait Lou, c'est la raison pour laquelle l'Ordonnatrice se souciait de Marie. Elle n'aurait même pas dû connaître son existence. Bien sûr, Lou avait cru comprendre qu'Harbonnier avait un statut particulier auprès de cette femme qui portait un opportunisme malsain sur son visage, mais quand bien même...

— Nous n'allons pas user de votre temps plus longtemps. Merci de nous avoir reçues Mad... Votre Excellence.

Sans tourner le dos à la vampire, en un geste qui aurait pu être pris pour de la déférence mais qui n'était pourtant que méfiance, les deux demoiselles quittèrent la salle de réunion, descendirent les escaliers, suivies par les deux chiens loups et s'engouffrèrent vers la sortie, respirant à pleins poumons une fois dehors.

Cela avait-il été si facile ou bien n'était-ce que le début des embêtements ?

Lou savait que le docteur devait s'inquiéter, aussi, après avoir récupéré sa carabine, qu'elle avait cachée dans les hautes herbes à quelques centaines de mètres de la mairie, avec sa besace et ses quelques pieux de fortune, elle envoya Hinouk en avant.

Le chien rentra directement à la bâtisse et les vigies vampires placées aux abords de la maison par Dubuissert le laissèrent bien sûr entrer sans filtrer. Ils avaient appris à voir les chiens de Lou comme des atouts et non comme des menaces. Cela dit, ils savaient très bien qu'un vampire aurait du fil à retordre s'il affrontait Lou et ses chiens. La demoiselle était brave et forte et les chiens avaient des crocs bien plus aiguisés que certains vampires de leur connaissance !

Le docteur, en voyant le chien revenir et s'installer confortablement au soleil, sur la terrasse, comprit que le plus dur, pour cette fois, était passé. Rosalie rentrait avec Lou. C'était là le plus important.

Le frigidaire destiné aux poches de sang était prêt à accueillir les prélèvements qui composeraient cette fois non plus les expérimentations mais les réserves en vue de la bataille.

Thomas attendait le retour d'Adam pour se mettre en quête d'un congélateur qui conserverait ensuite le sang.

Adam, d'ailleurs, était parti depuis bien longtemps et ne tarderait sans doute pas. Thomas s'attelait donc à la tâche avec d'autant plus de force et d'entrain qu'il travaillait seul ce jour là. Seul humain, à vrai dire, car le garçon si sympathique s'était vite attiré les amitiés d'un vampire de Dubuissert, Anatole, ancien pianiste au physique de lutteur grec qui travaillait aussi dur que Thomas. Il avait été parmi la douzaine de vampires à être restée fidèle à Dubuissert alors que les autres, le croyant mort, avaient vite rallié les rangs de la nouvelle Ordonnatrice, Lydie Malverne.

— Si on a fini avant qu'Adam ne revienne, tu m'accompagneras voir Marie ?

Thomas avait du mal à se tenir éloigné de Marie. Elle avait été sa planche de salut lorsque la débâcle était arrivée et sa présence et son amitié lui manquaient. Pourtant, il était bien inconcevable pour lui de se rendre au chevet de son amie seul. Elle avait été à deux doigts d'égorger Lou. Sans l'intervention providentielle de Dubuissert, Lou ne serait plus de ce monde.

Anatole hocha la tête et se remit au travail. Il aimait bien Marie lui aussi. Enfin, il la trouvait jolie malgré la coupe militaire qu'elle arborait.

En effet, les brûlures avaient été tellement importantes que même la conversion n'avait pu tout résoudre. Son crane n'était donc plus recouvert que par un fin duvet et il était établi que ses cheveux ne repousseraient pas.

Chapitre 9

Lors de la dernière guerre mondiale, la bâtisse avait souvent servi de camp de base. Elle était entourée de blockhaus, vestiges de la ligne Maginot qui avait si mal protégé la France. Dans un de ces bâtiments en apparence abandonnée, Castor et Pollux, les géants vampires jumeaux, gardaient Marie et veillaient sur elle, tout comme ils veillaient désormais sur le Toqué, qui ne l'était plus tant.

Bien entendu, il avait gardé certaines compulsions qui avaient le don de faire rire Marie. Dénouer les nœuds, compter toutes les collections qu'il rencontrait, y compris le nombre de pions du jeu de dames, étaient toujours des activités d'actualité, mais sa raison semblait revenir. Il serait sans doute toujours naïf, mais avait aussi une candeur rafraîchissante et conservait une logique enfantine qui démentait le danger qu'il aurait pu insuffler à une rencontre. Pourtant Thomas était content de ne pas se trouver seul avec ce Toqué. Après tout, il avait voulu attaquer Lou, il y avait des lustres maintenant. D'ailleurs le vampire gardait un mauvais souvenir de sa rencontre avec la jeune fille et en avait toujours aussi peur !

— Comment va-t-elle aujourd'hui ? demanda Thomas aux jumeaux après les avoir salué.

— C'est toujours la même chose. Elle parle et rit, même, parfois, depuis l'arrivée du Toqué, mais elle a toujours cette attitude défensive qu'elle a adoptée depuis quelques semaines. Elle est assise, genoux sur la poitrine, les bras enserrant ses jambes. Elle a toujours aussi faim et est souvent triste, au fond. Je crois que sa situation lui pèse et la tourmente.

Thomas frappa à la porte de la « chambre » de Marie. Le bunker avait été aménagé de telle sorte qu'il y faisait plutôt bon vivre.

Un lit confortable avait été installé pour Marie ainsi que quelques meubles pour rendre l'endroit le plus chaleureux possible.

Le blockhaus s'ouvrait sur une salle commune qui desservait une pièce grâce à une cloison de fortune installée depuis peu, afin de permettre à Marie d'avoir son intimité. Cela dit, la seule issue possible était la salle commune, le blockhaus avait la particularité, comme souvent dans les bâtiments militaires de défense, de n'être muni que de meurtrières, rendant impossible toute tentative d'évasion.

Le Toqué dormait dans la salle commune mais passait ses journées avec Marie. Elle appréciait son contact et il le lui rendait bien.

— Bonjour Marie, murmura Thomas en entrant dans sa chambre.

L'un des jumeaux le précédait, l'autre le suivait. Anatole fermait la marche.

Les trois vampires étaient sur leurs gardes. Ils connaissaient bien maintenant l'agilité de Marie, y compris en pleine journée, et se méfiaient d'elle.

Portant, elle était toujours aussi gentille dans ses propos, elle tentait de lutter contre sa nature, disait-elle, mais rien n'y faisait.

— Thomas !

La voix de Marie, pourtant visiblement heureuse de le voir, était atone. Elle avait bel et bien l'air préoccupé et Thomas s'en inquiéta.

— Comment vas-tu, Marie ?

Il posa la question et se mordit la langue aussitôt. Il n'avait qu'à la regarder pour voir qu'elle n'allait pas bien. De profonds cernes noirs creusaient ses yeux, son teint était très pale et ses yeux injectés de sang.

— J'ai toujours faim. Je suis un monstre, Thomas. Il ne faut pas que tu restes ici, je vais vite avoir envie de te mordre ! Je ne supporte pas le sang animal, il me faut du vrai sang, mais on refuse de m'en donner. Je vais mourir, Thomas.

Le jeune homme, terrorisé à l'idée de perdre cette grande sœur de substitution, s'avança vers elle, prêt à la prendre dans ses bras et à la consoler. Il ne supportait pas de la voir souffrir.

Alors que les trois vampires l'arrêtaient, la voix de Marie retentit encore.

— Non, Thomas, ne t'approche pas, j'ai beau t'aimer comme un frère, je suis un monstre capable de te tuer. Ne reviens plus, Thomas.

C'est trop dur de sentir ton sang courir dans tes veines sans pouvoir y goûter !

Les larmes aux yeux, le jeune homme recula et s'adressa une dernière fois à Marie avant de sortir.

— Tu ne vas pas mourir, je te le promets. Je vais bien finir par trouver une solution. Je t'aime aussi, Marie.

En sortant, Anatole et lui se dirigèrent tout droit vers la bâtisse. Lou était de retour et les vampires de vigie indiquaient que le groupe parti à la rencontre des insurgés allait arriver.

Adam était lui aussi de retour, fourbu et encore sous l'effet de l'ivresse sanglante des derniers tests.

Anatole se joignit à eux pour partir en quête d'un congélateur propre et assez grand pour contenir l'espoir de victoire que représentait le sang qu'ils allaient bientôt collecter.

Alors qu'à la bâtisse les discussions allaient bon train sur les plans de bataille possibles, les trois garçons partirent à l'affût du moindre bruit, pour ne pas se retrouver en face des auxiliaires de Lydie Malverne ou en face d'un de ses vampires.

Adam devait bien l'avouer, il n'aimait guère Dubuissert, mais du temps où il était l'Ordonnateur, les choses étaient mieux tenues, les routes étaient plus sûres et la campagne aussi.

Aujourd'hui, il craignait de voir Thomas partir seul à travers champs pour visiter les fermes abandonnées afin d'y repérer le congélateur qu'il leur fallait. Et s'il craignait cela, ce n'était pas parce qu'il trouvait Thomas trop jeune, ou pas assez débrouillard, bien au contraire, mais parce qu'il valait mieux, désormais, ne plus jamais se déplacer seul sans un ordre de l'Ordonnatrice. N'importe lequel de ses sbires saignerait à blanc n'importe qui si la gourmandise le leur commandait.

Au moins, du temps de Dubuissert, il était obligatoire d'afficher une certaine maîtrise.

La troisième ferme visitée fût la bonne.

Le congélateur était presque vide et n'avait que peu souffert de la fin de l'électricité.

Les quelques denrées qui subsistaient au fond étaient surtout de la glace fondue et le nettoyage fut rapide. Les deux vampires transportèrent ensuite l'objet jusqu'à la bâtisse où son utilisation commencerait bientôt.

La maison était sans doute une des seules à avoir encore l'électricité, grâce à l'éolienne hélicoïdale qui assurait la production d'électricité nécessaire à toute la maisonnée.

Le congélateur fut installé dans la grande salle à manger, qui était jadis une étable.

Les bacs de fourrage en pierre autrefois destinés à l'alimentation des vaches étaient toujours là, bordant les murs de briques sablés et remplis de superbes plantes. Le mobilier, de chêne clair, se détachait sur le sol de briques à l'ancienne. Le côté rustique de la pièce était largement contrebalancé par les éclairages et les plateaux des tables et des étagères, tout en verre ciselé et taillé.

Lou était assise sur un fauteuil à bascule, devant la porte vitrée donnant sur la terrasse d'hiver. Le soleil déclinait et son attention était dans le vague lorsque qu'Adam vint s'installer près d'elle. Il posa la main sur l'avant bras de la jeune fille, provoquant un sursaut.

— À quoi penses-tu ?

Adam, profondément attaché à la jeune fille, nota derechef la ride qui lui barrait le front.

— Je suis allée à la mairie avec Rosalie aujourd'hui...

—Pourquoi ? Tu ne dois pas partir sans une escorte et tu le sais !

Le ton d'Adam avait été plus sec qu'il ne l'aurait voulu, mais savoir Lou et Rose sur les routes, puis à la mairie à la merci de l'Ordonnatrice et de ses sujets lui donnait des sueurs froides.

— Je n'ai pas eu le choix, ne sois pas désagréable. L'Ordonnatrice a décidé que les enfants orphelins devaient se rendre à la mairie. Elle veut les regrouper. Je suis sûre qu'elle va les envoyer dans ce camp des bois et je suis de plus en plus inquiète. Elle a avalé l'histoire que nous lui avons servi Rosalie et moi. Du moins je l'espère.

Elle raconta alors les manigances du docteur, et malgré la gravité de la situation, Adam ne pût s'empêcher de sourire. En effet, même au milieu de la tourmente, on pouvait toujours compter sur ses amis et sur la malice de certains.

— Elle a regardé Rosalie avec un air de convoitise terrible. J'ai peur, tu sais. Je ne veux pas perdre Rosalie, je ne veux pas qu'il lui arrive quoi que ce soit, mais je ne veux pas non plus que les enfants du canton soient confrontés aux vampires, que se soit pour les nourrir ou les divertir.

Les yeux de Lou étaient emplis de larmes contenues. Son cœur battait la chamade et le tumulte de sa rage était perceptible.

— Nous allons redoubler de vigilance à propos de Rosalie. Je ne vais pas la quitter des yeux, crois-moi. Quand tu ne seras pas près d'elle, j'y serai. Je te le promets. Rien ne lui arrivera.

Adam s'agenouilla près du fauteuil de la jeune fille et la prit dans ses bras. Les larmes coulèrent à flots ininterrompus pendant de longues minutes. Serrée contre Adam, Lou sentait la tension retomber. S'il n'était jamais parti, elle n'aurait pas eu à affronter toutes ces émotions. Elle avait jadis la réputation d'être froide, distante et réservée. Aujourd'hui elle avait l'impression d'être une boule de nerfs livrée à elle même depuis trop longtemps. Coincée dans les grands bras d'Adam, elle avait soudain l'impression de respirer, enfin. Cela dit, c'était une façon de parler car les bras d'Adam étaient si serrés que le souffle aurait presque pu lui manquer.

Il s'enivrait du parfum délicat de la jeune femme, mélange de fleurs des champs et d'odeur de mûres, cependant dominé par l'arôme de son sang. Il avait dû goûter au sang de Lou à plusieurs reprises et sa saveur était restée attachée à son palais. Les sanglots qui secouaient Lou mettaient aussi en branle ses veines et ses artères. Le cœur pompant le liquide carmin résonnait dans la tête d'Adam et le cou de Lou devenait une tentation terrible.

Malgré lui, Adam sentait ses crocs poindre et presque effleurer la peau fine de la jeune femme.

Ses lèvres taquinaient déjà le creux du cou de Lou et elle renversa la tête pour goûter encore au doux baiser.

— Le docteur vous attend, Adam.

La voix lourde de reproches de Dubuissert rompit le charme et Adam reprit bien vite ses esprits.

Lou se détacha de son ami et essuya ses larmes, honteuse malgré elle de s'être laissée aller et gênée que Dubuissert l'ait vue dans un tel état. S'il y avait bien quelqu'un que Lou voulait impressionner c'était lui. Avouer à cet homme qu'elle pouvait avoir des moments de faiblesse l'insupportait.

— Je dois encore me livrer aux expériences de ce bon vieux doc ! Je reviendrai tout à l'heure. Rosalie est avec ma mère pour le moment, tu peux encore te reposer un peu.

Adam déposa un baiser d'une infinie tendresse sur le front de Lou, puis se dirigea vers la porte de la cuisine, prêt à monter dans la chambre du docteur, le laboratoire comme on l'appelait désormais.

Dans les escaliers, Dubuissert, qui avait suivi Adam, le retint par le bras et le regarda froidement.

— Je ne suis pas si persuadé de votre infinie valeur et de votre supériorité. Vos crocs sont aussi exigeants que les nôtres, j'en suis sûr. Ne les laissez plus jamais traîner sur son cou. Elle est trop importante ici.

Adam, embarrassé qu'on ait pu le surprendre en pleine confusion, ne prit pas la peine de répondre, il n'aurait de toute façon pas su quoi dire. Il monta quatre à quatre les dernières marches et frappa à la porte du docteur.

Dubuissert ne savait pas pourquoi il était si furieux. Lui aussi avait souvent envie de vider la jeune femme de son sang. Tantôt par faim pure et dure, tantôt parce que son sang avait un parfum exquis, tantôt de rage car elle l'exaspérait souvent, mais il savait fort bien que le groupe tenait en grande partie grâce à elle. Il n'avait pas renoncé à l'idée de retrouver son fief et de se servir du modèle de fonctionnement établi par Louise Godin pour rétablir l'organisation de son Ordre. Il ne laisserait donc pas Adam Sénéchal la réduire à l'état de brique de sang. Quelle fille quand même. Si même un Equilibré, qui n'avait jamais eu besoin de sang, faisait une crise de gourmandise à cause d'elle, c'est que c'était un phénomène !

Il savait que des poches de son sang étaient dans le frigo installé dans la chambre du docteur. Il serait si facile de se faufiler la nuit, le vieux ronflait comme un sonneur.

Mais c'était bien trop risqué. Goûter son sang pouvait bien l'amener à ne pas pouvoir se contenter d'un échantillon. Il fallait donc définitivement qu'il prenne sur lui !

Penser à du sang humain avait une consonance particulière ce soir, alors qu'il venait de donner son propre sang pour les besoins des expériences de Derode.

Il redescendit les escaliers rapidement, ouvrit la lourde porte d'entrée et se dirigea vers la forêt.

Un sanglier plus tard, écœuré par le goût bien trop fort du sang de l'animal, son calme n'était toujours pas revenu...

Chapitre 10

Je te jure, Thomas, c'est un endroit magnifique. On pourrait y aller, juste une heure ou deux. Je suis sûre qu'Anatole pourrait même nous couvrir ! Allez !

Lucie tentait de convaincre Thomas de filer vers l'Eau Bleue, ce gouffre d'eau de pluie établi dans l'ancienne carrière. Elle savait qu'Utopie pouvait y être, mais ce n'est pas cela qui la motivait.

Elle rêvait de pouvoir se baigner dans l'eau limpide. L'endroit avait des airs de lagon. La pierre érosée, la végétation luxuriante, la couleur turquoise de l'eau étaient autant de raisons pour pouvoir s'échapper un peu. Et puis si Anatole venait avec eux, ils ne risquaient définitivement rien. Joseph, Margot et Thierry allaient cette fois au campement des insurgés, près du lac du ValJoly et Lucie n'était pas du voyage.

Dubuissert avait refusé d'y aller, il occuperait donc bien Lou qui ne saurait plus où donner de la tête entre Adam et Dubuissert qui ne pourraient sans doute pas s'empêcher de se chamailler, comme de coutume.

— Je ne sais pas. On doit toujours prévenir quand on quitte la maison.

Thomas était réticent. Il ne voulait pas trahir la confiance de Lou !

— On est des adultes et il ne peut rien nous arriver avec Anatole. Si on dit où on va, ils refuseront qu'on y aille de toute façon. Personne ne le saura...

Thomas en avait autant envie que son amie. Il rêvait lui aussi de pouvoir découvrir ce lieu enchanteur dont elle parlait et qu'il ne connaissait pas, et surtout de pouvoir nager alors que le temps était encore clément. Septembre était là depuis quelques jours mais les températures étaient toujours au beau fixe, le soleil irradiait et des vacances lui feraient le plus grand bien, même si elles ne devaient pas durer plus de deux heures !

Il sourit à Lucie qui comprit qu'elle avait gagné.

Elle courut discrètement préparer deux serviettes de bain qu'elle glissa dans le panier qui accueillait normalement leur repas.

Deux minutes plus tard, Thomas avait convaincu Anatole de se joindre à eux et, forts de leur idée, les trois jeunes gens prirent le chemin du champ dans lequel ils étaient sensés travailler.

— On travaillera plus vite en revenant, je suis sûre que personne ne se rendra compte de rien.

Excités par leur projet, la route leur parut diablement courte et ils se jetèrent très vite à l'eau.

Bien entendu, il n'était absolument pas question de faire du bruit. Le camp des bois était à quelques kilomètres et des vampires auraient tout aussi bien pu être dans les parages. Heureusement, Anatole veillait !

Il ne se baignait même pas.

Regarder Lucie s'ébattre dans l'eau suffisait à son plaisir. Il savait bien qu'étant un vampire, même un très jeune, il ne pouvait rien espérer. Il avait été converti cinq ans auparavant par un vampire qui l'avait ensuite abandonné. Livré à lui même, condamné à avoir dix-huit ans pour l'éternité, il avait erré quelque temps puis avait rencontré d'autres vampires qui lui avaient parlé d'un grand projet. Il avait bien tué quelques humains, mais toujours sans le vouloir. Il avait eu du mal à saisir la bonne manière de se nourrir sans pour autant prendre la vie et ces quelques morts pesaient sur sa conscience. Vivre à la Bâtisse où on lui imposait un régime animal ne le dérangeait pas le moins du monde. Le sang des animaux n'était peut être pas délicieux comme celui des humains, mais leur mort était moins offensive sur sa conscience !

À la bâtisse leur absence passa effectivement inaperçue.

Le docteur profita de l'absence de la plupart des habitants pour s'entretenir avec Lou.

Rosalie jouait avec Adam. Dubuissert avait emmené la plupart de ses sbires faire le tour des blockhaus alentour pour loger les Équilibrés et les vampires revenus avec Adam.

Il y avait bien trop d'activité autour de la maison pour que cela ne devienne pas suspect aux yeux du Nouvel Ordre et il n'était pas question d'attirer l'attention maintenant. La maison avait beau être isolée, les auxiliaires étaient déjà venus à plusieurs reprises et il était temps de trouver une solution. Bien entendu les vigies étaient à même de prévenir de l'arrivée de n'importe qui à la bâtisse, mais il valait mieux être prudents.

Les vampires arrivés à l'origine avec Dubuissert se virent donc confier deux ou trois nouveaux arrivés chacun et s'enfoncèrent dans la forêt. L'avantage du secteur était son grand nombre de bois et de forêts, autant de lieux où l'on pouvait se cacher, d'autant que de nombreux relais de chasse et maisons forestières se situaient bien à l'écart. C'était un réel atout que de pouvoir se déployer sur le canton et c'était aussi un bon moyen de sauver les troupes. Rester tous au même endroit, en plus d'attirer l'attention, pouvait mettre à mal leur mouvement. S'ils étaient découverts, ils tombaient tous. En répartissant les troupes en de nombreux groupes discrets, on avait l'avantage d'avoir des informations venant de partout dans le village mais aussi dans le canton et surtout on réduisait le risque d'être tous démasqués.

Puisqu'Adam était là, avec ses merveilleux pouvoirs de super vampire Equilibré, il pourrait bien veiller sur les abords de la maison. Il y avait bien longtemps que Dubuissert n'avait pas commandé de troupe et il brûlait de pouvoir à nouveau dominer le jeu. L'autre serait bien suffisant pour prendre le relais quelques heures.

Il fallait de toute façon que Dubuissert s'éloigne un peu de ce lieu où on le ramollissait.

Il prit une profonde inspiration, inutile certes, mais néanmoins délassante, et se porta à la tête des hommes, à qui il donna des directives précises, organisant au mieux l'expédition. Il faut bien avouer qu'il avait un don particulier pour ces choses et que l'exercer enfin lui donnait des ailes.

Lou regarda Dubuissert bomber le torse devant les autres. Il n'y avait pas à dire, il avait de la prestance. C'était un meneur né. Elle le regardait de loin expliquer ses projets, ses longs bras faisant de grand gestes précis dont aucun ne semblait inutile. Les groupes se formèrent et la cour fut vide l'instant d'après. Lou reporta son attention sur Rosalie. Elle jouait avec Nanuk. Si la chienne avait perdu toute chance de recourir attelée un jour, elle n'avait en tout état de cause pas perdu son joyeux caractère. Kodiak était comme souvent pendu aux basques de Lou et Hinouk regardait Nanuk et Rosalie jouer, d'un air las et fatigué.

Adam n'était plus là, sans doute parti prendre son tour de vigie afin d'en libérer les vampires de Dubuissert.

Le docteur fit signe à Lou de le suivre.

— Hinouk, veille sur Rosalie !

Elle savait que dans la maison, il ne pouvait rien arriver à la gamine, mais elle préférer rester prudente.

Le docteur et Lou s'éloignèrent doucement.

Le vieil homme semblait porter sur lui toute la misère du monde. Son dos avait l'air encore plus voûté que la veille et ses yeux étaient profondément cernés.

— Je suis inquiet, ma petite Lou. Je me demande si nous n'avons pas un voleur de sang parmi nos effectifs.

Lou ouvrit deux grands yeux ronds. Ces derniers jours, la moisson de poches de sang avait été très prolifique.

Même les insurgés avait donné leur sang pour préparer l'attaque et il n'y avait pas de doute, avec les projets de la nouvelle Ordonnatrice à destination des enfants, l'assaut sur le camp des bois s'avérait imminent.

Le congélateur commençait bien à recevoir son stock, mais du sang prêt à consommer était toujours gardé dans le frigidaire du laboratoire, qui était plein.

Joseph avait parlé de trois jours tout au plus et le docteur avait donc préféré garder du sang dans le frigo sans le congeler car d'après Adam, le sang congelé perdait un peu de sa vitalité et le docteur tenait à ce que tout soit optimum. Il fallait mettre toutes les chances de leur côté.

En haut des escaliers, le docteur reprit :

— Vois-tu, il manque une poche depuis hier, et depuis le début de la semaine, ce sont quatre poches qui ont disparu...

Lou fronça les sourcils. Elle avait bien une idée, mais l'avouer était difficile car elle n'avait aucune preuve et pouvait tout à fait se tromper !

— Vous pensez que c'est Dubuissert...

Le docteur parut surpris.

— Non, à vrai dire, je pensait plutôt à Thomas.

— Thomas, mais c'est ridicule, voyons !

— Pas tant que ça, repris le docteur. Figure-toi qu'il est venu me voir il y a quelques jours. Il va rendre visite à Marie, souvent, et craint pour sa santé. Il prétend que le sang animal la rend malade et qu'il lui faut absolument du sang humain. Il est persuadé qu'elle va mourir.

Le docteur semblait tout aussi accablé que Lou. Suspecter le jeune homme ne lui faisait vraiment pas plaisir, mais quelle autre supposition pouvait-il émettre ?

Il s'appuya quelques instants sur le montant de son lit. Il avait l'air fatigué. Plus que d'habitude. Il ressemblait vraiment à un vieillard et Lou se fit la réflexion que le jour où elle l'avait ramené à la Bâtisse après sa confrontation avec un vampire, il avait l'air plus en forme que maintenant.

Il se dirigea péniblement vers le frigo et en ouvrit la porte.

— Vois-tu, il y avait plusieurs poches de sang dans la porte et il en manque maintenant.

Lou regarda les étagères blanches du réfrigérateur, puis les compartiments de la porte sans comprendre. Tout était... vide.

Devant la mine effarée de Lou, le docteur porta à son tour son regard vers l'intérieur du frigo et se sentit défaillir.

— Nous sommes fichus ! s'indigna-t-il. Ce sang était primordial pour notre assaut. Sans lui, nous ne pouvons pas être supérieurs aux autres !

Des larmes perlaient dans ses yeux et sa voix se brisa.

— Qu'allons-nous devenir ?

Une violente douleur dans son bras se fit ressentir et il tomba à genou.

Ses yeux quittèrent le meuble blanc pour se diriger vers Lou. Sa bouche s'ouvrit de manière saccadée, comme s'il cherchait un air qu'il ne pouvait plus trouver.

Lou se porta vite à sa hauteur et le saisit sous les aisselles pour le remettre debout. Elle enroula son bras droit autour de sa nuque et, mobilisant toutes ses forces, réussit à allonger le vieux docteur sur son lit.

— Lou, il faut... que tu... prennes mon sang...

Lou, qui ne comprenait pas ce que le docteur disait, ou qui ne voulait pas comprendre, ne répondit pas. Ses yeux parlaient de toute façon pour elle.

— Je vais mourir, petite. J'ai fait mon temps. Il prit une profonde respiration qui lui déchira la poitrine.

— Non, ne me demandez pas cela, docteur, pitié…

— Tu es la plus courageuse de nous tous. S’il te plaît. Tu sais comment on pose la pompe. Vite. Si le sang est tiré après ma mort, je ne suis pas sûr de son efficacité.

— Non, répéta Lou. Les larmes roulaient sur ses joues, elle refusait de voir partir ce vieux savant fou vers les affres de la mort.

— Allez, petite, laisse-moi être un héros, une fois dans ma vie. Je participerai à la bataille et c’est peut-être même grâce à moi qu’on gagnera !

La grosse tête de Kodiak, qui les avait suivis, se posa sur le matelas, à la hauteur de la main du docteur. Il émit un son plaintif à fendre le cœur, il avait compris et disait au revoir à sa manière.

Lou posa un baiser sur la joue du vieil homme. Les mots étaient bien inutiles. Lui mort, le monde d’avant aurait définitivement disparu. Mais il avait raison. Sa mort serait moins vaine ainsi.

Elle installa l’aiguille dans le bras du vieux bonhomme, enclencha la pompe et revint s’asseoir sur le lit, glissant sa main dans celle de son vieil ami.

Elle se glissa à côté du docteur qui déjà semblait partir, posa sa tête près de la sienne sur l’oreiller et murmura, tentant de contenir ses larmes :

— Je vous aime très fort, docteur.

Chapitre 11

La vie avait définitivement quitté le corps de Louis Derode. La pâleur de son teint de cire témoignait de sa mort. Lou regarda le visage ridé du vieil homme, le cœur au bord des yeux. La vie était cruelle, mais elle devait continuer. Lou rangea les poches de sang dans le frigidaire. Le corps du docteur était exsangue. Tout le sang qui animait jadis la vie du médecin était contenu dans les poches posées sur les grilles blanches du meuble. Sa mort avait servi la cause, elle était cruelle mais non vaine. Les yeux rougis par le chagrin, Lou entreprit ensuite d'assurer au médecin une toilette mortuairc digne de lui.

Kodiak était parti dans le coin de la pièce, pour ne pas gêner sa maîtresse. Ses beaux yeux bruns, en amande, étaient emplis de tristesse.

Elle ouvrit la lourde porte de l'armoire en chêne, observant les vêtements accrochés sur des cintres. Le docteur Derode était arrivé avec juste sa sacoche, un jour de printemps où Lou lui avait sauvé la vie. Thomas était ensuite allé chez lui avec Anatole et avait ramené quelques affaires. Un sourire se fraya un chemin à travers le chagrin de la jeune fille quand elle se rendit compte que tous les vêtements du médecin se résumaient à quelques pantalons sombres, deux vestes assorties et des chemises claires. Son chapeau rond était posé sur la table de nuit.

Elle déshabilla le mort avec toute la délicatesse dont elle pouvait faire preuve dans de telles circonstances puis emplit une bassine d'eau tiède au robinet du lavabo de la chambre. Avec un savon de Marseille, Lou savonna doucement la peau fripée, anesthésiant son chagrin par le soin qu'elle porta à sa tâche. Elle passa ensuite les vêtements propres, noua la cravate noire sous le col de la chemise puis joignit les mains sur la poitrine du vieil homme. Assise sur le bord du lit, Lou peigna doucement les fins cheveux blancs de son ami. Elle tira ensuite un drap immaculé jusqu'à la poitrine du médecin et déposa un dernier baiser sur le front de son tendre ami.

Il fallait des bougies pour la veillée. Lou descendit les escaliers et se mit en quête de bougies dans la salle à manger. La maison était très calme, trop, même, peut-être.

Où avait donc bien pu passer Rosalie ? Il faudrait bien qu'elle lui annonce la mort du docteur. Rosalie aurait beaucoup de chagrin.

— Rosalie, chérie, où es-tu ?

Lou arpenta la maison mais ne vit aucune trace de la gamine. Peut-être était-elle partie à la rencontre d'Adam... Kodiak s'agita derrière Lou. Il réclama l'ouverture de la porte menant aux dépendances. Son attitude inquiéta Lou qui ouvrit la porte et se précipita dehors. Dubuissert et les autres vampires n'étaient pas encore revenus, Adam ne semblait pas être là et Rosalie ne se montrait pas.

Une boule au ventre, l'anxiété galopant dans sa tête, Lou chercha désespérément dans le poulailler, dans le verger, appelant Rosalie, Hinouk et Nanuk, mais ne trouva personne. Un long hurlement de Kodiak acheva l'espoir de Lou. Quelque chose était arrivé.

Elle courut aussi vite qu'elle le put et découvrit Kodiak près de la porte des anciennes écuries qui avaient jadis accueilli son atelier de restauration de voitures. Les chevaux à l'intérieur s'agitaient et la porte n'était pas verrouillée. Lou hésita entre deux options. Ne plus bouger et ignorer les suites, ce qui ne saurait durer longtemps, ou se forcer à entrer et découvrir l'ampleur des dégâts. Dans son for intérieur Lou savait que sa vie venait de basculer, définitivement. Dans quelle mesure ? Jusqu'à quel point ?

Le cœur battant la chamade, de lourdes gouttes de sueur froide trempant son dos, elle franchit le seuil et suivit Kodiak à l'intérieur.

Elle découvrit d'abord du sang. Beaucoup. Derrière son loup, elle avançait alors que l'envie de reculer était immense. Des traînées rouges de plus en plus épaisses laissaient présager le pire. Mais pour qui ? Elle aurait voulu appeler Rosalie, mais elle était incapable de prononcer un son. De toute façon, si elle parlait et que personne ne répondait, ce serait encore pire. L'angoisse la rongeait et lui faisait peur aussi. Partagée entre le désir de savoir et la peur de se rendre compte du pire, elle entendait les râles de crainte de Kodiak. Ses chiens n'avaient jamais peur de rien, or le chien avançait avec la même angoisse que Lou. Les autres animaux semblaient tout aussi agités. Après ces quelques pas qui avaient semblaient des kilomètres à Lou elle comprit... Et fondit en larmes.

Nanuk était couchée sur le flanc, la quantité de sang répandue autour d'elle ne laissant aucun espoir. Ses grands yeux de biche marron étaient ouverts, mais vides. Plus aucune expression ne s'échappait de ce regard si pénétrant, si chaleureux. Son beau poil noir et blanc était souillé de rouge, les chairs à vif témoignaient même de la violence de l'attaque à laquelle elle avait dû faire face. Aucune arme n'avait été utilisée. La pauvre chienne si chère au cœur de Lou avait été déchiquetée. Lou s'agenouilla auprès du corps de Nanuk et mêla ses larmes au sang de son chien.

Pour un instant, plus rien n'exista que la douleur d'avoir perdu sa louve, son amie, sa fidèle et dévouée défenseur. Pourtant les pleurs de Kodiak s'intensifièrent, comme s'il y avait encore plus à pleurer. Lou releva la tête et distingua entre les balles de foin une patte qui devait être celle d'Hinouk. Etait-il encore en vie ? Lou courut vers lui et découvrit une nouvelle scène d'horreur, moins violente que la première, néanmoins. Hinouk était vivant, mais dans un état lamentable. Alors qu'il tentait de se mettre debout pour rejoindre Lou, son train arrière refusa de bouger et son poitrail s'affaissa lourdement sur le sol.

Du sang était visible sur sa fourrure, une plaie béante marquait son flanc. Lou passa une main rassurante sur la tête de son chien.

— Hinouk, mon Hinouk, tout ira bien...

Pourtant, le chien cherchait encore et toujours à se lever. Il regardait la porte arrière, ouverte elle aussi, et tentait de ramper vers elle. Il voulait se diriger vers la porte, par tous les moyens.

— Rosalie est là-bas ?

Au nom de la gamine, Hinouk dressa les oreilles et essaya de nouveau d'aller vers la porte.

Il voulait montrer la direction à suivre, à n'en pas douter.

Kodiak s'approcha de son frère, poussa délicatement la tête du blessé avec son museau et plongea son regard chocolat dans le sien. C'était sa manière d'exprimer sa tendresse. Une manière de dire au revoir aussi, car Kodiak se releva vite, aboya brièvement à l'attention de Lou puis s'élança vers cette porte. Il fit quelques mètres, se retourna pour voir si Lou suivait. Comme elle n'avait pas bougé, il revint sur ses pas et recommença. Lou se releva et le suivit. Elle avait compris que quelque chose était arrivé à Rosalie. Elle espérait juste qu'elle n'était pas morte. Elle pouvait survivre à beaucoup de choses, elle serait capable d'affronter l'inacceptable de nombreuses situations, mais elle mourrait si Rosalie ne devait plus vivre.

Éperdue, elle se mit à courir derrière son chien. Espérant que quelqu'un reviendrait vite pour trouver et soigner Hinouk, elle savait pertinemment bien qu'elle n'avait pas d'autre choix que de l'abandonner. Quel que soit l'amour qu'elle pût porter à ses chiens, la vie de Rosalie était en danger et elle ne pouvait se préoccuper d'autre chose.

Sa course dura des heures, c'est du moins ce qu'il lui sembla.

Elle suivait Kodiak, qui devait sans doute remonter une piste, sans se soucier des douleurs qui hantaient ses mollets, assassinaient ses pieds et déchiraient sa poitrine. Ses poumons semblaient affronter un fer rouge, mais elle n'en avait cure. Elle courrait. Encore et toujours. À travers les champs, d'abord, où elle pensa un instant rencontrer Thomas et Lucie, sans les voir cependant, puis à travers bois, où elle ne se soucia pas non plus des mauvaises rencontres qu'elle aurait pu faire. Sans discrétion tant sa course était folle, elle avalait la piste, ne prêtant aucune attention aux animaux qui se sauvaient sur son passage, aux bruits que ses chaussures faisaient en martelant le sol ou à son souffle bruyant de fatigue et de rage.

Son cœur battait vite, tant à cause de l'effort qu'elle fournissait qu'à cause de la peur qui la dévorait.

Si Rosalie avait été emmenée par des vampires, peut-être étaient-ils en train de se repaître de son sang. L'image dans son subconscient s'imposa et elle eut soudain envie de vomir. Il ne fallait pas y penser. Surtout ne pas imaginer le pire, ou elle s'effondrerait et ne serait plus capable de rien. Rosalie était vivante, il fallait s'en convaincre, et avait besoin d'elle. Elle avait besoin d'aide !

Arrivés au bord de l'Helpe qui n'était déjà plus un ruisseau mais une rivière assez profonde à cet endroit, Kodiak s'arrêta. Il se retourna vers Lou et son regard était si éloquent qu'elle comprit vite.

Rosalie était proche.

Lou se figea, prêtant attention au moindre bruit, et observa la direction que Kodiak guettait.

Au bout de quelques interminables minutes, Lou vit arriver, au loin, une troupe dans laquelle de nombreux vampires se trouvaient.

Il fallait entrer dans l'eau sans tarder ou son odeur la trahirait, elle le savait. Le jour touchait à sa fin et les capacités des vampires seraient vite décuplées. Ils n'auraient aucun mal à repérer l'odeur de son sang dans les alentours. Elle entra donc dans l'eau sans faire de bruit, et s'enfonça dans la rivière, jusqu'à ne plus avoir pied. Kodiak l'imita. L'onde était plutôt fraîche en cette fin de journée mais Lou ne s'en préoccupa aucunement. Sous couvert des arbustes qui couvraient la rive, Lou observa la troupe déambuler dans la forêt. Au moins quinze vampires la composaient.

À cheval, ils étaient visiblement partis pour un voyage, car leurs montures étaient particulièrement chargées. Au milieu du convoi, une carriole aux faux airs de carrosse était tirée par deux beaux chevaux noirs. Lou essayait de contenir son essoufflement, tant elle avait peur d'être repérée par cette caravane étrange. Pourtant, quand la charrette fut passée et que Lou regarda, par l'arrière, ce qu'elle pouvait bien contenir, elle se figea : Lydie Malverne était assise à l'arrière, serrant dans ses bras Rosalie, dont les belles joues roses étaient baignées de larmes.

— Plus vite, cria-t-elle, qu'on mette ces chevaux au galop, bon sang !

La voix nasillarde de l'Ordonnatrice réveilla Lou qui se mit en route. Elle entreprit de nager jusqu'à la berge, prête à sauter sur la charrette et à trucider cette ordure de bonne femme qui lui avait pris sa Rosalie. Alors qu'elle allait entamer sa deuxième brasse, sans plus prêter attention au bruit qu'elle pouvait faire, elle sentit un étau se refermer sur son épaule.

Stoppée net dans son élan, elle se retourna et découvrit Dubuissert, dans l'eau lui aussi.

— Vous ne pouvez pas y aller, pas maintenant, vous ne réussiriez qu'à vous faire tuer ! murmura-t-il.

— Lâchez-moi. Cette saleté de vampire a pris ma Rosalie, je vais la rechercher, que vous le vouliez ou non !

— Chut, vous allez nous faire repérer !

Le regard noir de Dubuissert était sans appel. Mais c'était compter sans la rage qui animait Lou. Elle lui tourna le dos et, telle une anguille, se libéra de sa prise et se remit à nager. Dubuissert s'élança de nouveau vers elle et l'emprisonna d'un bras. Sa force était telle qu'elle ne pouvait plus s'échapper.

— Lâchez-moi ou je crie, ils nous trouveront et m'emmèneront avec Rosalie.

L'eau froide avait beau engourdir ses lèvres, à force d'être restée sur place elle en était bien capable.

— Ils vous tueront plutôt. Vous devez la laisser partir et …

— Vous êtes fou, cette gamine est tout ce que j'ai. C'est pour elle que je vis, si je dois la leur laisser alors qu'ils me tuent. Lâchez-moi.

Elle avait haussé le ton pour la dernière phrase et Dubuissert avait peur qu'ils puissent être découverts. Elle ne comprenait pas qu'ils pourraient être plus efficaces s'ils étaient préparés.

Elle tentait de nouveau de se dégager, et lorsqu'il la vit ouvrir la bouche pour crier, il saisit la dernière option qu'il trouva. Il s'enfonça avec elle dans l'eau. Elle pourrait toujours crier sous l'eau, personne ne l'entendrait.

Une fois sous l'eau, il bloqua le corps de Lou entre ses longues jambes et saisit le visage de la jeune fille. Il fallait qu'elle se calme, elle pourrait rester plus longtemps sous l'eau.

Il plongea son regard dans le regard de la jeune fille, se demandant si elle verrait à travers l'eau ce que ses yeux voulaient lui dire.

Si seulement elle avait accepté de lui faire confiance.

Mais elle se débattait encore et toujours et en écoutant à travers l'onde, il savait que les chevaux étaient encore trop proches pour la laisser crier.

Il se rapprocha d'elle encore un peu plus et la prit dans ses bras, essayant par un langage corporel de la rassurer.

Cependant, ce faisant, il ne provoquait en Lou qu'une panique grandissante, persuadée qu'elle était qu'il avait fini par retourner sa veste et prêtait ainsi main forte à Lydie Malverne pour lui enlever sa Rosalie.

Ses forces l'abandonnaient et elle avait bien du mal à résister à l'assaut de l'eau et au manque d'oxygène. Elle refusait de s'avouer vaincue mais dut se rendre à l'évidence, en sentant l'eau pénétrer ses poumons. Elle était en train de se noyer. Elle abandonnait Rosalie et n'avait donc plus qu'un espoir : qu'Adam découvre vite ce qui s'était passé et s'élance à la poursuite de Lydie Malverne. Son odorat lui permettrait forcément de retracer l'odeur de la gamine et il pourrait peut-être la sauver. Sur cette espérance folle, Lou se résigna et laissa l'eau, et Dubuissert, gagner.

Chapitre 12

Affolé, Dubuissert sortit le corps inanimé de Lou et le posa sur la berge. Il n'avait pas pensé qu'ils devraient rester si longtemps sous l'eau et surtout il avait été persuadé qu'elle se serait calmée et aurait ainsi pu tenir longtemps.

Les chevaux, partis au galop, était désormais hors de portée, mais à quoi bon avoir voulu la protéger de son réflexe dangereux si le résultat était quand même la mort ?

Il posa les mains sur sa poitrine et entama un massage cardiaque. C'était bien la première fois qu'il faisait ce genre de chose et il n'était pas sûr de son efficacité.

Kodiak, sur la berge à côté de Lou, léchait le visage de sa jeune maîtresse. Dubuissert regarda le chien et ordonna :

— Suis-les, retrouve Rosalie, je suivrai ton odeur !

Interdit, Kodiak observa Lou, à la recherche de son assentiment.

— Vite, va !

Kodiak plongea alors son regard dans celui de Dubuissert et le vampire comprit que le chien lui confiait la vie de Lou et comptait sur lui pour retrouver Rosalie.

Une relation nouvelle venait de s'établir entre le vampire et le chien qui s'élança ensuite sur la piste du convoi, bien décidé à retrouver sa petite camarade pour permettre à Dubuissert et à Lou de reprendre la petite à la troupe.

Le massage cardiaque ne semblait pas avoir d'effet et Dubuissert regretta pour la première fois depuis bien longtemps de ne pas avoir de souffle. Il devait bien y avoir trois minutes qu'il l'avait sortie de l'eau et elle n'avait pas repris connaissance, elle semblait ne plus respirer.

Reprenant le massage de plus belle, Dubuissert espéra pour la première fois depuis...

1789

Le château avait été ravagé par les flammes de la fureur des gens du village. Ils avaient tous entendu les clameurs de ce que l'on appellerait bientôt la Révolution et avaient suivi, comme des moutons, les directives de quelques uns. S'armant pour défendre leur récolte face aux brigands qu'on leur avait annoncé, les paysans du village ardennais de Dubuissert avait finalement reporté leur hargne sur le château lorsqu'ils s'étaient rendu compte que les brigands n'étaient que bruits et légendes.

Dubuissert était le fils illégitime du châtelain et d'une lavandière morte en couches. Son père, un homme veuf au bon cœur, avait recueilli le nourrisson et l'avait élevé avec ses trois autres fils et sa fille. Le gamin rieur avait grandi au château, sans différence de rang avec les autres enfants qui l'avaient accepté et l'aimaient.

Alors que tous les autres avaient pris femme ou époux, Rodolphe était resté seul, bien trop occupé à courir les filles, certes, mais aussi à répandre la bonté de son père dans le village et ses alentours. Issu lui-même du peuple, ce que son père ne lui avait jamais caché, il avait eu à cœur de prendre soin des plus pauvres, de faire soigner les plus malades et de nourrir les plus affamés. On le voyait même parfois travailler dans les fermes des veuves qui ne pouvaient plus compter que sur l'entraide pour survivre.

Tous appréciaient ce gaillard au visage si noble, à la mine si fière mais au cœur si bon.

Pourtant, lorsque l'été 1789 était arrivé, ces mêmes personnes n'avaient pas hésité à lui marcher dessus et à lui enlever ce à quoi il tenait le plus.

Armée de fourches et de faux, la troupe était venue au château en clamant haut et fort qu'il fallait nettoyer la France de sa noblesse dépravée et égoïste.

Le comte Du Buissert, un vieil homme dont les cheveux blancs battaient au vent, sortit de son château pour parler à ses paysans.

— Mes amis, voyons, voilà plus de soixante-quinze ans que je suis votre seigneur et vous n'avez jamais eu quoi que ce soit à me reprocher. Ne cédez pas à la vindicte populaire. Soyez vos propres maîtres à

penser et avouez que je suis certes de la noblesse mais que mon cœur vous appartient.

Bien sûr, certains lui trouvèrent raison un moment, mais un colosse du village, Jean Lafosse, qui creusait les tombes, renversa cette tendance.

— Arrête de nous endormir, vieux salaud.

Il ponctua sa phrase d'un lancer de couteau qui se logea directement dans le cœur du comte.

— Maintenant il est vraiment à nous, ton cœur !

Rodolphe vit la déception sur le visage de son père avant d'y voir la mort. Il se précipita pour soutenir ce vieil homme qui avait toujours été là pour lui, qui avait pris soin de lui, bien mieux que la plupart des pères légitimes ne l'auraient fait, et se sentit consumer par le chagrin et la rage.

Pourtant, ce n'est que lorsque sa sœur fut attrapée, violée et tuée sous ses yeux impuissants qu'il jura vengeance à tous ces moutons sans tête. Il regarda le château de son père brûler, supplia pour que le comte et Joséphine aient une sépulture décente, ce à quoi on lui répondit :

— Fini de jouer les seigneurs, bâtard. Tu es en vie uniquement par égard envers ta mère, mais vivre ça peut être pire que mourir, tu verras...

Effectivement, sa vie dès lors avait été une succession d'humiliations, auxquelles il avait fait face avec toujours plus de hargne et de fierté. Ils voulaient le briser, le voir ramper, supplier, mais il s'y refusa sans cesse. Plus un sourire ne s'afficha sur son visage, ses traits se durcirent et il devint aussi froid qu'il avait été chaleureux jadis.

Un jour, Jean Lafosse en eut assez de ne pas parvenir à ses fins et décida qu'il était temps pour le bâtard du château de rendre son dernier soupir. Il le traîna jusqu'à la fosse commune où il avait négligemment jeté les corps du père et de la sœur de Rodolphe, rua de coups le corps fatigué du jeune homme et décida de l'achever à la faux. Alors qu'il levait son arme au dessus de sa tête, à l'abri du regard des autres grâce au crépuscule avancé, Jean Lafosse fut renversé par un coup dont il ne vit pas venir l'auteur. Abasourdi, le colosse tenta de se relever, mais un second coup l'atteignit à la jambe, lui brisant net l'articulation du genou.

Un homme d'une vingtaine d'années tendit ensuite la main à Rodolphe et l'aida à se lever

—Que ne l'avez vous tué ?

—Son tour viendra, rassure-toi. Je suis d'avis que tu en sois la main vengeresse, mais pas ici, pas maintenant. Il te faut préparer ta vengeance, la penser. Je vais t'offrir la possibilité de faire payer cet homme et tous ceux qui le méritent !

Ses souvenirs ravivaient sa hargne et le massage était encore plus rapide, pourtant, rien ne semblait changer. Si elle devait mourir, ce serait à cause de lui. Il l'aurait tué sans même lui prendre une goutte de ce sang qui lui faisait tellement envie depuis si longtemps ! Il refusa cette éventualité. Elle ne pouvait pas mourir, pas comme ça, pas ici.

Un bruit de pas déchira le silence oppressant de la forêt et il releva la tête. Ce ne pouvait plus être le convoi de vampires, il était trop loin désormais. Il perçut une odeur familière, et vit, non loin de lui sur la berge, deux humains dont un qu'il avait vu avec les Résistants. Celui avec le bandeau sur l'œil. Il réalisa aussitôt que cet humain aurait forcément du souffle et pourrait compléter le massage, mais n'eut pas besoin de l'appeler. Armés de leurs pieux, les deux humains le tenaient déjà en joue.

— Attend, Cayenne, c'est un des membres de l'équipe que nous avons rencontré, il dit être un Humaniste.

— Et il est en train de briser les côtes de cette pauvre fille. Poussez-vous de là ! Utopie, essaye de la réanimer, je garde un œil sur lui ! Je t'avais dit que je pouvais les sentir à des kilomètres à la ronde les Crocs Rouges …

Utopie s'agenouilla, dégagea les cheveux de la jeune fille de son visage et ce qu'il découvrit le força à redoubler d'efficacité. Alors qu'il comptait jusque trente, il sentit son cœur se serrer à l'idée qu'elle puisse mourir alors qu'il venait juste de la retrouver !

Il souffla trois fois dans la bouche de Louise et se remit à compter, au bout de 7, elle bougea un peu, à 10, elle recracha l'eau qu'elle avait dans la gorge.

— Louise, Louise, tu es vivante ! Des larmes coulaient en abondance de son unique œil et Louise ne comprit pas de suite ce qui lui arrivait. Il lui fallut quelques secondes. Elle dégagea à son tour les cheveux qui couvraient le regard de son interlocuteur et se mit à pleurer, elle aussi.

— Tu es vivant...

Mais très vite, sa panique revint.

— Il faut que tu m'aides, les vampires ont enlevé Rosalie, il faut que je la retrouve. Vite.

Dubuissert et Cayenne se regardaient sans comprendre.

Utopie avait beau connaître Louise, il ne savait pas qui pouvait bien être Rosalie...

— Rosalie ?

— C'est une gamine que Louise a recueilli. Elle a été enlevée et nous devons partir à sa recherche.

Louise plongea son regard dans celui de Dubuissert.

— Nous ? Il n'en est pas question. Je serai avec elle si vous ne m'aviez pas empêché de la rejoindre !

— Oui, mais vous seriez morte à l'heure qu'il est.

— Je l'étais presque, j'ai l'impression. Elle se tourna vers Utopie puis murmura : Si vous n'étiez pas passés, je crois bien qu'on ne parlerait plus de moi qu'au passé. Je dois partir à la recherche de Rosalie. En plus ils ont tué Nanuk, Hinouk est sans doute mort aussi et Kodiak... Mais où est-il ?

— Je l'ai envoyé suivre de loin le convoi. Je pourrai retracer sa piste. Nous n'avons pas de temps à perdre. Et c'est inutile de discuter, vous n'irez pas seule. Je crois savoir où ils vont et vous aurez bien besoin de moi !

— Bien, tu ne peux pas partir comme ça. Cayenne, s'il te plaît, échange tes vêtements et tes chaussures avec elle.

Aussitôt, Cayenne se déshabilla et passa ses affaires à Louise, qui lui donna les siennes. Cayenne enfila le T-shirt mais se garda bien d'essayer d'entrer dans le pantalon mouillé. Elle attendrait qu'il sèche. Elle n'était de toute façon pas frileuse et la saison était encore clémente, même le soir tombé.

Utopie tendit son sac à Dubuissert et lui dit :

— C'est peu, mais vous aurez au moins une trousse de secours et un minimum de vivres.

Il se tourna vers Louise et la prit dans ses bras. Elle lui rendit son étreinte, éperdument. Elle se détacha douloureusement de lui puis lui conseilla :

— Va jusqu'au blockaus de la Passe d'Anor, demande à ce qu'on te conduise jusqu'à la bâtisse Sénéchal, dis bien que c'est moi qui t'envoie. Trouve Adam et dis-lui qui tu es. Il t'expliquera ce qui s'est passé. Dis-leur que je n'ai rien pu faire pour le docteur... Je t'aime.

— Moi aussi, je t'aime. Tu es vivante, c'est ce qui importe. Nous nous retrouverons, je te le promets.

Dubuissert serra le bras de la jeune femme : il était temps de partir. Utopie et Cayenne regardèrent ce drôle de binôme s'éloigner. Sans savoir pourquoi, il était certain que Louise serait en sécurité avec ce Crocs Rouges. Pour la première fois depuis l'avènement des vampires, il se prit à croire que, finalement, il y avait peut-être bien deux types de Crocs Rouges, des Sanguinaires, certes, mais aussi des Humanistes. Ils venaient d'en croiser un, à n'en pas douter.

Chapitre 13

Lou marchait d'un pas rapide, pourtant son corps semblait ne plus pouvoir résister longtemps. Elle restait silencieuse, près de Dubuissert, essayant de ne pas retarder leur marche. Elle se demandait comment ils pourraient rattraper un convoi de chevaux à la seule force de leurs jambes, mais n'osait demander des comptes à Dubuissert. Elle lui en voulait. Une fois de plus, il lui avait évité de s'exposer à cause de son impulsivité, car elle avait bien conscience, après coup, de la stupidité de ce qu'elle voulait faire. Elle aurait juste réussi à détruire définitivement Rosalie en se faisant tuer sous ses yeux. Pourtant, elle ne voulait pas se l'avouer. Elle ne comprenait pas non plus pourquoi il souhaitait tant l'accompagner. Il aurait pu rester, se battre avec les autres, renverser les vampires au pouvoir et tenter de reprendre sa place. Si tant est bien entendu que Joseph et Adam le laissent faire. Mais il était parti sur ses traces sans hésiter, alors même qu'elle le rejetait, il avait pris la route, à ses côtés.

Elle sentit son corps endolori soulevé de terre et s'étonna. Dubuissert venait de la prendre dans ses bras, et il courrait désormais. Elle n'allait sans doute pas assez vite à son goût.

— Il va falloir qu'on vous trouve un vélo, je pense. Mais avant tout, il vous faut un peu de repos et un repas.

Il savait bien qu'elle avait besoin de dormir un peu. Les émotions puis la noyade, qu'il ne se pardonnait toujours pas, avaient été de terribles coups portés à sa résistance. Il fallait à tout prix lui trouver une bicyclette car elle ne pourrait tenir le rythme effréné qu'imposait la poursuite du convoi.

—Nous ne pouvons pas nous arrêter, il faut que nous les rattrapions au plus vite. Rosalie est en danger, il se pourrait même qu'elle soit déjà...

Les mots se coincèrent dans sa gorge et elle refusa d'en dire plus. Le prononcer était comme donner une éventualité à l'idée et elle le refusait.

— Elle ne risque rien dans l'immédiat. Je vous le promets.

— Comment pouvez-vous en être sûr ? Cette femme est une folle et il se pourrait très bien qu'elle goûte au sang de Rosalie et alors...

— Non, la coupa-t-il. Ce qu'elle veut, c'est une enfant à élever, pour faire un vampire parfait lorsqu'elle sera adulte. Elle est obnubilée par l'idée d'être mère, mais chaque fois qu'elle a converti un adulte, cela s'est mal passé. Elle va donc demander la permission d'élever Rosalie pour la convertir plus tard.

— La permission ? Mais à qui doit-elle demander la permission ? Je ne comprend pas.

Depuis que les vampires avaient débarqué dans sa vie, c'était bien la première fois qu'elle entendait cette histoire de permission à demander. Elle n'avait vu jusque là que des êtres qui se servaient sans vergogne.

— Chaque nation a ses règles et la nation vampire qui a pris le monde en main n'y échappe pas. Nous pouvons convertir qui nous voulons, mais nous n'avons pas le droit de vivre des années avec des humains, sauf si ce sont nos serviteurs. Pour élever Rosalie, Lydie a besoin d'une sorte de dérogation. Elle va donc la chercher.

Ils avaient parcouru de nombreux kilomètres et Lou se rendit compte qu'il avait raison, elle tombait de fatigue. La nuit était largement installée mais ils découvrirent un ancien relais de chasse dans les bois. Dubuissert déposa Louise sur un ballot de paille de la grange et la recouvrit de sa veste.

— Non, il ne faut pas nous arrêter...

— Si, de toute façon, nous irons bien plus vite lorsque vous serez reposée. De plus, eux aussi s'arrêtent, pour la nuit. Ils ne peuvent pas demander aux chevaux d'aller sans repos ! Je vais vous trouver quelque chose à manger...

Il s'éloigna de quelques pas. Elle dormait presque déjà.

Il ouvrit le sac confié par le résistant qui connaissait si bien la jeune femme et entreprit d'en examiner le contenu.

Trousse de premier secours, barres de céréales, eau...

Il déposa la bouteille d'eau et une barre de céréales près d'elle puis s'installa non loin.

Il ne l'avait jamais vue dormir. Il devina à quel point son sommeil était agité, car elle ne cessait de bouger. Ses yeux se retournaient inlassablement sous ses paupières. Son angoisse se lisait dans son attitude corporelle, libérée de la retenue qu'elle s'imposait par l'endormissement. Lui n'avait pas besoin de dormir. Il pouvait rester éveillé pendant des jours, à condition qu'il se nourrisse convenablement. Il en avait bien l'intention, mais dans l'immédiat il ne pouvait pas la laisser seule. Si elle continuait à bouger ainsi, elle allait même finir par se faire mal.

Il s'approcha d'elle, souleva sa tête et se cala derrière elle, la maintenant contre lui.

Coincée de cette façon, elle cessa de se débattre contre le sommeil et se livra entièrement à l'oubli pour quelques heures. Lorsqu'elle se réveilla, il était toujours derrière elle, ses bras encerclant le corps de la jeune femme. Elle se dégagea vivement et fût aveuglée par le soleil qui filtrait à travers les planches usées de la grange.

Son regard, se portant à terre, tomba sur les vivres qu'il avait sorties durant la nuit et elle s'empara de la barre de céréales. Elle avait désespérément faim, mais en même temps son estomac, serré par l'angoisse du sort de Rosalie, la dissuadait de croquer.

— Il faut manger, vous aurez plus de force pour la sortir de là !

Il avait raison. Elle changea donc de sujet.

— Vous aviez vraiment besoin de dormir ainsi collé à moi ? lui demanda-t-elle.

— Vous n'allez pas vous effaroucher de cela alors que je vous découvre presque chaque jour un nouveau fiancé !

— Un nouveau fiancé ? s'étonna-t-elle. Mais de quoi parlez-vous ?

— Je t'aime, tu es vivante... singea-t-il.

Elle comprit ce qu'il voulait dire et répondit sèchement :

— Ce n'est pas un fiancé, c'est mon frère que je croyais mort !

Les jours suivants furent une succession de marches, de courses et de cache-cache avec les gens qui pouvaient se trouver sur leur chemin, humains ou vampires.

Ils ne s'arrêtaient que tard le soir et repartaient très tôt le matin.

Voyager de nuit n'était de toute façon pas vraiment recommandable. Ils étaient à pied et seulement armés de deux pieux que leur avaient confiés Cayenne et Utopie. Il était donc son frère. Il pouvait comprendre que retrouver son frère qu'elle croyait mort avait pu être un soulagement et en même temps le déchirement qu'elle avait dû ressentir en le quittant aussitôt devait en être d'autant plus horrible. À la mort de sa sœur, son cœur avait semblé se vider, comme si l'amour qui avait pu naître dans son âme était perdu pour toujours, comme si son cœur ne serait plus jamais à même de ressentir de sentiments. Pourtant, il devait bien se l'avouer, il n'accompagnait pas Lou pour rien. C'était bien un sentiment, encore timide mais pourtant bien présent qui le forçait à se jeter sur les routes en compagnie de la jeune femme. Bien entendu, il avait besoin d'elle pour que leur accord soit respecté. Ils combattaient ensemble, elle et ses amis côte à côte avec lui et ses vampires, pour qu'ils puissent, une fois la victoire acquise, récupérer lui son fief et elle la liberté de son domaine et de ses amis. Si elle mourrait sur les routes au cours de cette aventure dans laquelle elle s'était lancée tête baissée, il ne trouverait personne d'autre pour défendre l'accord et la guerre au sein du fief recommencerait. Il préférait encore perdre cette main d'œuvre et cette ferme exemplaire que de devoir à nouveau se battre sur place au lieu d'aller étendre son organisation vers les villages environnants.

Malgré tout cela, son voyage à ses côtés n'était pas à cent pour cent intéressé. Avec ses couettes et son inaltérable sourire, avec son humour et son affection, Rosalie avait su le toucher comme personne. Imaginer que Lydie puisse en faire un toutou le mettait hors de lui !

Lou,

Te revoir pour te perdre à nouveau presque aussitôt, quelle torture. Mais te savoir en vie me donne envie de te dire tant de choses que je vais te les écrire. Tu pourras les lire à ton retour, car tu n'as d'autre choix que réussir ! Tu es devenue une magnifique jeune femme, forte et décidée. Je suis si fier de toi ! Je suis arrivé à la bâtisse Sénéchal et j'ai découvert le monde que tu as su préserver là. J'ai aussi appris à quel point tu t'es battue, tu as résisté et lutté. J'ai enfin, grâce à toi et ton ami Adam, pu me recueillir sur la tombe de Papi et Mamie. C'est une délivrance de les savoir enterrés dignement. Nous avons porté en terre de docteur

Derode. Je me souviens encore de ce vieux bonhomme jouant aux cartes avec Papi et Mamie. J'aurais bien aimé le revoir vivant. Nanuk est elle aussi enterrée. Je n'imagine même pas dans quel état ton cœur doit être. Si cela peut t'apporter un brin de consolation, Hinouk va beaucoup mieux, bien qu'il soit un peu différent désormais. Tu le découvriras à ton retour. Il ne me quitte pas d'un pas. Je dois dire que j'ai l'impression que tu es dans les parages, du coup.

J'ai demandé à mon unité l'autorisation de rester ici, avec ton groupe, afin d'être une sorte de coordinateur entre nos deux petites armées. Ensemble, je suis sûr que nous ne pouvons que vaincre. Ce ne sera pas facile, bien entendu, mais j'ai découvert que vous aviez de nombreux atouts et pas des moindres ! Je ne m'étais pas rendu compte de la nature d'Adam lorsque je vivais encore à la maison. Aujourd'hui, après avoir découvert les Crocs Rouges, je suis heureux qu'il en existe de bons. Je ne croyais pas cela possible. Je pensais qu'ils étaient tous Sanguinaires et que les Humanistes étaient une légende ou un piège. Grâce à toi, je sais qu'il n'en est rien. Tu n'as jamais fait confiance qu'à tes proches et je te découvre une famille entière, aimante et dévouée. J'ai été accueilli à bras ouverts. Cayenne est avec moi. Elle est ma binôme et notre chef préfère que nous restions ensemble. C'est une chic fille, tu le verras bientôt.

J'ai quant à moi hâte de rencontrer ma « petite cousine » Rosalie ! Tout le monde s'inquiète pour elle, mais on est aussi tous certains que Dubuissert et toi vous réussirez à la ramener !

Qui est vraiment cet Humaniste ? Est-il vraiment sincère ? Cayenne est persuadée qu'il est amoureux de toi et que c'est pour cette raison qu'il a changé de camp. Adam pense que c'est uniquement parce que son château a brûlé et que les autres l'ont cru mort. Il dit que Dubuissert a été victime de ses propres hommes et que ceux-ci se sont montés contre lui. Il n'avait donc pas d'autre choix que de se tourner vers votre groupe pour combattre à vos côtés. Je ne sais pas. Je ne le connais pas. Mais je suis persuadé que tu sauras me dire le fin mot de l'histoire quand tu rentreras.

Pour parler futur, ici nous nous organisons. Nous ne savons pas pour combien de temps Dubuissert et toi serez partis alors nous œuvrons comme convenu. Si vous êtes de retour pour l'assaut, ce sera un plus, mais si ce n'est pas le cas, nous ne pourrons pas reculer l'échéance. C'est trop nécessaire. J'ai beaucoup parlé avec Lucie et Thierry, ce qui se passe dans ce camp des bois est révoltant. Nous avions entendu parler d'une ferme qui alimentait les vampires, mais nous n'imaginions pas un camp de reproduction.

Je crains qu'il n'y en ait d'autres et j'espère que nous pourrons nettoyer l'Avesnois puis poursuivre notre combat en ralliant les autres cantons et en démantelant pièce par pièce le Nouvel Ordre.

L'Ordonnatrice qui venait de s'installer est partie, elle a laissé le commandement de notre canton à un imbécile que tu connais : Harbonnier !

Il a demandé à ce que les impôts soient amenés une fois par semaine, et chaque fois par un habitant différent, histoire de faire connaissance avec tous les habitants du village et des alentours.

Thierry ira le premier, la semaine prochaine, puis ce sera le tour de Thomas, et Lucie suivra. Nous avons trois semaines, ensuite il faudra que ce soit toi et si tu n'es pas rentrée cela posera forcément problème. C'est donc notre date butoir. Au plus tard dans trois semaines l'assaut sera donné.

J'espère que tu seras revenue. Ne serait-ce que pour que je puisse te serrer une dernière fois dans mes bras au cas où notre combat me serait fatal.

Tu dois rire de me voir comme ça. Moi l'intellectuel devenu un homme de terrain. C'est toi qui avais raison, les mains dans l'action c'est nettement plus vivifiant que la tête dans un livre.

Je t'aime fort sœurette, reviens vite !

Chapitre 14

Ce hameau me semble bel et bien vide, il n’y a pas âme qui vive ni vampire. Nous allons essayer de vous trouver une bicyclette !

Mais ils eurent beau chercher, ils ne trouvèrent aucun moyen de transport que Lou aurait pu utiliser.

Ils fouillèrent les maisons mais ne trouvèrent rien de très concluant. Ils avaient parcouru déjà près de deux cents kilomètres depuis cinq jours qu’ils étaient partis et Dubuissert se rendait compte qu’elle ne pourrait pas tenir ce rythme beaucoup plus longtemps. Ils avaient soigneusement évité les habitations depuis leur départ mais elle avait besoin de manger. Faire un feu aurait été trop dangereux, alors il leur restait la possibilité de trouver quelque chose à manger dans les habitations abandonnées.

Ils se trouvaient dans la rase campagne, aux alentours de Troyes, et Dubuissert savaient qu’ils avaient encore au moins quatre jours de marche à la même allure et il allait se poser plusieurs problèmes. Ils s’affaiblissaient. Tous les deux.

Elle parce que la fatigue se cumulait à une sérieuse sous-alimentation, et lui car il ne la laissait jamais et ne chassait donc pas. Des profonds cernes creusaient ses yeux et mangeaient une bonne partie de ses joues.

Pour autant, elle si lunatique, aurait-il pu la laisser quelques heures ? Elle était même capable de se mettre encore dans le pétrin !

— J’ai trouvé des boites de conserve ! Il y a du cassoulet, des saucisses aux lentilles et des raviolis !

Lou avait retrouvé le sourire. La perspective de manger un repas, même froid, lui rendait les choses plus agréables d’un seul coup. Elle pénétra dans une cuisine à la recherche de couverts et s’installa sur une table de jardin.

Début septembre, la température était encore clémente. Lorsque

Dubuissert la rejoignit il eut la surprise de constater qu'elle avait mis le couvert pour deux. Elle avait aussi dû trouver du savon et de l'eau car ses cheveux malmenés par la route étaient propres. Elle avait revêtu un pantalon de jeans un peu trop grand pour elle et un sweat qui vantait les mérites d'une course sans doute locale.

— C'est froid, mais ça nous fera du bien !

— Vous devriez garder la deuxième assiette pour vous. Vous savez que cela ne changera rien pour moi. Je n'en ai pas besoin.

— La boîte est ouverte et je ne vais pas manger un kilo de saucisses aux lentilles à moi toute seule. Et puis, même si cela ne sert pas à grand chose pour vous, cela fera néanmoins de nous des êtres civilisés, de manger pour une fois à table avec des couverts ! J'ai aussi trouvé une bouteille de vin. Je n'ai pas l'habitude de boire, mais cela nous fera le plus grand bien.

Elle ôta le bouchon de la bouteille et emplit deux verres. Lou tendit un verre à Dubuissert et continua.

— Alors, Monsieur Dubuissert, où allons nous exactement ?

Il plongea ses lèvres dans le liquide carmin, rêvant toutefois d'un autre breuvage et entreprit de répondre.

— En Bourgogne.

Lou avala une gorgée de bourgogne, justement, puis continua :

— Mais encore ?

Elle avait décidé de ne pas le braquer. Elle voulait qu'il lui livre ses connaissances. De toute évidence, il savait exactement pourquoi Lydie Malverne avait emmené Rosalie et où, alors elle aussi voulait savoir.

— Je ne sais pas où exactement, mais je sais que dans la campagne autour d'Auxerre se trouve l'endroit vers lequel se dirige le convoi avec Rosalie. Je remonte la trace de Kodiak, mais je dois me concentrer sur son odeur en plein jour et ce n'est pas toujours facile. Je suis sûr qu'il saura nous retrouver le moment venu.

À l'évocation de son chien, le cœur de Lou se serra. Il était peut-être en danger, Hinouk était peut-être mort et Nanuk l'était, définitivement. Chaque fois que Lou pensait que rien de pire ne pouvait arriver, elle se rendait vite compte qu'elle avait tord.

Pourtant, dans la pagaille de sa vie, elle avait au moins eu la chance de revoir son frère. Elle n'espérait plus qu'une chose, revoir Rosalie.

— Expliquez-moi un peu en quoi consiste cette dérogation que Malverne doit obtenir.

— Elle doit s'en enquérir auprès d'un vampire très ancien. Je dis vampire mais je ne suis pas sûr de sa nature exacte. C'est le dominateur de notre race, c'est de lui que nous tirons normalement nos ordres.

Lou déglutit péniblement : si ce qu'elle comprenait était la réalité, alors ils se jetaient droit dans la gueule du loup.

— C'est de lui que vient l'idée de dominer le monde que les vampires mettent en pratique depuis près d'un an ?

Dubuissert baissa les yeux sur le contenu de son verre, pensant de plus en plus que son dernier repas était vraiment trop loin pour avoir les idées claires. Il n'avait pas la force de lutter contre elle et préférait répondre à ses questions que de l'affronter, pour une fois.

— Oui, mais je ne l'ai jamais rencontré. Nul ne l'a jamais vu. J'ai même longtemps cru que ce n'était qu'un mythe. Nous l'appelons Cauchemar.

Un frisson parcourut le corps de Lou. Son imagination lui projetait l'image d'une Rosalie livrée en pâture à ce Cauchemar et une boule se forma dans sa gorge.

— Nous arriverons à temps, je vous le… promets.

Les cernes violacés qui bordaient les yeux de Dubuissert sautèrent à ceux de Lou. Elle comprit qu'il n'avait pas mangé depuis trop longtemps pour garder ses forces intactes. Il avait veillé sur elle chaque nuit, ne s'octroyant aucun repos.

Elle respira profondément, vida le contenu de son verre, qui lui montait un peu à la tête puis demanda :

— De quelle quantité avez-vous besoin ?

— Ce n'est pas tant la quantité. Avant que nous ne quittions Anor, j'ai autorisé le docteur à prélever de mon sang pour ses expériences. Il en a pris une quantité non négligeable. Il va me falloir un bon moment avant de retrouver la pleine possession de mes forces, mais je vais essayer de trouver un sanglier ou un chevreuil.

Il avait dit cela dans une grimace et Lou lui était reconnaissante de se plier malgré tout aux règles qu'elle avait imposées.

Pourtant, elle n'était pas dupe. Un animal ne suffirait pas à combler les carences de Dubuissert.

— Si vous mordez un humain, vous le tuez forcément ?

— Non, pourquoi cette question ?

Elle emplit de son nouveau son verre de Hautes Côtes de Nuits qu'elle trouvait délicieux et poursuivit.

— Pour une fois c'est moi qui pose les questions. Il n'y a pas de risque de conversion ?

— Non, il faut échanger notre sang, pour nous les vampires normaux, enfin, je veux dire classiques.

— Bon, alors je vous donne l'autorisation de prendre de mon sang.

La perspective de goûter ce sang qui lui faisait tellement envie explosa dans sa tête.

Il résistait depuis si longtemps à cette tentation et elle lui offrait une opportunité extraordinaire. Pourtant, serait-il capable de s'arrêter à temps ? Entre son besoin urgent de sang et son désir fou de son sang à elle, saurait-il maîtriser ses pulsions ?

— C'est hors de question ! Vous ne pouvez pas y penser, mademoiselle Godin.

— Appelez-moi Louise. Ce n'est pas pour vous que je le fais ! C'est pour Rosalie, et moi. Nous dépendons un peu de vous, je dois bien l'admettre, alors je fais ce qu'il faut pour que vous alliez parfaitement bien. La perspective de me retrouver face à un Cauchemar sans autre soutien que mon pieu est un peu angoissante ! Et de toute façon, quelle autre option avez-vous ?

Elle avait certes raison. Mais comment s'y prendre ? Alors qu'il se posait un tas de question, elle se leva et déplaça sa chaise jusqu'à être près de lui.

— Est-ce que ça fait mal ?

— Je ne peux pas vous promettre que non, mais je ferai mon possible pour que la douleur soit moindre.

— Bon, et où allez vous me mordre ? demanda-t-elle en portant de nouveau à ses lèvres son verre.

—Je peux vous mordre au poignet, mais cela durera plus longtemps que dans le cou. Le débit de sang dans le cou est plus rapide.

Il regarda la carotide de Lou galoper, enivrée par le vin de bourgogne qu'elle sirotait à l'envi.

— Non, je ne peux pas ! Je ne peux pas faire ça.

Elle se leva, non sans se tenir à l'accoudoir de son siège de jardin, puis plongea son regard dans celui de Dubuissert. Les yeux noirs et cernés de Dubuissert essayèrent de fuir, mais elle saisit son visage entre ses mains, le forçant à la regarder :

— Rodolphe, nous n'avons pas le choix.

C'était la première fois qu'elle utilisait son prénom. Cela eut pour effet de troubler le vampire plus que de raisonnable. Sans lâcher son visage, elle retrouva sa chaise, s'installa aussi confortablement qu'elle le pût et inclina sa tête sur le côté, offrant son cou aux crocs de Dubuissert.

— Vous serez doux ? murmura-t-elle.

Ne pouvant plus résister à l'appel de cette chair, il se rapprocha et entrouvrit la bouche, les crocs déjà en avant.

— Je vous le promets, répondit-il dans un soupir.

L'odeur du savon de Marseille qui couvrait sa peau était simple mais délicieuse, loin des effluves de parfum dont se paraient souvent les humaines qui s'offraient aux crocs des vampires.

De son pouce, il caressa la peau de Lou, à la recherche de l'endroit le plus indiqué pour la mordre. Sa peau était douce et hâlée. Le soleil avait donné à son derme des airs de cannelle et la carotide galopant en dessous animait la surface en un millier de promesses.

Lou sentit d'abord les lèvres de Dubuissert, comme un baiser froid mais prompt à faire bouillir. La caresse de la langue de Dubuissert faisant rouler la carotide vers ses crocs éveilla en Lou des sensations bizarres, comme l'impression de faire quelque chose de défendu sans pour autant pouvoir y renoncer. Elle avait une angoisse au ventre mais en même temps elle brûlait de connaître le contact des crocs. Elle avait toujours redouté de se faire mordre par un vampire, mais la situation était bien différente. Elle n'avait d'autre choix que de s'offrir et lorsque les crocs pénétrèrent sa chair, elle se crispa, attendant le déferlement de douleur. Des papillons noirs couvrirent bientôt son regard, tandis qu'une lueur aveuglante lui traversait l'esprit. Il lui sembla que sa colonne vertébrale était en effervescence. Elle se sentit défaillir et se retint aux épaules de Dubuissert.

Une seconde plus tard, elle perdait connaissance.

Chapitre 15

Lorsqu'elle se réveilla le lendemain matin, sa tête était un peu douloureuse. Elle était allongée dans un canapé, la tête posée dans le creux de l'épaule de Dubuissert. Il dormait. Elle porta la main à son cou et sentit sous ses doigts un pansement.

Ils deviendraient peut-être amis finalement. Ils dépendaient l'un de l'autre et devaient s'entraider. Pourtant l'image d'Adam s'imposa à elle et elle eut l'impression de le trahir. Elle se dégagea doucement de l'étreinte de Dubuissert et se leva sans faire de bruit, repoussant le plaid dont il l'avait couverte.

Adam n'avait pas totalement confiance en Dubuissert. C'était sans doute un signe.

Lou ne put s'empêcher de penser que les derniers événements lui donnaient envie de croire en sa sincérité, mais comment en être sûre ?

Puis le contenu de leur conversation de la veille lui revint en mémoire. Il savait depuis le début que les vampires avaient un plan conçu par leur maître. De plus, il savait dans quelle région chercher ce maître. Une telle information aurait dû être partagée !

Décidément, Lou avait vraiment voulu lui faire confiance. Mais elle avait sans doute eu tort !

Elle regarda par la fenêtre et s'avisa que le soleil était déjà haut dans le ciel. Ils avaient donc perdu bien trop de temps. Ils ne devaient pas s'octroyer de repos superflu tant que Rosalie ne serait pas hors de danger.

Elle traîna une chaise lourdement, vers un meuble, avec deux objectifs. D'une part, regarder au dessus du bahut dans les boîtes de biscuits qui dépassaient. Peut-être y avait-il encore des gâteaux secs qu'elle pourrait emporter. D'autre part, elle voulait réveiller Dubuissert mais sans lui parler, elle comptait donc sur le bruit traînant des pieds de chaise sur le carrelage pour le sortir de son sommeil. Ce fut un succès.

— Bonjour, murmura-t-il.

— ‘jour, répondit-elle évasivement.

Elle fouilla consciencieusement les boîtes pour n’y découvrir que des collections : de timbres, de cuillères et de coupe-papier. Les boîtes de biscuits en fer recelaient parfois des choses étonnantes ! Elle se garda néanmoins un coupe-papier en forme de sabre qu’elle glissa à l’arrière de son pantalon, dans la ceinture.

Ce n’était pas grand chose, mais une petite arme blanche pouvait parfois changer le cours d’un combat !

Elle sauta de sa chaise puis se dirigea vers la cuisine d’un pas nerveux. Elle ouvrit tous les tiroirs à la volée, s’empara d’un fusil à repasser et entreprit d’aiguiser la lame de sa nouvelle arme. Lorsqu’elle fût satisfaite, elle se retourna pour refaire un sac de voyage en l’agrémentant de quelques trouvailles, notamment quelques boîtes de conserve, du savon et une plaque de chocolat qu’elle avait trouvée dans un des placards de la cuisine.

— Vous êtes énervée...

Lou releva la tête pour croiser le regard de Dubuissert. Il avait retrouvé sa bonne mine et paraissait dix ans de moins que la veille. Son teint était de nouveau clair et ses yeux noirs étaient brillants de malice et pétillants de vie. Lou était heureuse de constater que son sang avait fait des merveilles sur lui.

— Non, je me dépêche...

— Si vous le dites.

La journée se déroula sous des auspices bien calmes. Aucun ne chercha à troubler le silence gêné qui s’était installé entre les deux.

Lou refusa de faire une pause à midi, prétextant que le départ tardif du matin leur avait fait perdre bien trop de temps.

Au fil de la journée, l’angoisse de Lou se mêla à de la rage. Plus elle pensait à la discussion de la veille et au Cauchemar, plus elle se sentait trahie par Dubuissert et plus elle regrettait d’avoir ne serait-ce qu’envisagé de lui faire confiance. Elle était encore plus peinée parce qu’elle avait eu envie de lui faire confiance. Une envie dévorante, même.

Lou, ma Lou,

Il se passe des choses ici. Ça bouge et c'est tant mieux ! Avec Lucie, nous avons dressé le plan du camp des bois. Elle a une mémoire terrible et un sens inné du dessin. Nous sommes allés en repérage et nous avons été tellement discrets que les vampires ne nous ont même pas sentis. Il faut dire que nous avions pris les devants et avions imité les cochons. Ne ris pas ! Nous nous étions enduits de boue. Joseph a confirmé que notre odeur était indétectable.

Avec Thierry, Joseph et Adam, nous avons guetté le rassemblement des internés du camp dans la cour.

Joseph dit qu'il y en a encore plus qu'avant, ce que Lucie et Thierry confirment. Il y a de plus en plus de gens, c'est affolant ! Ce qu'ils font est révoltant. Mais nous sommes bien décidés à y mettre un terme. Bientôt les pauvres gens qui y sont enfermés retrouveront leur liberté et les vampires qui régissent tout cela seront punis, crois-moi.

Cayenne s'acclimate à la vie dans la ferme. Je pense même qu'elle y prend goût. Thomas nous est d'une aide précieuse. Il se charge de la gestion de la ferme avec Margot. Ces deux-là s'entendent comme larrons en foire. On dirait bien que Thomas a trouvé une maman de substitution. Pourtant tu lui manques. Tu nous manques à tous. Adam ne tient plus en place. Il ne dit rien mais nous voyons tous qu'un mal le ronge et je pense que c'est le manque de toi. Il brûle de partir à ta rencontre, bien que sa mère et son père lui répètent chaque jour que le combat que nous menons ici est trop important pour qu'il parte. Et c'est vrai. Moi aussi j'aimerais partir te prêter main forte, pourtant je sais que tu n'as pas besoin de moi ou de lui pour réussir. Tu es forte, tu es une battante et tu es, je pense, bien accompagnée. Thierry à l'air de penser que mis à part Adam, personne n'est plus à même de se battre à tes côtés. Il m'a laissé entendre que Dubuissert serait capable de mourir pour toi, même s'il ne s'en rendait pas encore compte. J'espère juste qu'il n'a pas de sentiments trop développés à ton encontre. J'ai vu la photo d'Adam sur ta table de nuit, puisque j'occupe ta chambre en attendant que tu reviennes. Ton cœur est pris, il ne faudrait pas que le sien se brise.

Je me relis et je me découvre des inquiétudes pour le cœur d'un vampire. Il y a encore deux semaines, je n'aurais même pas songé à l'éventualité qu'ils puissent en avoir un. J'étais devenu froid mais te revoir un instant, me plonger dans ta vie et découvrir tes convictions m'a fait comprendre qu'un peuple entier ne peut être un ennemi. Je me souviens ce que tu disais à Mamie quand elle parlait des « boches ». Combien de fois tu lui as répété que de nombreux soldats n'avaient d'autre solution que d'obéir aux ordres et que ce n'est pas pour autant qu'ils étaient tous versés dans les convictions débiles d'un fou. Je me rends compte que tu avais raison. Je vois ici des vampires repentis qui sont tous prêts à aider pour un retour à la normale. Mais soyons réalistes, le monde que nous avons connu n'est plus. Si nous parvenons à renverser cet Ordre Nouveau, demain sera un autre monde, dans lequel les vampires existeront et dans lequel il faudra leur trouver une place. Ce sera sans doute un nouveau combat tout aussi difficile que celui dans lequel nous nous lançons bientôt. Ma Lou, si passionnée d'Histoire, te voilà en train de l'écrire !

Hinouk colle sans cesse son museau contre ma main lorsque je t'écris, comme s'il voulait t'envoyer des baisers. Il a beaucoup changé depuis l'attaque dont il a été victime, mais Adam l'a soigné au mieux. De manière peu conventionnelle, certes, mais Hinouk est sur pattes et il n'a jamais eu une forme aussi terrible.

L'automne approche, c'est peut-être pour cela, mais sa fourrure vire au roux et il n'a jamais été ton chien à ce point là. Ses yeux dorés sont toujours aussi doux, pourtant on y lit une envie farouche d'en découdre avec quiconque lui cherchera des noises. Il était un brin bagarreur, il est désormais révolutionnaire ! Ce n'est plus juste un chien, mais d'un autre côté, je doute qu'il l'ait jamais été. Ton loup. Il partage son temps entre Adam et moi. Je pense que tu lui manques autant qu'à nous.

Il regarde souvent le sentier par lequel tu es partie, comme s'il lui brûlait de le suivre pour te retrouver. Bientôt. Si tu n'es pas revenue lorsque nous passerons à l'attaque, alors certains d'entre nous partirons à ta recherche. Adam , Hinouk et moi, pour commencer.

J'espère que tu te portes bien et que ton périple ne sera pas trop dur.

Le temps s'est beaucoup refroidi dernièrement et les premières gelées sont déjà arrivées ici. Ce matin, il faisait -4 alors qu'hier soir, la soirée était plutôt tiède.

L'hiver sera-t-il en avance ? Et à ce point ?

Je ne sais pas si nous devons l'attendre ou le redouter. Mais nous devons aussi penser à notre survie et Thomas dirige les travaux de la ferme avec force. Nous n'avons plus le temps de laisser les jeunes grandir.

Nous mêmes n'étions encore que des gamins l'année dernière et les ados n'ont plus le privilège d'en être. Même les enfants doivent faire face. Foutu monde qui part à vau-l'eau.

Mais nous y arriverons.
Je t'embrasse, sœurette.

Chapitre 16

Que pouvait bien faire Rosalie, où était-elle ? Était-elle toujours sur la route ou bien le convoi était-il finalement arrivé à destination ? Les questions se bousculaient dans la tête de Lou et Dubuissert s'en rendait bien compte.

Il n'avait pas pensé à cette éventualité. Il était rare qu'un donneur et son préleveur se connectent. Pourtant, c'était le cas. Cela ne lui était pas arrivé depuis Cindy.

Mais il avait fallu de nombreux dons de sang pour que la connexion mentale s'établisse. Il avait alors été à même de lire ses émotions, de parler avec elle en silence.

Avec Louise Godin, cela prenait le même chemin, alors qu'il n'y avait goûté qu'une fois.

Son sang lui réchauffait les veines et le corps comme aucun ne l'avait fait depuis longtemps. Elle avait forcé les vampires à se nourrir de bêtes sauvages et le sang humain n'avait plus eu son attention depuis quelques temps. Du coup, celui de Louise avait un goût particulier, un effet déroutant aussi. Il avait comme l'impression d'être un peu ivre. Pas à en être malade, mais juste à en ressentir une certaine euphorie.

Pour Lou, les choses étaient différentes. Son cœur était secoué de multiples sentiments que Dubuissert ne comprenaient pas. Angoisse et rage encore pouvaient s'expliquer par le fait qu'on lui avait enlevé Rosalie, mais pourquoi la culpabilité ?

Elle n'aurait rien pu arrêter, alors pourquoi se sentir coupable ? Et puis il y avait cette rancune qu'il percevait à son encontre. Pourquoi lui était-elle rancunière ? Avait-elle l'impression qu'il lui avait forcé la main afin qu'elle lui offre de son sang ? Lui en voulait-elle encore de l'avoir presque tuée à la rivière ? Il s'était pourtant largement excusé et elle avait semblait comprendre que l'avoir retenue de se jeter sur Lydie était sans doute la meilleure des choses à faire pour pouvoir sauver Rosalie... Alors quoi ? Et elle était fatiguée. Elle n'avait pas arrêté de courir de la journée, sans même prendre une pause. Elle avait juste repris un peu d'eau dans une source qu'il espérait potable pour en emplir ses bouteilles.

Il fallait qu'ils s'arrêtent. La nuit commençait à tomber et ils n'auraient pas la chance de la veille. Les hameaux perdus n'étaient pas légion sur la route et ils devraient sans doute dormir à la belle étoile.

— Il va falloir nous arrêter.

Sans le regarder, elle refusa tout net.

— Il n'en est pas question. Je veux retrouver Rosalie au plus vite et regagner la maison.

— Vous tombez de fatigue, il vous faut vous reposer !

Il avait parlé sur un ton un plus brusque que ce qu'il aurait voulu.

— Ça suffit ! Vous n'êtes plus l'Ordonnateur, vous n'avez ni ordre ni conseil à me donner ! Je veux pouvoir ramener Rosalie au plus vite et surtout ne plus devoir être avec vous à longueur de journée. Vous pensez peut-être que vous pouvez vous glorifier d'être venu à mon secours, mais pour le moment, qu'avez-vous fait à part me noyer ? Finalement cette aventure vous aura permis de vous nourrir de sang humain. Puis qui me dit qu'une fois sur place vous ne prêterez pas de nouveau allégeance à votre maître de Cauchemar ? Peut-être que c'est ce que vous avez d'ailleurs planifié. On ne peut pas avoir confiance en vous !

Cette longue tirade crachée comme du venin, elle reprit sa route, bien décidée à le devancer.

Perplexe, Dubuissert se demandait encore une heure plus tard quelle mouche avait bien pu la piquer. La veille au soir, il avait vraiment eu l'impression que les choses allaient mieux entre eux, mais depuis ce matin, il sentait bien qu'elle était en rage. Il avait d'abord pensé que c'était à propos de Lydie Malverne, mais force était de constater qu'elle en avait après lui !

Il avait beau être profondément attaché à la petite Rosalie, il ne supporterait pas de nouvelles querelles avec Louise Godin. Si elle souhaitait continuer seule, elle pouvait tout aussi bien le faire.

— Si vous souhaitez que je vous laisse, vous n'avez qu'un mot à dire !

— Hé bien je le dis ! Allez-vous-en ! J'irai moi même à Auxerre et je suis certaine que mon chien saura m'y retrouver !

Elle détourna la tête pour qu'il ne voie pas les larmes qui coulaient sur ses joues.

Des larmes de fureur, de frénésie, de doute, de peur, de désespoir. Elle n'eut aucun regard pour lui lorsqu'il s'éloigna. Elle resta juste plantée là, ignorant si elle devait à sa fierté ou son idiotie de se retrouver seule au milieu de nulle part, avec pour seules armes un pieu, un coupe papier et son courage.

Il lui restait sans doute trois jours de marche et ses connaissances poussées en géographie lui permettraient pour sûr de rejoindre Auxerre, mais après ? Elle avait sans doute gâché la plupart des chances qu'elle avait de retrouver et sauver Rosalie.

Elle était devenue égoïste. Elle avait laissé ses sentiments personnels influer sur une décision qui ne concernait pas que sa propre personne.

Elle se laissa tomber dans l'herbe du sentier, entoura ses jambes de ses bras puis elle fondit en larmes. C'était parfois réconfortant de pleurer. Elle sentit bientôt quelque chose sur son visage. Ouvrant les yeux elle découvrit, incrédule, des flocons de neige voltigeant au vent.

Septembre venait juste de commencer, l'été n'était en théorie pas encore terminé.

Pourquoi la neige était-elle déjà là ?

Devait-elle se réjouir de retrouver déjà sa blanche bonne amie ou devait-elle craindre pour la suite de son périple que l'hiver ne vienne définitivement briser son dernier et infime espoir de retrouver sa petite Rosalie ?

Le froid devint comme une chape de béton dont la prise aurait été très rapide. Il s'engouffra grâce au vent et prit ses quartiers tout autour de Lou. Séchant ses larmes d'un revers de manche, elle se remit debout et décida de reprendre la route. C'était encore le meilleur moyen de combattre l'air glacial qui tombait peu à peu. D'un pas vif malgré la fatigue, elle se dirigea en faisant confiance à son sens inné de l'orientation. En effet, de lourds nuages bouchaient le ciel et les étoiles étaient complètement invisibles. Aucune ne lui accorda la sécurité de vérifier son chemin.

Autour d'elle, les bruits semblaient se renforcer. Hier encore si peu présents, elle avait l'impression qu'ils étaient décuplés. Le moindre battement d'ailes d'une chouette fracassait la nuit d'une déchirure. Ses propres pas résonnaient, assourdissants, et son souffle fendait la nuit d'un rythme régulier mais rapide.

Aux aguets, elle craignait de rencontrer un intrus. Son sweat lui parut bien léger dans l'air froid qui gagnait du terrain. Elle enfila ses mains dans les poches du vêtement et rabattit la capuche de coton sur sa tête. Elle était seule, avait froid, et la fatigue l'accablait. Pourtant elle savait que s'arrêter là signerait la fin de son aventure à la recherche de Rosalie. Elle avait compromis son sauvetage de manière irréfléchie, il fallait qu'elle se rattrape. La neige voltigeait toujours. Trop peu pour couvrir le sol ou laisser sa trace, mais assez pour faire peur, en cette saison.

Comment était-ce seulement possible ?

Elle pensa à Dubuissert. Était-il vraiment parti ? Elle se surprit à penser que s'il se montrait au détour d'un sentier, elle ne pourrait se retenir de lui souhaiter la bienvenue. Il était peut-être exaspérant et elle ne savait pas si elle pouvait vraiment lui faire une confiance aveugle, mais elle eut, à cet instant, la conviction que Rosalie ne pouvait pas ne pas lui être importante. Elle était sûre que cette petite fille était à même de renverser le cœur froid d'un Dubuissert.

Et elle avait tout gâché !

La nuit passa sous les nuages et l'obscurité fut chassée par un soleil timide qui darda de faibles rayons sur la campagne. Les pieds lourds de Lou heurtèrent bientôt des rails rouillés qu'elle décida de suivre. À bout de forces, elle continua sur plusieurs kilomètres, faisant régulièrement butter le bout de ses chaussures de marche sur les traverses de chemin de fer. La ligne devait être désaffectée depuis de nombreuses années car les mauvaises herbes avaient envahi la voie ferrée. Des chardons attaquaient sans cesse son jean, à la recherche d'une brèche pour se faufiler vers sa peau.

Enfin, elle aperçut au loin une maisonnée qui devait être l'ancien logement du garde-barrière au passage à niveau.

La baraque semblait bel et bien abandonnée. Elle ne trouverait sans doute rien à l'intérieur, si ce n'est un peu de repos à l'abri du vent et peut-être aussi sa position.

Sur les vieilles barrières rouges et blanches, que la rouille rongeait encore, elle distingua une étiquette de fer : « PN ST FLO » ainsi qu'un numéro effacé par le temps, l'usure et le sort.

Son pieu dans une main, son minuscule sabre dans l'autre, elle approcha sans faire le moindre bruit, luttant pour que ses forces ne l'abandonnent pas encore et qu'elle puisse faire face quoi qu'il arrive.

Quelques vitres étaient cassées et un coup d'œil par la fenêtre lui permit de confirmer sa première impression. C'était vide. Complètement ? Elle le pensait sincèrement lorsqu'elle entendit pourtant un bruit venant de l'étage. Elle avait l'impression que l'on marchait là-haut, mais faiblement.

Elle enjamba la fenêtre aux vitres désormais inexistantes et se dirigea doucement vers l'escalier, priant en son for intérieur pour qu'il ne grince pas sous son poids.

À la manière d'un mime, elle entreprit de gravir les marches et son ascension lui parut interminable. Durant celle-ci, des idées toutes terrifiantes traversèrent son esprit. Elle allait trouver un vampire, qui la dévorerait, ou un homme qui la violerait, ou même une folle qui l'assassinerait... Parvenue sur le pallier dont le plancher n'était pas d'allure très solide, elle chercha les appuis les plus fiables et se dirigea calmement vers le bruit qui résonnait toujours, faisant battre son cœur plus fort. Ses doigts crispés autour de ses deux maigres armes devenaient douloureux et son angoisse lourde.

La porte, entrouverte, ne laissait aucun doute quant à la provenance de ce bruit. Son courage en bandoulière, regrettant sa carabine, Lou appuya son couteau de fortune contre la porte qui bougea dans un grincement sordide. Pénétrant dans la pièce brusquement, brandissant son pieu menaçant, elle poussa un cri de surprise : une poule trônait au milieu de la pièce, écarquillant de grands yeux hébétés devant l'intrusion de Lou.

Une rapide inspection des lieux permit à Lou de confirmer que c'était bien la poule et personne d'autre qui était à l'origine du bruit et un soupir de soulagement s'échappa de sa gorge. Pourtant, sans l'avouer, elle avait presque espéré trouver Dubuissert et sa suffisance. Pour une fois, elle en aurait été ravie.

Dans un des coins de la pièce, à l'abri relatif du vent, Lou se laissa aller contre le mur et glissa doucement vers le sol. Un panneau jeté à terre depuis bien longtemps disait que la ligne de chemin de fer de ce passage à niveau reliait Troyes à Auxerre. La gare la plus proche était celle de Saint Florentin.

Elle était donc vraisemblablement sur la bonne route.

Avec le matin et le soleil, la neige avait cessé. La température était un peu plus clémente, mais relativement froide néanmoins pour la saison.

La poule regardait toujours Lou et recula vers un autre coin de la pièce. Elle se coucha et Lou comprit que c'était sans doute là son nid.

— Je ne vais pas manger tes œufs, c'est promis !

Elle ouvrit son sac et en sortit une boîte de conserve.

— Raviolis à la bolognaise, bah, ce sera toujours ça de moins à porter !

Elle remercia mentalement le système d'ouverture de la conserve et se saisit d'une cuillère en bois qu'elle avait emportée. On était loin de ses habitudes pour le petit déjeuner, mais l'essentiel était de se sustenter pour ne pas mourir de faim et reprendre des forces. Toute autre considération était hors de propos.

Il lui restait une quarantaine de kilomètres environ pour parvenir jusqu'à Auxerre, si ses calculs étaient bons. Elle regarda ses pieds, plutôt douloureux, et eut une furieuse envie de quitter ses chaussures le temps de se reposer un peu. Pourtant, elle n'en fit rien. Elle avait suffisamment mal pour savoir que si elle ôtait ses chaussures, elle ne saurait pas les remettre.

Elle décida donc de les garder et se remit debout.

« Il faut battre le fer temps qu'il est chaud ! »

Elle avait l'impression que la voix de Dubuissert lui donnant ce conseil résonnait dans sa tête.

Son corps était encore chaud, si elle laissait ses muscles se refroidir elle se pourrait plus repartir. Elle jeta de nouveau son sac en travers de son dos, déposa le reste de la boite de conserve pour la poule qui s'en trouva ravie et caqueta joyeusement.

Puis Lou reprit sa route, maudissant le vampire qui même en son absence ne lui laissait aucun répit.

Les pieds de plus en plus lourds et de plus en plus traînants, elle parcourut néanmoins sur la journée les kilomètres qui la séparaient encore d'Auxerre. Son allure s'était certes ralentie, mais elle ne stoppa pas sa marche. Dans l'après-midi, la neige se remit à voltiger, la température chuta à nouveau et son moral imita le temps.

Elle arriva dans les environs proches mais encore campagnards d'Auxerre en fin d'après-midi. Elle savait que de nombreux domaines viticoles s'étendaient sur les terres de la région, mais elle n'était encore jamais venue.

Sans repères, elle tourna quelques temps, à la recherche d'un abri, ne sachant plus où aller. Sans Dubuissert, elle était bel et bien perdue. Lui seul aurait pu retrouver la trace de Kodiak. Elle avait fait son possible pour parvenir à la destination indiquée mais que pouvait-elle faire d'autre ensuite, à part attendre que son chien ne la retrouve ?

Son sweat pour seule barrière contre un froid agressif, elle se réfugia dans une grange de foin, perdue dans la campagne, et attendit.

La grange présentait l'avantage d'être seule, mais sa position sur le dos d'une colline permettait de ne pas se faire surprendre par des visiteurs incongrus. Encore fallait-il veiller et surveiller. Quatre points cardinaux à surveiller pour une seule paire d'yeux, la chance allait devoir se greffer sur la partie !

Lou, transie, se réfugia sous le foin, espérant y trouver un peu de chaleur. L'odeur de ce foin, sans doute assez vieux, n'était pas très agréable, mais il valait mieux sentir le bouc que d'avoir froid, c'est ce qu'elle se dit. De toute façon, elle n'avait pas eu l'occasion de faire sa toilette depuis quelques jours et son odeur n'était pas agréable non plus. Elle échapperait sans doute à une horde de vampires avec ce fumet ! Et c'était peut-être son seul réconfort, entre le froid et le fait qu'elle était perdue, livrée à elle-même, sans grande chance de retrouver Rosalie, désormais. Bien calée sous le foin, à l'abri relatif du froid mordant, de la neige qui gagnait en agressivité et d'un ennemi qui aurait pu la sentir, elle se décida à dormir. De toute façon, que pouvait-elle faire d'autre ? Elle reprendrait peut-être quelques forces et au pire, le lendemain elle irait au premier village demander qu'on lui présente le responsable local des Crocs Rouges, comme les appelaient les rebelles, l'Ordonnateur. Il devait bien y en avoir un ici aussi !

De là, elle exigerait ensuite qu'on la mène jusqu'à ce Cauchemar de malheur en espérant que Rosalie serait encore vivante et en bonne santé.

Ensuite ? Se battre seule contre des tas de vampires à la solde du Cauchemar, supplier qu'on lui rende Rosalie, défier un champion dans un duel... Elle aurait encore le temps d'y penser le lendemain. Mais elle n'abandonnerait pas. Jamais. S'il existait une solution pour retrouver Rosalie, elle la trouverait !

Vaincue par la fatigue, elle sombra dans un sommeil dérangé. La peur, le froid, l'angoisse et la culpabilité, entre autres, l'empêchèrent de se reposer vraiment.

Elle passa une grande partie de la nuit entre deux états, ni tout à fait endormie, ni vraiment réveillée, consciente seulement des larmes qui coulaient sur ses joues et des claquements de dents que le froid provoquait.

Au petit matin, elle sombra dans un sommeil qu'elle crut être la mort. Elle n'avait plus froid, l'odeur avait changé pour quelque chose de familier et le foin paraissait même plus doux. Une impression de tendresse rayonna tout autour d'elle et elle pensa que ses grands-parents venaient l'arracher à ce monde cruel. Un instant, elle se laissa aller, mais elle vit le visage de Rosalie s'imposer et refusa d'abandonner la gamine pour son propre confort. Elle lutta donc et revint dans la grange.

Lorsqu'elle ouvrit les yeux, elle se demanda néanmoins si elle était toujours bien dans la réalité. Deux gros yeux chocolat tendre la fixaient, elle n'avait plus froid, protégée qu'elle était par un sac de couchage. Elle se frotta les yeux, persuadée que tout allait disparaître, mais il n'en fût rien.

Un gros coup de langue acheva de la convaincre de la véracité de la scène.

Sans plus aucune retenue, elle sauta au cou de son visiteur :

— Hinouk !

La tête enfouie dans la fourrure de son loup, elle revivait. Son cœur battait la chamade, sa joie explosait dans sa tête.

Son chien l'avait retrouvée, et surtout il était vivant et en pleine forme.

Il avait même l'air plus fort, plus massif qu'avant. Il devait venir de l'extérieur, car sa fourrure était fraîche contre la peau de Lou, mais le plaisir qu'elle ressentait de se blottir contre le poitrail de son chien réchauffait son corps autant que son cœur.

— Tiens, la belle au bois dormant est réveillée !

Bien sûr, il ne pouvait être seul, Hinouk n'aurait pas pu apporter de sac de couchage !

Lou se leva d'un bond et sauta derechef dans les bras de l'homme qui s'avançait, le sourire aux lèvres.

— Adam, tu ne peux pas t'imaginer à quel point je suis contente de te voir ! Comment m'as tu retrouvée ?

Il sourit puis répondit à sa question.

— Ça n'a pas été très difficile. Hinouk et moi avons pisté ton odeur et nous voilà ! Où est Dubuissert? J'étais un peu moins angoissé de te savoir avec lui, il est taciturne mais je pense qu'il ne laisserait pas Rosalie se faire convertir sans réagir.

Lou baissa les yeux. Elle savait que la chance lui avait souri en mettant Adam et Hinouk sur sa route, mais elle savait aussi que la veille encore tout espoir semblait perdu par sa faute !

— Nous nous sommes disputés et je lui ai demandé de me laisser tranquille. Pour une fois il m'a écoutée. Il est parti.

Adam se garda bien de lui dire, mais il savait que Dubuissert était proche. Son odeur était accrochée à celle de Lou et ce depuis Anor jusqu'ici. Il se demanda même comment il devait prendre cette information. Dubuissert était-il finalement un homme d'honneur qui ne s'impose pas mais sait rester proche, au cas où il faudrait intervenir ? Ou bien ne voulait-il pas quitter Lou, tout simplement ? Ce serait une question à creuser, s'il le revoyait, ce dont il ne doutait pas.

— Mais que fais-tu ici ? Tu ne devais pas venir, toutes les forces vives doivent être tournées vers cette attaque que nous avons planifiée.

Adam choisit la version courte de l'histoire, elle le saurait bien assez tôt de toute façon.

— Je ne pouvais pas me concentrer sur cette attaque en te sachant sur les chemins et Rosalie à la merci de Sanguinaires.

Elle se garda bien de le lui dire, mais elle trouva la démarche un peu égoïste, à moins qu'il ne soit pas persuadé de la réussite de Lou et Dubuissert dans la mission qu'ils s'étaient assignée.

Adam était la meilleure arme de leur petite armée, il n'aurait jamais dû partir. Elle était partagée, car heureuse de le retrouver et en même temps presque honteuse que sa petite personne puisse entraver le cours de la bataille qui devait marquer le début de la débâcle pour le Nouvel Ordre.

Elle était aussi étonnée que cet homme si droit et intègre puisse mettre son bien être devant celui de tous les autres. Cela avait beau être flatteur, ça ne lui ressemblait guère.

Chapitre 17

Dubuissert a envoyé Kodiak suivre le convoi qui menait Rosalie. Il nous faut retrouver la trace de Kodiak pour savoir où elle se trouve.

Sous la neige qui tombait de plus en plus, Lou avait l'air d'une sauvageonne. Adam ne l'en trouva que plus délicieuse encore. La capuche de son sweat protégeait toujours sa tête de l'assaut du froid et il lui avait donné son caban.

Ainsi parée, elle ne craignait définitivement plus la froidure. Le vêtement de laine bleu était trop grand pour elle, de sorte qu'elle se sentait à l'aise, mais surtout ce qui lui équipait le dos la rassurait. Elle avait retrouvé sa 22 long rifle et ses cartouches « trafiquées ». Joseph avait en effet eu l'idée de remplacer la balle de plomb de la cartouche par une balle en bois. Tirée en plein cœur, cela affaiblissait considérablement le vampire s'il ne succombait pas.

Lou n'en avait pas pour autant renoncé à son petit sabre parfaitement aiguisé, elle l'avait glissé dans sa chaussure, ou plutôt dans sa chaussette. « On ne sait jamais ! » avait suggéré une petite voix dans sa tête.

— Il est forcément dans le coin : Dubuissert m'a expliqué que la Malverne doit voir un haut dignitaire vampire, le chef en somme, pour avoir l'autorisation d'élever ma Rose et en faire une parfaite vampire à l'âge adulte. Il paraît que le Cauchemar en question loge dans le coin !

— Le Cauchemar, je pensais que c'était juste une légende !

Lou stoppa sa progression et regarda Adam, perplexe.

— Tu as déjà entendu parler de lui ?

— Oui, on raconte que c'est le créateur des vampires, des fantômes et des loups-garous, entre autres. Mais je croyais que c'était un peu une parabole, comme ce que tu penses de Dieu.

Était-ce une bonne chose que son ami ait entendu parler de ce Cauchemar ? Cela amenait un air bien véridique à l'histoire de Dubuissert et donnait donc un espoir que Rosalie soit toujours vivante.

Mais cela glaçait aussi les sangs. Affronter ce Cauchemar n'allait pas être une mince affaire !

Hinouk collé à ses basques, Lou décida, pour ne pas s'angoisser d'avantage, de changer de sujet.

— Au fait, comment se fait-il qu'Hinouk se soit remis si vite, ses blessures étaient affreuses !

Elle flatta le flanc massif de son chien, bien plus musclé qu'avant.

Adam porta son regard sur les yeux de Lou. Elle avait le droit de savoir. Mais peut-être pas toutes les circonstances... Les avouerait-il d'ailleurs à quelqu'un un jour ?

— Je... n'avais pas d'autres solutions, Lou. Je n'étais pas sûr que cela marcherait mais je ne pouvais pas ne pas tenter. Il allait succomber et ...

— Tu as changé mon chien en vampire ?

Lou ne savait pas comment prendre la nouvelle. Devait-elle se réjouir qu'il soit toujours en vie ou s'inquiéter de sa nouvelle conversion ?

— Mais c'est un Équilibré, il n'a pas besoin de sang, il est juste plus fort et...

— Éternel, termina-t-elle. Que deviendra-t-il quand je serai morte ? Qui se chargera de lui ?

Bien entendu, Hinouk était tout à fait capable de se charger de sa survie, mais il était profondément attaché à Lou et aux humains. Égoïstement, elle ne souhaitait pas que son chien puisse trouver un autre maître. C'était son chien, son ami, et son cœur lui était fidèle. Pour l'instant. Le cœur de Lou, quant à lui, venait de subir coup sur coup un nombre conséquent de déceptions et de désillusions. Elle pria intérieurement pour que ce soit enfin la dernière et que cette descente aux enfers se stoppe avant que Rosalie n'en souffre définitivement.

Lou, ma Lou...

En me levant ce matin, j'ai trouvé la maison en ébullition.

Adam est parti. On ne sait pas encore exactement où, mais je suppose qu'il n'y tenait plus de te savoir loin et qu'il a pris la route pour te rejoindre.

Il avait l'air si inquiet, comme en manque, depuis ton départ. Et puis nous devons faire face à un nouveau problème. En effet, du sang disparaît de notre réserve, ce sang que nous donnons tous en prévision du soulèvement. Le tien a totalement disparu, comme celui de Dubuissert. Nous avions été étonnés qu'il se soit plié à la demande du docteur lorsque nous avions découvert les poches de sang à son nom, mais désormais, il n'y en a plus aucune trace.

Écoute, je vais peut-être te choquer, mais je me demande si le jeune Thomas n'est pas responsable. Margot a sondé les veines de tous les vampires présents à la bâtisse depuis ce matin et aucun n'a visiblement été en contact avec ton sang ou celui de Dubuissert. Il ne reste donc plus que Marie. Je ne serai pas étonné que Thomas se soit procuré des poches de sang pour la sustenter. Il m'a confié qu'il était persuadé qu'elle allait mourir car elle ne se faisait pas à sa nature vampirique ni au régime « animal ». Elle lui a dit qu'il lui fallait du sang humain. C'est sans doute pour cela que Thomas aurait pris le tien, pour que l'odeur lui soit familière. Pour Dubuissert, je ne sais pas, j'ai compris qu'il était son créateur, bien qu'il ne l'ait fait que dans le but de la sauver. Thomas aurait pu penser que son sang serait un complément « vitaminé » pour Marie.

Je n'ose pas confier mes doutes. Je ne suis là que depuis quelques jours et j'apprécie beaucoup Thomas. C'est un chic type, qui m'a bien accueilli et te porte une amitié très sincère. Comment pourrais-je le soupçonner ? Je sais que Margot va aller voir Marie. J'ai demandé à l'accompagner. J'espère juste que Marie ne sera pas mal à l'aise de ma présence. Je ne devrais pas le dire, mais j'espère aussi que mon sang ne la tentera pas trop. J'en donne volontiers à Margot par le biais d'une aiguille, mais les crocs d'un vampire ne passeront jamais par mes veines. Je préférerais encore mourir !

Nous verrons bien ce qu'il en ressortira.

Je me doute que d'avoir Adam à tes côtés doit te réjouir. Cela vous donne de sérieuses chances de ramener la petite Rosalie saine et sauve. Je suis un peu confus de l'avouer, mais je suis sûr qu'il sera plus utile sur les routes à tes côtés que sur notre champ de bataille. Quand je dis que j'en suis sûr, c'est surtout égoïstement que je parle. Je ne supporterai pas qu'il t'arrive quelque chose, alors que cette bataille n'est que la première d'une longue série. Si l'absence d'Adam doit m'assurer de ton retour entière et comblée par la présence de Rosalie, alors tant pis si nous perdons la bataille. Il y aura d'autres batailles, mais une sœur je n'en ai qu'une !

Je t'embrasse Sœurette, tu me manques.

La neige ne cessait plus désormais. La terre encore chaude de l'été ne permettait toutefois pas encore aux flocons de s'établir en couche, mais si les températures continuaient sur leur lancée négative, il n'y aurait bientôt plus aucun frein à ce que le sol se couvre d'un tapis immaculé.

Hinouk suivait une piste depuis deux bonnes heures et Lou espérait bien que ce serait celle de Kodiak. Adam avait l'air de le penser.

— Kodiak sera assez intelligent pour nous retrouver à une distance raisonnable de l'antre du Cauchemar.

Ils étaient arrivés dans une petite commune du nom de Saint Bris le Vineux, sans doute un village vigneron. La campagne était encore verdoyante, mais les vignes souffraient de la présence brûlante des flocons. Les grains de raisin noir semblaient se flétrir plutôt que de parvenir à maturité. Lou pensa néanmoins qu'il ne devait plus y avoir de vignerons pour les vendanger de toute façon !

Hinouk s'éloignait, et décrivait de grands cercles concentriques de manière à ratisser toujours plus large à la recherche de son frère. Lou ne put s'empêcher de penser que Kodiak percevrait peut-être le changement de nature de son jumeau et prendrait peur.

Il n'en fut pourtant rien. Pour son plus grand plaisir. Alors que le soleil devait être au zenith mais qu'il ne parvenait toujours pas à percer les nuages cotonneux, les deux chiens arrivèrent ensemble, queues empanachées et langues pendantes.

Kodiak sauta sur Lou qui lui rendit toute sa tendresse par des embrassades reconnaissantes.

— Il ne faut pas perdre de temps, il faut partir tout de suite. Emmène-moi à Rosalie, Kodiak !

Le chien ne chercha pas à comprendre et se lança de nouveau sur la piste, cette fois suivi par Hinouk mais aussi Adam et Lou.

Leur course folle était couverte par l'instinct d'Adam qui surveillait malgré tout les alentours. Il ne souffrait jamais du syndrome du soleil. Ses facultés vampiriques ne s'éteignaient pas à la lumière du jour, contrairement aux autres vampires, qu'ils soient Sanguinaires ou Humanistes. C'était l'apanage des Équilibrés dont il était le premier !

Pourtant sa vigilance était troublée par l'odeur du sang de Lou. Il ne pensait pas qu'il pourrait le sentir à ce point-là, maintenant.

— Lou, tu es blessée ?

Il ne pouvait en être autrement. L'odeur était trop forte pour que ce soit le sang dans ses veines. Il y avait forcément une plaie.

— Non, je ne suis pas blessée, pourquoi cette question ?

À y bien réfléchir, il se pouvait fortement que ses pieds soient en lambeaux ou en charpie, mais elle n'en savait encore rien.

Adam sentit sa tête tourner. L'odeur qu'il connaissait désormais si bien le déstabilisait. Il lui fallait s'arrêter, pour reprendre ses esprits et chasser ce parfum enivrant en le remplaçant par un autre moins perturbant.

— Faisons une pause, proposa-t-il en retenant Lou par la main.

Essoufflée par la course, la jeune fille ne demanda pas mieux que de reprendre son souffle quelques instants. Les chiens continuèrent gaiement, puisqu'Adam retrouverait sans problème leur piste. S'appuyant contre un arbre, elle ferma les yeux un moment et respira profondément. La veine au coin de sa tempe cavalait au rythme de son essoufflement. Elle offrit son visage au vent qui soufflait et la capuche de son sweat tomba sur ses épaules, découvrant son cou.

Adam, qui n'avait cessé de l'observer, remarqua le pansement qui lui barrait la carotide.

— Qu'est ce que tu as là ?

Lou, comme prise en faute, ne sut quoi répondre.

— Ah, ça...

Adam avait de toute façon déjà compris.

Il saisit la jeune fille par les épaules et lui demanda :

— C'est pour ça que tu lui as demandé de partir, parce qu'il t'a mordu ? Ce salaud, je vais le lyncher !

Sa nervosité était palpable et il ne savait pas ce qui était le pire. Savoir que Dubuissert ait osé mordre Lou ou se rendre compte que l'autre avait bu directement à la source ?

— Ce n'est pas lui c'est…

Adam ne lui laissa pas terminer sa phrase :

— Il t'a offerte à un autre vampire ? Qu'il se montre, que je lui règle son compte !

— Non, ce n'est pas ça. Laisse-moi t'expliquer.

— Il n'y a rien à expliquer. Dubuissert et nous avions un accord, il ne devait se nourrir que de sang animal, il n'a pas respecté son accord, ç'en est fini de lui !

Se nourrir de Lou. Sa Lou. L'autre allait payer. Il se doutait qu'il était proche et il était prêt à en découdre avec lui.

— Dubuissert, je sais que vous êtes dans les parages ! Montrez-vous ! Venez répondre de vos actes !

Lou commençait à paniquer. Adam était très énervé et ses cris pouvaient tout aussi bien ameuter les gens alentour, voire pire. Les vampires du Cauchemar. Pour une arrivée en toute discrétion, ce serait rapé !

— Adam, je t'en prie calme-toi ! Tu vas nous faire repérer !

— Mais j'avais presque confiance en lui ! Et voilà ce qu'il t'a fait !

Il tournait comme un lion en cage, à la recherche de la moindre trace de Dubuissert ; son odeur était dans les parages, il n'était donc pas loin.

Ne se montrerait-il pas ? N'aurait-il pas le courage d'affronter Adam pour répondre de son crime ?

Lou se planta devant Adam, le saisit par les mains et le força à stopper.

Cherchant son regard, elle se rapprocha de lui et murmura :

—Je lui ai demandé de le faire.

Adam ouvrit de grands yeux tout ronds, abasourdi qu'il était par la révélation de Lou. Il allait répondre lorsqu'il sentit un coup violent porté à l'arrière de sa tête. Avant de sombrer dans l'inconscience, il découvrit que Lou avait elle aussi reçu un coup similaire. L'odeur de son sang fut le dernier souvenir qu'il emporta dans le néant de son inconscience momentanée.

C'est sans doute aussi ce qui le tirerait de cette inconscience lorsque son corps aurait régénéré ses forces.

Chapitre 18

Lou se réveilla dans la pénombre. Le sol sur lequel elle était allongée lui glaçait le corps. Sa tête était posée sur quelque chose de plus délicat et elle comprit, en tâtant, qu'elle reposait sur les jambes de quelqu'un.

— Où suis-je ?

Une main douce vint caresser sa joue et elle reconnut le contact.

— Nous sommes là où nous voulions aller, mais on nous y a amenés à notre insu. Comment va ta tête ?

Lou porta la main à la base de ses cheveux et découvrit une bosse grosse comme un œuf de pigeon.

— Heureusement, tu n'as pas saigné.

C'était heureux en effet, pour elle comme pour lui...

— J'ai un peu mal, mais j'ai surtout froid. Quel est cet endroit ?

— Nous nous trouvons dans une immense cave, sûrement une grotte ou une ancienne carrière. Je ne m'étonne qu'à moitié que le Cauchemar ait choisi cette tanière. Nous sommes à plusieurs mètres sous terre alors ici, de jour comme de nuit, les vampires ont pleine possession de leurs capacités.

— Il ne manquait plus que cela ! soupira Lou. Et il n'y a pas de lumière ?

— Attends, lui répondit Adam, avant de tapoter sur un objet qui se révéla avoir la forme d'un hublot lorsqu'un peu de lumière le transperça.

À la lumière, faible, de ce hublot, Lou détailla les alentours immédiats de sa « cellule ». Le mur était blanc cassé, comme crayeux, et irrégulier. On avait bien plus l'impression d'être dans une grotte que dans une cave, se dit-elle. En face d'elle, une lourde grille fermait l'accès. Pas d'entrée ni de sortie sans la franchir...

Autour d'elle, des bouteilles avec de jolies étiquettes « Bailly-Lapierre » sur des présentoirs.

On l'avait privée de ses armes, de son sac, mais une main portée à sa chaussette lui assura de la présence de son petit sabre aiguisé. Cela pouvait toujours servir.

Dans le caban qu'Adam lui avait donné plus tôt, la poche recelait toujours le chocolat qu'elle avait entamé.

Elle sortit la plaque et déplia le papier qu'elle avait refermé sur la moitié restante.

Elle coupa quelques carrés et les tendit à Adam.

— Non, tu en as plus besoin que moi.

Elle soupira à cette remarque. De quelle stupidité pouvaient faire preuve ces vampires à toujours repousser la nourriture qu'elle leur offrait… Puis, se rappelant la dernière offre qu'elle avait faite à Dubuissert, elle rougit et grogna :

— Ce n'est pas pour l'alimentation, c'est pour le moral. Alors fais-moi plaisir, mange avec moi !

Adam, amusé malgré lui, malgré la situation, s'empara du morceau de chocolat et le porta à ses lèvres, espérant que le magnésium contenu ferait un effet bœuf sur son moral. Pourtant, autre chose aurait été bien plus efficace.

À son tour, la jeune femme porta un doigt de chocolat à ses lèvres et le laissa fondre un instant dans sa bouche.

Sur sa langue, le goût fin du chocolat noir faisait éclater ses papilles. En fondant, il en vint à conquérir son palais et elle renversa la tête en arrière, essayant de ne plus penser à rien qu'à ce réconfort qui coulait dans sa gorge.

Adam regardait Lou avec l'étrange sensation de la découvrir chaque jour un peu plus. Au milieu du tourment, alors que certains auraient paniqué, elle dégustait simplement un morceau de chocolat.

— Où sont les chiens ?

Lou avait posé la question sans gravité. Elle sentait au fond d'elle même que rien ne leur était arrivé. Elle aurait pu en mettre sa main à couper.

— Ils se sont sauvés, rassure-toi. Je pense qu'ils ont compris qu'ils ne pouvaient rien faire pour nous sur le moment. Quant aux personnes qui nous assommés, je ne pense pas qu'elles aient saisi leur importance pour nous. Elles les ont donc juste laissés partir.

— Bien, alors comment fait-on pour sortir d'ici ?

Lou se dirigea vers la lourde grille, en inspecta la serrure et s'en remit à Adam :

— Tu sais crocheter une serrure ?

— Heu, non.

— Alors tu as de la chance, car il se pourrait bien que je sache le faire.

Dans un sourire espiègle, elle s'agenouilla et ôta le sabre de sa cachette. À l'aide de cet outil improvisé, elle commença à farfouiller dans le trou de la serrure. La grille était massive, en fer forgé de belle qualité et de tout aussi belle facture. Cependant, elle n'eut pas le loisir de continuer son activité. En effet, ils perçurent au loin un bruit, qui fit ranger son sabre à Lou. Très vite, des lumières éclairèrent un immense et large couloir devant leur cellule.

Trois personnes s'approchaient. Des vampires, à en juger par leur allure, deux hommes et une femme.

— L'humaine, tu viens avec moi.

Lou jeta un regard à Adam qui voulut la retenir. Elle secoua la tête, lui intimant ainsi l'ordre de ne rien tenter. À trois contre lui, il lui aurait fallu une potion magique pour avoir le dessus et ils n'avaient pas pensé à cette éventualité. Lou se maudit elle-même de ne pas y avoir pensé ! Bien sûr, il n'aurait pas pu la mordre comme l'avait fait Dubuissert puisque cela l'aurait convertie en Equilibrée, mais elle aurait pu faire couler son sang à l'aide de son sabre miniature et lui en faire boire. Il aurait arraché cette grille en moins de temps qu'il n'en fallait pour le dire et ils auraient pu prendre la poudre d'escampette. D'un autre côté, sans savoir comment étaient les lieux, combien d'ennemis s'y cachaient, comment rejoindre Rosalie et retrouver la surface, ce n'était peut-être pas si futé que cela, finalement.

Elle emboîta le pas à la femme, espérant en son for intérieur ne pas être servie comme repas. Une boule d'angoisse noua sa gorge et le bénéfice du chocolat s'estompa aussi vite.

Elle parcourut à sa suite de nombreuses galeries, toutes plutôt humides et très fraîches. De ci de là on pouvait voir des sculptures dans la roche calcaire et si Lou avait eu le temps de les admirer, elle les aurait sans doute trouvées superbes, mais elle ne les vit qu'à peine. La femme brune et élancée qui marchait à ses côtés avait un profil sévère. Son nez long et droit, ses yeux noirs et sa bouche serrée auraient découragé même le plus téméraire des célibataires.

Elle était vêtue d'une longue robe sombre, dont la coupe droite retombait sur ses pieds, ne laissant entrevoir que le bout de ses chaussures. Sa nature vampirique était trahie par le haut de la robe, dévoilant largement les épaules et les bras sans que le froid ambiant ne lui cause la moindre gêne.

De peur autant que de froid, Lou grelottait.

Elles arrivèrent dans une salle exiguë, où l'air était plus chaud, sans doute d'anciens bureaux datant de l'ère très proche où les lieux étaient encore utilisés comme cave à vin.

Le sol carrelé et les murs peints couleur saumon semblaient vouloir rassurer quant à la température. Si Lou se réjouit un instant de l'absence d'humidité, elle découvrit néanmoins, derrière un bureau, une baignoire de cuivre fumante.

— Lave-toi. Tu es aussi crasseuse qu'un chien !

Puis la femme vampire lui jeta une serviette au visage et conclut :

— Tu as des vêtements corrects posés sur la chaise. Dépêche-toi. Je t'attends derrière la porte.

Lou se garda bien de poser des questions. Pourtant tout un tas d'interrogations résonnaient dans sa tête. Où allait-on l'emmener ? Devait-elle se laver pour être présentable ou appétissante ? Cela faisait une différence énorme. Présentable suggérait une rencontre, une discussion. Appétissante suggérait plutôt qu'elle servirait de repas.

Elle ôta un à un ses vêtements, grelottant toujours malgré la température plus clémente. Elle regardait autour d'elle, autant pour y voir un espoir de fuite que pour être sûre de ne pas être vue. Lorsqu'elle ôta ses chaussettes, elle découvrit l'ampleur des dégâts au niveau de ses pieds. Elle avait mal, certes, mais elle n'imaginait cependant pas que ses pieds ressembleraient à de la viande fraîche. Des ampoules, des chairs à vif... Ce n'était pas beau à voir.

Le bureau ne comportait pas d'autre porte que celle que gardait la femme en noir. Si loin sous terre, les fenêtres devenaient inutiles et il n'y en avait effectivement pas.

Lou trempa le bout d'un doigt dans l'eau pour en tâter la température et se plongea vite dans le liquide fumant.

Une légère brûlure, plutôt agréable, s'empara de sa peau. Elle s'allongea dans la baignoire et plongea sa tête sous l'eau, laissant ses cheveux flotter dans l'onde.

Elle se saisit ensuite du savon et accueillit avec bienveillance cette odeur simple qui se répandait autour d'elle. L'odeur du propre. Après son périple sur les routes et le seul brin de toilette fait avant que Dubuissert et elle ne se séparent, elle ne put nier que ce bain, même s'il devait être le dernier de sa vie, était bienvenu.

Elle frotta également ses cheveux avec le savon, se rinça puis sortit à contre cœur.

Elle se saisit des vêtements posés sur la chaise et découvrit une culotte de coton blanc, passe-partout. Il y avait donc peu de chance qu'elle soit employée comme esclave sexuelle, ce qui état déjà une bonne chose. Elle dissimula son petit sabre dans l'élastique de sa culotte, à défaut d'une autre cachette plus efficace pour l'instant. Elle dut revêtir une robe noire dans le style de celle que portait sa geôlière et cela ne lui plaisait pas. D'autant que le tissu, s'il descendait effectivement jusqu'à ses pieds, ne cachait par contre pas grand chose de ses épaules et de sa gorge. On n'avait pas jugé utile de lui fournir un soutien-gorge et cela la dérangeait. Les cheveux encore mouillés, elle se dirigea vers la porte qui s'ouvrit avant même qu'elle ne manifeste sa présence.

— Enfile ces bottes, elles doivent être à ta taille, déclara la vampire d'une voix impérieuse avant de refermer la porte.

Elle obéit, priant pour que les souliers fournis n'écorchent pas plus ses pieds. Par chance, des chaussettes de coton étaient enfoncées dans les bottes et elle les enfila avec gratitude. Les bottes n'étaient pas trop petites, loin s'en faut, mais elles avaient un talon plutôt haut pour elle qui n'en avait jamais porté. Tournant le dos à la porte, par peur d'un œil espion glissé dans le trou de la serrure, elle récupéra son mini-sabre et le glissa dans l'une de ses bottes, en constatant que cette cachette était bien plus confortable que la précédente.

Pas trop pressée, finalement, de sortir de cette salle de bain de fortune, elle étendit le linge qui lui avait servi de drap de bain sur le dossier de la chaise. Elle ne pouvait pas vider la baignoire qui n'avait pas de siphon, mais avait était remplie à l'ancienne, à l'aide de seaux. Sans eau pour les rincer, elle ne pouvait pas non plus laver ses vêtements.

Se disant qu'on viendrait de toute façon la chercher tôt ou tard, elle en profita donc pour s'asseoir et détailla la pièce.

Les murs en crépi saumon étaient parsemés d'affiches vantant les mérites de la Bourgogne et de ses vignobles. Pour Lou qui n'avait pratiquement jamais quitté l'Avesnois, la découverte aurait sans doute été savoureuse en d'autres circonstances !

Elle en apprit aussi un peu plus sur le lieu où elle se trouvait. Vraisemblablement les caves de Bailly-Lapierre, une ancienne carrière à ciel fermé de pierres calcaires ayant servi à construire les plus beaux édifices de la région, entre cathédrales et châteaux.

Adam avait vu juste en disant qu'ils se trouvaient à plusieurs mètres sous terre, mais elle s'étonna de découvrir que la carrière, qui avait été exploitée mille cinq cent ans, fut ensuite transformée au XXème en champignonnière pour devenir finalement une coopérative vinicole.

Quant aux vampires, ils devaient se trouver comme des coqs en pâte puisque la carrière, qui s'étendait sur plus de quatre hectares, s'enfonçait à cinquante mètres sous terre !

Le Cauchemar avait bel et bien trouvé le repère idéal... Pour Lou, ce fut une désillusion de plus.

Les accès étaient sans doute particulièrement restreints, difficiles et surveillés. Les chiens ne sauraient sans doute pas les atteindre.

« J'aurai plus qu'à vider quelques bouteilles et à me laisser mourir », pensa Lou. Et s'il n'y avait pas eu Rosalie, elle aurait sans doute commencé de suite. Mais tant qu'elle était en vie, il lui restait un espoir de sauver la petite et elle s'y accrocherait dur comme fer.

La porte s'ouvrit. La vampire l'invita d'une manière peu cordiale à la suivre.

Elle la mena dans une autre pièce où deux jeunes vampires lui montrèrent un siège.

— Arrangez-la au mieux. Ce ne sera pas chose facile, mais si le Maître devait la voir, il faudrait qu'elle soit présentable.

Sans un regard pour Lou, la vampire se retourna et quitta les lieux.

Installée sur son fauteuil, Lou se demanda ce que lui réservait ce nouvel accueil.

— Ça ne va pas être facile...

Une des deux jeunes vampires, celle qui se tenait derrière elle, se saisit des cheveux de Lou et réfléchit.

— En plus aucun cheveu ne doit dépasser, c'est dommage, vous auriez pu avoir un joli chignon avec quelques anglaises, mais les ordres sont formels...

Elle se saisit d'une brosse et commença à coiffer Lou qui se crut tout droit tombée dans la quatrième dimension.

— Mais c'est quoi cette mascarade ? Je ne suis pas ici pour me faire une beauté !

La jeune fille était particulièrement énervée et ne comptait pas en rester là.

— Ne vous énervez pas, c'est mieux pour vous de vous laisser faire...

La jeune vampire avait parlé d'une voix douce, presque rassurante, et cela eut pour effet d'inquiéter Lou encore plus. Elle détailla le visage de la coiffeuse à la peau ambrée et se rendit compte que sa conversion devait être bien récente. Elle se demanda si elle n'allait pas se faire dévorer.

— Je m'appelle Anissa. Vous ne risquez rien avec moi, ni avec Caliope, ma sœur. Nous avons été assignées ici car j'étais coiffeuse et ma sœur couturière. Caliope ne parle pas.

Comme pour justifier les paroles de sa sœur, la dénommée Caliope effectua un signe de tête poli et Lou constata qu'elles avaient toutes deux un visage doux et avenant. Elles seraient peut-être assez avenantes pour répondre à ses questions

— Que se passe-t-il ici ?

— Nous devons vous préparer car les nouveaux arrivants doivent tous être présentés au Maître.

Lou sentit comme une angoisse poindre. Elle n'avait pas spécialement envie de rencontrer ce Cauchemar dans ces conditions.

— Mais vous avez été réclamée par quelqu'un, le Maître doit donc choisir s'il vous laisse partir avec celui qui vous demande ou s'il vous garde pour renforcer ses troupes.

Lou était abasourdie.

— Réclamée ? Renforcer ses troupes ?

Anissa qui parlait volontiers pour deux, poursuivit :

— Pour nous, nous n'étions pas réclamées, cela a été très vite. On nous a donné des vêtements et la consigne de relever nos cheveux en un chignon strict, puis nous sommes allées dans grande salle. Le Maître nous a demandé ce que nous savions faire, j'ai répondu pour nous deux. Il a sans doute vu une utilité de nous garder et nous sommes donc restées, heureusement.

— Heureusement ? Lou ne pouvait comprendre qu'on veuille rester ici.

— Mais d'où venez-vous ? s'étonna Anissa. Les femmes jeunes sont souvent emmenées et on ne les revoit plus. On murmure qu'on les viole, qu'on les torture et qu'on les saigne. Nous avons été converties et nous vivons tranquillement ici. Puis nous sommes des vampires maintenant, il ne peut plus rien nous arriver. Nous sommes immortelles. Grâce au maître, rien ne peut nous atteindre. Il nous protège.

Lou se demanda si elle devait dire à ces deux jeunes vampires ce qui arrivait en réalité aux jeunes femmes. Le fait qu'elles soient elles-mêmes des vampires l'en dissuada cependant.

Tout en parlant, Anissa avait dressé sur la tête de Lou un chignon qui tirait les cheveux en arrière et finissait en une sorte de boule gracieuse.

Le tout était plutôt joli et Caliope applaudit devant le résultat du travail de sa sœur.

— Caliope est contente car c'était le chignon préféré de notre maman. Elle est morte pendant la grande grande grippe. On l'avait vu dans un épisode de Sex and the City sur la tête de Carrie et maman voulait toujours que je la coiffe comme ça.

Lou savait que c'était une série, mais elle ne voyait pas de qui pouvait bien parler Anissa.

Caliope prit Lou par la main et l'invita à se lever.

Elle recula pour mieux la regarder et se faufila ensuite derrière un rideau pour en ressortir avec plusieurs pièces de tissu qui se révélèrent être des corsets. Lou pria pour qu'ils ne lui soient pas destinés, mais ce fut peine perdue.

Caliope installa les trois corsets sur une table au milieu de la pièce, qui ressemblait un peu à celle dans laquelle elle avait pris un bain, plus grande néanmoins.

— Ce n'est pas nécessaire, je ne pense pas qu'il faille...

Anissa coupa la parole de Lou.

— Vous avez été réclamée, il faut donc que vous soyez parée.

Devant la mine interdite de Lou, Anissa expliqua :

— Un vampire demande à devenir votre Inspirateur, pour vous convertir sans doute. Il faut donc que le Maître vous voie selon ses codes afin de savoir s'il vous accorde à ce vampire ou s'il vous garde.

Un cri semblant provenir des entrailles de la terre empêcha Lou de penser à cette révélation.

— Qu'est-ce que c'est ?

— Rien qui vous concerne, c'est la question...

Son visage, soudainement fermé, laissa entendre à Lou qu'elle n'aurait pas d'autre explication.

Caliope avait visiblement choisi entre les trois corsets. Tous bicolores, le noir étant récurrent, les trois corsets étaient sans doute jolis. Mais pas pour Lou. Qu'il soit bordeaux et noir, blanc et noir ou violet et noir, Lou ne voulait pas revêtir un instrument de torture que les femmes avaient rejeté au siècle dernier. Mais avait-elle seulement le choix ?

Caliope s'approcha avec le corset blanc affichant des bandes verticales satinées de noir.

Une danseuse de French Cancan ou une entraîneuse se serait sans doute satisfaite d'un tel vêtement, mais Lou le redoutait.

Elle laissa néanmoins la jeune vampire la ceindre du corset et décida de ne pas se prêter au jeu. Elle gonfla son ventre, de manière à ne pas être trop à l'étroit une fois le vêtement serré. Mais ce fut sans effet. La force vampirique de Caliope lui permit de serrer le corset aussi fort que le corps de Lou pouvait le supporter.

Des talons, un corset, Lou avait l'impression désagréable d'être déguisée.

Pour autant, elle ne trouva pas si violent le port du corset qui avait un mérite. Après ses longues marches à travers les bois et les champs pour venir du nord jusqu'ici, son dos était douloureux au plus haut point et le corset, en serrant si fort son buste,le soulageait considérablement.

Mamie aurait dit « À toute chose malheur est bon ».

Il fallait sans doute prendre les choses du meilleur côté possible.

Caliope vint ensuite chercher sa sœur par la main et toutes deux regardèrent le résultat de leur travail. Leurs mines réjouies effrayèrent Lou plus qu'elles ne la rassurèrent !

Comme si tout était connecté, la première vampire, celle au visage austère, revint chercher Lou.

— Suis-moi, dépêche-toi, on nous attend.

Perchée sur ses talons, enserrée dans son corset, Lou tenta tant bien que mal de suivre le rythme de la grande vampire dont elle ne connaissait pas le nom. Osseuse, elle était maigre et Lou la surnomma « Le sécron ». Un mot bien de chez elle, qui signifiait un sac d'os, une femme sèche, qui lui permit de se redonner un peu le moral.

Cela dit, elle dut bien se rendre à l'évidence. Les talons, bien que hauts de plusieurs centimètres, avaient une base assez large et la marche ne fut pas trop difficile finalement.

Les galeries, de nouveau, se succédèrent, révélant des salles immenses, des cellules de stockage de bouteilles, des ateliers de vinification désormais déserts...

De superbes sculptures ornaient les murs et Lou trouva vraiment ce lieu insolite. Il devait drainer un nombre impressionnant de touristes avant que le monde ne bascule ! Mais c'était avant. Désormais il drainait des files d'humains qu'on jetait en pâture à des hordes de vampires...

Lou, ma Lou,

Le temps passe et sans nouvelles de toi, je m'inquiète.

Où es-tu ?

Est-ce que tout va bien pour toi ?

Je regarde chaque soir le soleil se coucher sur un jour toujours plus froid que la veille et je repense aux vêtements que tu avais sur le dos lorsque nous nous sommes retrouvés. C'est sans doute le mois de septembre le plus froid de tous les temps et toi tu es sur les routes. Je suis certain que tu as trouvé de quoi te réchauffer, mais je ne cesse de m'inquiéter. Le Nouvel Ordre aura au moins eu ça de bon. Nous étions des jumeaux sans réelle complicité, une fratrie presque par devoir familial et te voilà devenue le centre de mon monde. J'étais jeune, j'étais bête, je ne voyais que ce que je voulais voir, mais aujourd'hui je me rends compte que tout ce qui m'agaçait chez toi jadis est tout ce qui t'a permis de survivre, de sauver les autres et de t'en sortir.

Ici, les choses bougent. Pourtant, tout ne va pas forcément dans le bon sens. Nous avons rendu visite à Marie et Margot m'a confirmé que ce n'est pas elle qui a bu ton sang ou celui de Dubuissert. Le mystère reste entier. Il ne subsiste qu'Adam que nous n'avons pas pu sonder, mais il nous paraît incongru de l'envisager quand on sait qu'il n'a jamais eu besoin de sang pour vivre !

Par contre, en allant voir Marie, Margot et moi avons fait une découverte surprenante. Thomas m'avait dit que Marie était toujours prostrée sur son lit, les bras autour de ses jambes ramenées contre sa poitrine. Lorsque Margot a prié Marie de s'allonger pour sonder ses veines, Marie a d'abord refusé de quitter cette position. Les jumeaux qui veillent sur elle nous ont confirmé qu'ils ne l'avaient jamais vu se tenir autrement.

Margot, à force de persuasion, a réussi à faire s'allonger Marie qui a fondu en larmes. Je me suis éclipsé, entraînant dans mon sillage les deux molosses (qui savent, au passage, que tu les surnommes Castor et Pollux et qui approuvent ton choix !).

Les deux femmes (ou vampiresses, comment dire?) sont restées longtemps ensemble et Margot est revenue bouleversée.

J'ai ainsi appris les circonstances de la transformation de Marie et surtout ce qu'elle avait subi avant que Dubuissert et toi ne la retrouviez. Cette ordure d'Harbonnier l'a violée à de multiples reprises, espérant la mettre enceinte.

C'est d'ailleurs la dernière chose qu'il a su avant de partir avec le feu aux trousses.

Si nous avions su ce qu'il avait fait, nous ne nous serions pas contentés de l'allumer, nous l'aurions aussi éteint pour toujours. Ce n'est que partie remise, crois-moi.

L'improbable s'est produit alors que Marie était déjà devenue vampire. Sa grossesse a continué à se développer normalement.

Margot a été convertie alors qu'elle était presque à terme, et Adam est arrivé. Elle ne sait pas du tout ce que sera le petit être qui pousse dans le ventre de Marie. Une chose est sûre, la grossesse est très accélérée.

Marie avait tellement honte lorsqu'elle a découvert sa situation qu'elle a préféré se taire. Son incapacité à maîtriser sa soif est déjà particulièrement humiliante pour elle...

Joseph pense que cette soif constante pourrait bien venir de sa grossesse. Nous nous demandons s'il ne faudrait pas lui donner du sang humain, pour voir comment elle réagirait. Ses yeux sont ceux d'une moribonde. Elle a vraiment l'allure de quelqu'un qui va mourir.

Je me suis proposé pour être donneur. Thomas aussi bien sûr. Je suis d'ailleurs soulagé que ma théorie à son encontre se soit révélée fausse. Cayenne, Lucie et Thierry sont bien évidemment partants eux également.

J'espère que cela pourra la soulager et assurer une chance au bébé, quoi qu'il soit.

Reviens vite Lou, j'ai l'impression que les choses partent à vau-l'eau quand tu n'es pas là.

La bataille se prépare néanmoins et comme je garde toujours le meilleur pour la fin, et il en faut en ce moment, j'ai une nouvelle qui devrait te faire plaisir.

Quelqu'un est arrivé ce matin, avec quelques renforts : l'ami d'Adam, le deuxième Équilibré au monde, si j'ai bien compris, est revenu. J'ai cru comprendre que tu avais fait sa connaissance et que vous vous appréciez. Visiblement, tout le monde l'apprécie d'ailleurs ! Lucie lui a sauté au cou, il la couve du regard comme si elle était particulière à son cœur, quant à Cayenne, il ne doit pas la laisser indifférente car elle m'a demandé, lorsqu'elle l'a vu, si elle était présentable.... Cayenne, le garçon manqué par excellence, peut-être encore plus que toi...

Nous sommes vraiment dans un autre monde !

Je t'embrasse Sœurette ! Prends soin de toi.

Chapitre 19

Après avoir marché ce qui lui sembla être des kilomètres à travers les galeries et les couloirs de pierre, en suivant le « Sécron », Lou arriva dans une salle majestueuse.

De forme arrondie, la salle offrait un espace gigantesque et avait toutes les commodités d'une salle de réception en gardant le charme des caves puisque elle était taillée à même la pierre. La température avait néanmoins considérablement chuté depuis le « boudoir » où on l'avait apprêtée et Lou se retenait de ne pas grelotter. Elle avait bien trop peur que ses claquements de dents ne soient pris pour de la peur. Cela aurait pu exciter d'avantage les Crocs Rouges qui étaient massés dans la salle. Debout, ils avaient tous des tenues qui sortaient de l'ordinaire. Les femmes étaient vêtues, comme Lou, d'une robe corsetée. Les épaules s'étalaient, nues, sans la moindre trace d'un quelconque frisson. Les vampires n'avaient pas froid, eux !

Les hommes avaient des costumes qu'on aurait pu taxer de traditionnels, mais luxueux, et semblaient représentaient une cour européenne du XIXème siècle.

Pourquoi les vampires ne pouvaient-ils pas vivre avec leur temps, en jeans et baskets ? Cela aurait bien arrangé Lou.

Les vampires se tenaient de part et d'autre d'une longue allée imaginaire dont ils respectaient scrupuleusement les limites abstraites. Au bout de l'allée, une estrade s'élevait, au centre de laquelle un fauteuil Voltaire noir et immense accueillait un homme d'une vingtaine d'années à la beauté renversante. Ses longs cheveux blonds lui donnaient l'air d'un ange et ses yeux bleu glacier semblaient perdus dans le vague. Il avait l'air bien inoffensif et Lou se demanda s'il s'agissait du Cauchemar.

Dubuissert avait dit que personne ne l'avait jamais vu : se pouvait-il qu'il soit si exposé, désormais ?

La vampire que Lou suivait s'arrêta devant l'estrade et fit une révérence profonde à l'intention de l'homme en question. Elle se releva ensuite et s'approcha de Lou, en appuyant fermement sur les épaules de la jeune femme et en lui chuchotant sur le ton d'un ordre :

— À genoux devant le Maître.

Lou ne put résister bien longtemps à la force vampirique de la « Sécron », mais elle espérait cependant que la vampire aurait senti sa résistance. Juste histoire de lui faire comprendre que si elle était pour le moment soumise, elle n'en était pas pour autant résignée.

— Alors, c'est toi. Que peux-tu bien avoir pour que mon disciple te désire autant ?

Un geste de la main lui fit comprendre qu'il souhaitait qu'elle tourne sur elle-même.

Elle ne broncha pourtant pas, la vampire se saisit alors de son bras sans ménagement et appliqua l'ordre de son Maître.

Il détailla Lou sous toutes les coutures et ce qu'il vit eut l'air de le satisfaire, ce qui ne plut pas à Lou.

— Tu n'es pas mal, c'est vrai, mais le connaissant ce n'est pas cela qu'il recherche ! Tu dois avoir autre chose... Approche, Disciple, et dis-moi ce que tu lui veux.

Lou se tourna pour suivre la direction du regard acier et ce qu'elle vit la stupéfia.

L'homme aux allures de prince russe qui la réclamait n'était autre que Dubuissert.

Il avait troqué son allure d'homme d'affaires faussement décontracté contre un pantalon droit enfoncé dans de longues bottes impeccables. Une veste à collet, d'un vert très sombre, lui donnait une allure militaire, tandis qu'une cape doublée de fourrure noire lui descendait presque aux chevilles. Il avançait doucement et surtout humblement, comme elle ne l'avait jamais vu. Il ne la regarda pas une seule fois, les yeux fixés au sol.

Arrivé à sa hauteur, il mit un genou à terre et s'adressa au Maître.

— Je veux être son Initiateur. Avec votre permission, Maître. Elle a osé me tenir tête et pour cela elle doit être punie, mais elle peut aussi se révéler précieuse pour notre Ordre s'il s'avère qu'elle est de notre côté.

— Je ne....

Aussitôt qu'elle commença à s'insurger, elle reçut une gifle monumentale de la « Sécron ».

— Ne parle que si on te l'autorise !

La joue rouge et brûlante, Lou rumina son humiliation et se retint de répondre.

— Il te faudra la dompter, Disciple.

— J'ai peut-être une solution, Sire...

Soudain curieux de la tournure que prenaient les événements, qui n'étaient autres qu'une distraction pour lui, le Maître s'avança et invita Dubuissert à poursuivre.

— Il y a ici une enfant humaine à laquelle elle tient particulièrement. Si vous me l'octroyez comme Apprentie, je tiendrai un moyen de pression infaillible.

Le maître parut réfléchir puis s'adressa à la « Sécron ».

— Petra, va donc me chercher cette enfant et celle qui la réclame, nous allons nous amuser un peu.

Lou fut terrifiée et en même temps heureuse.

Elle allait revoir Rosalie, mais elle craignait que l'expression « s'amuser un peu » n'ait une signification particulièrement cruelle en ces lieux.

Après des minutes qui s'avérèrent pour Lou plus longues que des heures, les pas de Petra et de celles qu'elle escortait résonnèrent.

Alors que « la Sécron » ouvrait la marche, Lydie Malverne la suivait, tenant fermement l'épaule de Rosalie. La petite avait des allures de poupée slave dans sa jolie robe de velours bordeaux qui s'évasait aux genoux pour se border de fourrure.

Une jolie cape assortie lui couvrait le dos pour s'arrêter à hauteur des reins et ses petites mains étaient cachées dans un manchon.

Elle n'avait pas froid dans ce lieu glacial, voilà déjà une consolation pour Lou qui serrait les dents pour ne pas révéler à quel point le froid l'envahissait. Les yeux de la petite s'illuminèrent lorsqu'elle aperçut Lou et Malverne dut sans doute resserrer son emprise pour que la petite ne se jette pas dans les bras de son amie.

Alors que les jolies cheveux bouclés de Rosalie égaillaient son visage en l'encadrant de couettes nouées par des rubans de velours, les cheveux de Malverne se dressèrent presque sur sa tête lorsqu'elle reconnut les deux personnes qui se tenaient devant l'estrade. Si voir Louise Godin ne l'étonnait qu'à moitié, voir Dubuissert, par contre, lui fit perdre de sa superbe.

Il était heureux pour elle qu'elle ait dû, comme toutes les femmes, remonter ses cheveux en un chignon impeccable.

— Lou !!!

La voix de la petite Rosalie traduisit toute sa joie de voir son amie en un seul mot.

Lou lui adressa un sourire réconfortant et sentit son cœur bondir dans sa poitrine. L'espace d'un instant, le froid et la peur disparurent, ne subsista que le sourire angélique de Rosalie. Mais l'état de grâce ne dura pas.

— Alors Lydie, tu es devenue ordonnatrice parce que l'ancien ordonnateur était mort. C'est cela ?

Un genou à terre et les yeux rivés au sol, elle répondit d'une voix presque inaudible pour l'oreille humaine.

— C'est ce que je pensais, Sire.

Le maître se leva de son fauteuil de cuir puis se mit à faire les cent pas.

— C'est ce que tu pensais... lorsque tu m'as assuré avoir vu son corps calciné et démembré ? La voix était douce, invitant à la confidence.

— Oui, Sire.

Les bottes du Maître résonnaient sur l'estrade.

— Mais lorsque je t'ai dit que j'étais son Initiateur et qu'en cette qualité j'aurai dû sentir sa mort, tu ne pensais pas juste qu'il était mort, tu m'as juré qu'il l'était. Et je t'ai crue. Un de mes enfants les plus chers, et je t'ai crue... répéta-t-il.

Il était clair que malgré l'apparente gentillesse dans sa voix, le Maître n'était pas en partance pour une quelconque clémence.

— Je penche en faveur de mon disciple, ne serait-ce que pour fêter sa résurrection. Se tournant vers Dubuissert, il ajouta : tu peux donc donner une chose t'appartenant à cette humaine afin de montrer à tous qu'elle sera tienne. Quant à l'enfant humaine, je vais encore y réfléchir...

Dubuissert regarda ses mains, sembla réfléchir, il n'avait pas de bague à donner comme on le fait en général à un futur disciple que l'on avait choisi, en attenant la conversion. Il ôta alors sa cape, une des seules choses dont il pouvait aisément se séparer et la déposa sur les épaules de Lou.

Bien qu'énervée au plus haut point à son encontre, Lou ne put qu'accueillir avec gratitude une source de chaleur si vive.

La fourrure lui caressa les épaules et si, en d'autres temps, elle aurait refusé d'y toucher, elle ne put que reconnaître qu'elle avait bien trop froid pour ne pas s'asseoir, une fois n'est pas coutume, sur ses principes.

Ceci fait, le Maître se dirigea de nouveau vers son Fauteuil et reprit la posture qu'il avait à leur arrivée, les yeux dans le vague, connecté avec la Lune ou dieu sait quoi d'autre.

Les vampires devaient avoir l'habitude car ils quittèrent, en silence, la salle du « Trône ».

Lou, ne sachant quoi faire, se dirigea vers Rosalie, dans l'espoir de pouvoir au moins la toucher et s'assurer de sa réalité, mais déjà « La Sécron » l'attrapait pour la ramener dans ses quartiers.

À son retour dans la cellule qu'elle avait partagée avec Adam, elle se rendit compte qu'il n'était plus là. « La Sécron » la jeta dans la cellule et tourna une lourde clé dans la serrure. Un déclic violent se fit entendre et la vampire rangea soigneusement la clé dans une poche dissimilée dans sa jupe.

Lou s'emmitoufla dans la cape de Dubuissert et songea à ce qu'elle avait appris. Le Maître était-il le Cauchemar ? Elle en doutait. Par contre, le Maître était celui qui avait fait de Dubuissert un vampire, elle l'avait bien compris.

Avait-il donc feint l'alliance qu'il avait passé avec Lou ? Avait-il toujours été à la botte des vampires et de celui-là en particulier ?

Son cœur hésitait entre deux routes à prendre. Elle avait beau se dire qu'il ne pouvait avoir menti sur toute la ligne, elle devait bien se rendre à l'évidence. Adam et elle était ici des prisonniers lorsque lui était invité.

Pourtant, elle ne voulait pas y croire. Elle aurait voulu s'accrocher à l'espoir qu'il puisse être là pour les sauver. Ne lui avait-il d'ailleurs pas donné une cape alors qu'elle avait froid ? Qui d'autre que lui, dans l'assistance, se serait soucié de savoir qu'elle était frigorifiée ? En même temps, il pouvait très bien ne rien avoir eu d'autre à lui remettre, et lui n'avait pas besoin de cette cape.

Elle aurait voulu en parler avec Adam mais il n'était plus là et elle s'inquiétait. Il n'avait pas été présenté au Maître, mais elle craignait que quelqu'un ne découvre sa nature particulière ou même que Dubuissert ne l'ait dénoncé.

Elle ne voulait pas y croire, mais elle se devait de l'envisager.

Il lui sembla que le morceau de chocolat qu'elle avait partagé avec Adam remontait à des lustres et son ventre criait famine. Malgré le froid, elle avait aussi soif. Elle voulut plonger la main dans la poche de son caban à la recherche du dernier morceau de fraindise, mais elle réalisa que le caban était resté dans la salle de bain de fortune et que si elle avait bien pensé à reprendre le petit sabre aiguisé qui avait élu domicile dans sa botte, elle avait bel et bien laissé le chocolat dans le vêtement.

Elle fulmina.

Elle aurait voulu casser toutes les bouteilles autour d'elle, dans un accès de colère et de rage mêlées. Pourtant, elle n'en fit rien.

Elle attrapa effectivement une bouteille, dont l'étiquette annonçait : Bailly-Lapierre Crémant de Bourgogne Rosé, et en ôta la collerette. Elle défit ensuite le muselet qui retenait la capsule ornée du B calligraphié de Bailly puis fit sauter le bouchon dans un bruit festif qui ne trouva pourtant pas écho dans son moral. Une fine et délicate mousse s'échappa du goulot et Lou attendit que les turbulences joyeuses de la bouteille ne se calment avant de la porter à ses lèvres. Le liquide aurait sans doute été meilleur dans un verre, mais elle découvrit qu'il pouvait étancher sa soif. Après quelques gorgées, elle se réjouit de découvrir à travers l'effervescence du vin des arômes fruités et finit par se délecter du goût minéral du crémant.

Enroulée dans la cape de Dubuissert, la chaleur la gagnait et son accablement diminuait. Elle allait récupérer Rosalie, elle en était sûre, et elles s'enfuiraient d'ici. Elles trouveraient bien un moyen. Adam allait revenir, c'était tout aussi certain, ils l'avaient sans doute emmené pour que lui aussi puisse revêtir les costumes d'opérette qu'il fallait ici porter.

Vaincue par la fatigue, elle posa la bouteille encore pleine aux deux tiers puis s'allongea en position fœtale, de manière à être la mieux installée possible sous la cape. Très vite, elle s'endormit.

Privée de la notion du temps que procure le soleil, elle se réveilla sans savoir combien d'heures elle avait dormi. Elle avait été tirée du sommeil par des bruits de pas qui se rapprochaient. Elle entendit la lourde grille s'ouvrir de nouveau et elle perçut plus qu'elle ne vit le corps d'Adam tomber dans la cellule avant que la grille ne se referme dans un bruit lugubre.

Aussitôt, les pas s'éloignèrent à un rythme bien plus rapide et Lou se précipita vers Adam.

Son corps était couvert de sang, bien qu'aucune blessure ne soit visible.

Il s'était régénéré mais était particulièrement affaibli et il tremblait.

Lou cala son dos contre le mur de calcaire et attira Adam vers elle. La tête calée sur la poitrine de la jeune fille, il avait les yeux fermés mais semblait grelotter. Elle referma la grande cape de Dubuissert sur lui et le serra aussi fort qu'elle put. Qu'avaient-ils bien pu lui faire pour le mettre dans un tel état ?

Adam saisit la main de Lou dans une semi-conscience et la serra fort.

Elle aurait voulu prendre sa souffrance tant il lui était difficile de le voir dans cet état.

— J'ai soif, parvint-il à articuler.

Lou avisa la bouteille de crémant qu'elle avait entamé et porta le goulot à ses lèvres.

— Ça pique ! cracha-t-il en toussant.

Elle ne devait pas avoir dormi bien longtemps si le vin était encore pétillant.

Elle resserra son étreinte autour de lui, en lui caressant doucement les cheveux.

Instinctivement, elle fredonna une berceuse que sa grand-mère lui chantait lorsqu'elle était petite, espérant que cela le réconforterait comme c'était le cas jadis pour elle.

Après ce qui lui parut une éternité de tremblements, Adam se calma enfin et elle se détendit un peu.

— Ils ont essayé de me vider de mon sang, mais même sans aucune goutte de sang, je ne suis pas mort.

Il avait livré cette information comme on parle du temps, d'une voix éprouvée néanmoins.

Lou était abasourdie. Ils avaient donc compris qu'il était différent. Allaient-ils procéder à des expériences sur lui ?

— Que peut-on faire ? se demanda-t-elle tout haut.

— Je vais sombrer dans la catatonie dans peu de temps. Le fait que je ne meure pas ne veut pas dire que je suis toujours au mieux de ma forme. Avec des veines complètement asséchées, je peux juste survivre en dormant.

Lou paniqua. Il y avait bien un moyen d'éviter cela.

— Prends de mon sang, proposa-t-elle.

Il lui sourit puis lui répondit avant de sombrer dans un coma effrayant :

— J'en ai déjà pris bien assez...

Chapitre 20

Les heures passèrent et Lou s'inquiétait de plus en plus pour Adam. Son état léthargique persévérait et elle ne savait pas quoi faire pour l'en sortir.

Elle vida la bouteille de Crémant et sortit son petit sabre si bien aiguisé. Elle savait que si Adam buvait à même la veine elle deviendrait comme lui et un instant cette éventualité lui traversa l'esprit. Elle serait plus forte, plus puissante. Et immortelle.

Elle devrait voir son frère mourir un jour, puis Rosalie et tous les gens qu'elle aimait. Elle avait déjà enterré trop de monde. Elle refusa donc cette possibilité. Elle s'en sortirait, humaine.

Se demandant comment inciser sa peau pour faire couler du sang dans la bouteille sans pour autant provoquer une hémorragie, elle s'entailla la paume, plus profondément qu'elle ne l'aurait sans doute voulu.

Une douleur pulsative s'empara de sa main. Le sang coula dans le goulot de la bouteille et elle en fit tomber sur les lèvres d'Adam. Elle espérait de tout cœur que ces gouttes le ramèneraient à la vie. Elle entrouvrit les lèvres de son ami pour faciliter l'accès du sang vers sa bouche désormais ouverte.

— Bois, je t'en prie.

Adam ne parut pas réagir. Elle appuya sur les bords de la plaie au détriment de la douleur qui gagnait en intensité, de manière à faire tomber le sang plus vite. Elle allait même accentuer l'entaille lorsqu'Adam commença à réagir. Ses lèvres remuèrent, un peu, puis il déglutit. Sa langue se tendit vers le sang et Lou sentit qu'il était temps de lui faire boire au goulot. Il ne fallait pas risquer que la soif de son ami ne le mène à boire à la veine.

Tout en soutenant sa tête, elle entreprit donc de le nourrir à la bouteille, comme une mère aurait nourri son enfant au biberon, bien que la comparaison puisse avoir des limites risibles.

Au bout de quelques minutes, durant lesquelles le sang coula doucement, Adam eut l'air de reprendre des couleurs. Le teint cireux de son visage se colora un peu et il réussit à tenir la bouteille de lui même. Il renversa alors le liquide cramoisi dans sa bouche et but à gorge déployée le reste du contenu.

Les yeux révulsés sous les paupières, il laissa tomber la bouteille en verre blanc, teintée de rouge désormais, sur le sol en un bruit lourd puis se laissa de nouveau aller au sommeil. Mais un sommeil plus calme et rassurant pour Lou. En effet, Adam souriait désormais.

La douleur de sa main se faisait de plus en plus lancinante et c'était particulièrement logique car le sang n'avait pas cessé de couler. Il aurait fallu un linge pour panser la plaie après l'avoir nettoyée. Avec son petit sabre qu'elle se félicitait d'avoir gardé, elle arracha une bande de tissu au bas de sa robe, sans se préoccuper de ce que pourrait bien en dire « Le Sécron », le Maître ou encore Dubuissert. Lou se saisit ensuite d'une autre bouteille de Crémant Rosé et tenta de faire sauter le bouchon d'une seule main. La manœuvre ne fut pas aisée et elle s'y reprit à plusieurs reprises avant de voir le bouchon s'extraire dans un hoquet festif.

Elle versa une bonne rasade sur sa main, sans savoir si la contenance en alcool serait suffisante pour désinfecter sa plaie. Néanmoins, le liquide rose et pétillant nettoierait l'entaille. Les bulles de Crémant explosèrent toutes sur la chair de Lou, dans une douleur fulgurante qui l'encouragea à reprendre, au goulot, une rasade. Pour se consoler cette fois.

Elle entreprit ensuite de bander sa main, mais le sang qui coulait encore trempa vite le tissu qu'elle avait préparé, l'obligeant à en reprendre.

Lorsqu'elle parvint enfin à faire tenir propre un pansement autour de sa paume, sa robe était devenu une peau de chagrin ayant quitté ses chevilles pour lui découvrir les genoux.

Avec son corset, ses bottes à talons et sa jupe courte, elle se trouva l'air stupide. Elle rangea sa petite arme, si précieuse. La douleur et le froid la firent de nouveau grelotter et elle reprit la cape qu'elle avait laissée par terre. Adam n'en avait vraisemblablement plus besoin. Elle s'enroulait dans la douce chaleur du vêtement de Dubuissert lorsque des pas se firent entendre de nouveau.

Elle cacha les linges souillés de son sang sous le corps d'Adam, espérant qu'ainsi l'odeur ferreuse serait dissimulée à l'odorat des vampires qui arrivaient.

Petra et son escorte étaient de retour.

Lou se leva, dissimulant ses jambes désormais nues sous la cape. Elle attendit, fière et droite devant la grille.

— Le Maître va statuer. Viens.

Après le dédale des couloirs, Lou retrouva la foule de la salle de réception. Des lumières diffuses donnaient une atmosphère intime à l'endroit qui devait être superbe pour qui avait l'heur de pouvoir en profiter. Pour Lou, ce n'était pas le cas.

Une pression sur son épaule lui fit comprendre qu'elle devait de nouveau se mettre à genoux devant le Maître et le contact glacé de la pierre calcaire accentua encore son malaise.

Tête baissée, elle scruta néanmoins la foule à la recherche du visage mutin de Rosalie. Elle la découvrit sur sa droite, près de Lydie Malverne et cette constatation la désola. Un coup d'œil vers la gauche lui permit d'apercevoir Dubuissert, toujours aussi élégant dans son costume de prince russe.

Il se tenait un genou à terre, mais le dos très droit et la tête haute.

Les yeux bleu acier du Maître étaient dans le vague, comme s'il était ailleurs.

Ils restèrent ainsi tous dans l'expectative quelques minutes puis le corps du Maître parut s'animer de nouveau et il commença à parler, assis dans son fauteuil comme s'il se fut agi d'un trône.

— J'ai été triste d'apprendre la mort d'un de mes enfants les plus prometteurs et la joie de le découvrir en vie me fait accéder à la première de ses requêtes. Rodolphe, tu réclames cette humaine, je te la laisse.

Il marqua une pause volontiers dramatique puis poursuivit :

— Pour ce qui est de ta seconde requête, l'attachement de ton humaine à cette enfant est-il ton seul argument ?

Invité à prendre la parole pour répondre, Dubuissert se dressa de toute sa hauteur et Lou, à genoux, le trouva gigantesque.

— Non, Sire. J'avais une apprentie, que vous m'aviez accordée il y a vingt-et-un ans et que je devais bientôt convertir. Les actions menées par Lydie Malverne et ses disciples ont conduit à la disparition de Cindy. Je réclame donc celle qu'elle veut pour apprentie en réparation.

Le Maître fut de nouveau emporté dans un autre monde pendant quelques instants puis se reconnecta avec la réalité pour déclarer :

— Alors je t'accorde aussi cette requête à une condition.

Dubuissert inclina la tête en un geste très soumis que Lou ne lui connaissait décidément pas.

— Merci Maître.

La main levée du Maître n'augurait cependant rien de bon.

— Avant de me remercier, attends de découvrir cette condition. Ton humaine devra se battre avec Lydie, dans un combat à mort. Si elle gagne, tu pourras emporter la petite comme Apprentie et l'humaine comme Disciple.

Dubuissert savait qu'il ne pouvait pas répliquer, pourtant de nombreuses oppositions tentaient de se frayer un chemin vers sa bouche.

Lydie bénéficiait des forces vampiriques à toutes heures du jour et de la nuit dans cet antre si profond.

Louise avait contre elle la fatigue d'un voyage éprouvant, des forces à bout et un corps malmené depuis plusieurs jours.

Il tenta une pirouette :

— Sire, pourrais-je rester avec mon humaine pour la préparer jusqu'à demain ?

Sans aucune pause cette fois le Maître répondit :

— Cette histoire n'a que trop duré. Je veux un combat maintenant. Donne-lui juste un pieu, elles seront à armes égales, pieu contre crocs.

Lou déglutit difficilement. L'avenir de Rosalie dépendait du moment qui allait suivre. Elle se devait de réunir toutes les forces qu'elle pouvait encore trouver pour vaincre cette garce une bonne fois pour toutes. Si sa raison la condamnait directement, sa folie, quant à elle, lui laissait un espoir auquel elle s'accrocha.

Les vampires qui composaient une sorte de cour se déployèrent pour laisser un large cercle au centre de l'immense pièce. Le Maître, de son estrade, était aux premières loges.

Dubuissert se tourna vers Lou et la regarda en face pour la première fois depuis leurs « retrouvailles ». Le regard noir du vampire était énigmatique, elle n'aurait pas su l'interpréter si elle avait voulu essayer. Mais elle n'en avait aucunement l'intention.

Dans les yeux verts de Lou, seules la rage et la colère étaient perceptibles.

Il avança son grand corps gracile et tendit la main vers elle. Comprenant qu'elle n'avait pas le choix, elle posa sa propre main sur la paume offerte et se releva doucement. Dubuissert lui tendit un pieu de tremble merveilleusement sculpté, qui devait être très ancien. Elle ôta sa cape et échangea le vêtement contre l'arme, dans une vague de stupeur de l'assemblée qui résonna d'onomatopées. Révélant ses jambes autant que le pansement de sa main, elle avança vers le centre du cercle, sentant le regard de Dubuissert la brûler. Il n'avait jamais imaginé qu'elle puisse ressembler à ce point à une guerrière. Dans l'incertitude de son sort mais la fierté de garder la tête haute, elle était magnifique.

La suffisance de Lydie, elle, l'était beaucoup moins. Persuadée de tenir la dragée haute à Lou en un rien de temps, elle avança de manière nonchalante. Ses yeux d'ordinaire petits comme ceux d'une fouine se plissèrent encore alors qu'elle cherchait déjà les points faibles de son adversaire.

— J'oubliais, intervint le Maître. Il est interdit de décupler ta vitesse de vampire. L'humaine doit toujours être à même de te voir. C'est la règle du combat. Tes autres facultés sont tout à toi.

Bien que la nouvelle ne la laissa pas de glace, Lydie n'en fit aucun étalage et inclina doucement la tête en direction du Maître, marquant ainsi son assentiment.

Elle reporta ensuite son attention sur Lou et le combat commença.

Les deux adversaires se tournèrent autour et Lou pria pour que Rosalie n'assiste pas à cela.

Elle ne vit pas Rodolphe faire un signe de tête à Anissa qui emmena la gamine dans des lieux plus adaptés, ou en tout état de cause moins traumatisants.

Réticente d'abord, la gamine jeta un coup d'œil à Rodolphe qui l'encouragea d'un regard. Elle suivit alors la vampire, et Rodolphe reporta son attention sur Lou.

Elle ne pouvait pas perdre, elle ne le devait surtout pas.

Serrant son pieu dans sa main droite, elle fixait le corps frêle de Lydie, se remémorant toutes les atrocités que cette femelle avait commises. Elle avait cautionné qu'Harbonnier violente Marie, la traumatisant sans doute pour l'éternité que Lou avait supplié Dubuissert de lui offrir en ultime recours.

Elle avait prêté main forte à la sorcière de Wilma pour installer un camp de reproduction infernal au sein des bois de l'Avesnois, d'où Lucie et Thierry s'étaient heureusement échappés ; elle lui avait volé Rosalie pour faire d'elle une poupée sans âme et plus tard un vampire sans conscience, en provoquant la mort de Nanuk, et surtout elle avait engendré cette ordure de Virgile qui avait tué la maman de Rosalie, Papi et Mamie.

L'addition était lourde et le compte fait, Lou sentit une rage phénoménale lui monter à la tête.

Elle attendit que l'autre frappe la première, mais ne put prévoir la violence du coup.

Une simple gifle appliquée du dessus de la main, Lou en garderait sans doute des ecchymoses durant quelques semaines. Sa pommette accusa le coup et Lou tenta de ne pas ciller pour ne pas offrir à son adversaire le plaisir de la voir souffrir.

Un sourire illuminait déjà le trait fin des lèvres de Lydie. Son arrogance était une insulte et Lou ne l'accepta pas. Elle eut l'air de chercher comment frapper, en avortant plusieurs tentatives de la main droite puis asséna un violent coup de poing dans la mâchoire de Lydie de sa main gauche.

Bien sûr, sa main déjà bien douloureuse de la coupure se fit plus affligée encore, mais Lou refusait d'écouter la douleur. Elle serra les dents, bien décidée à lui faire bouffer ses crocs. Se tournant toujours autour, elles attendaient toutes les deux les coups de l'autre pour riposter. Lou sentait, dans sa main, le sang qui s'était remis à couler sous la violence de l'impact. Elle serra le poing et se rua sur son adversaire, qui esquiva le coup sans difficulté, envoyant Lou rouler plus loin.

Un éclat de rire sinistre gronda dans la gorge de Lydie, alors que Lou se relevait péniblement.

La pierre humide était un peu glissante et les talons de Lou n'étaient pas très adaptés, mais quel autre choix avait-elle ? Elle était habillée comme une fille, elle allait devoir se battre comme une fille.

— Votre rire est aussi arrogant que celui de Richard avant que je ne lui enfonce un pieu dans le cœur. C'était un ami à vous non ? Un Disciple sans doute...

Lydie avait perdu de nombreux enfants, et Richard était l'un des derniers qui lui aient été arrachés. Savait-elle que Lou l'avait tué pour sauver le Docteur Derode d'une mort certaine ? Sans doute pas !

Lou savait, pour en avoir parlé avec Dubuissert, que la nouvelle Ordonnatrice était un peu dérangée dans son esprit « maternel ». En jouer serait sans doute déstabilisant pour elle.

En effet, le sourire de Lydie se figea aussitôt et un éclair de rage traversa ses yeux.

Elle sauta sur Lou qui s'élança vers elle et se laissa glisser sur les fesses pour s'engouffrer entre les jambes de Malverne. De son pieu bien pointu, elle entailla la robe de Lydie ainsi que sa jambe, faisant couler un sang plus foncé que le sien puis elle se saisit de la cheville de son ennemie et tira autant qu'elle put, projetant Lydie Malverne à même le sol.

D'un mouvement aussi leste que possible, Lou se releva mais l'autre lui attrapa également la jambe et elle roula de nouveau par terre.

Loin de se vexer, Lou ignora son genou abîmé par le choc contre la pierre et se remit debout. Elle avança de nouveau vers l'autre, sur ses pieds elle aussi.

— Il y avait aussi un chauve un peu perturbé, je l'ai roué de coups ! C'était quelqu'un de votre famille aussi, sans doute...

Le toqué avait été son cauchemar pendant quelques temps, même si à présent il ne lui faisait plus guère peur.

Lydie fulmina à l'idée qu'elle ait pu lui enlever un autre de ses enfants. Elle se jeta sur Lou et fit s'abattre sur la jeune fille une pluie de coups. Lou se protégea comme elle put de ses bras, mais sentit la brûlure des griffes de Lydie entaillant sa chair.

Elle regretta l'absence de ses chiens, qui s'étaient toujours révélé bien efficaces lors des combats qu'elle avait déjà pu mener.

Lydie cessa de frapper, pour s'approcher du visage de Lou. Elle écarta les mains de la jeune fille puis déclara, menaçante.

— Elle sera à moi, et elle m'aimera...

La tête de Lydie à hauteur de son visage elle pouvait sentir l'haleine glaciale de la vampire. Profitant de la promiscuité, elle balança sa tête violemment dans celle de Lydie qui tomba à la renverse.

— Jamais, cria Lou, elle sait très bien que Virgile a tué sa mère et elle sait aussi qui il était pour vous !

À l'évocation de son cher petit préféré, Lydie eut un hoquet et une larme de sang perla au coin de son œil.

« Je ne me laisserai jamais attendrir par un vampire » pensa Lou en projetant la main qui tenait le pieu vers la poitrine de Malverne. Le bois s'enfonça largement, mais trop haut pour toucher le cœur toutefois. Cela affaiblit néanmoins considérablement la vampire qui poussa un cri terrible.

Alors que Lou tournait le pieu dans la chair dans l'espoir de la torturer le plus possible, Lydie attrapa le morceau de bois et l'arracha de sa poitrine dans un bruit de succion écœurant.

Se saisissant du chignon de Lou, elle tira les cheveux de la jeune fille si fort qu'elle eut l'impression que son cuir chevelu se décollait.

Maintenue de la sorte, Lou ne pouvait plus faire grand chose.

Lydie lança le pieu au loin et se tourna vers la gorge de Lou, où l'artère palpitait rapidement. La bouche entrouverte, elle approchait dangereusement ses crocs de la peau de la jeune fille qui vit sa dernière heure arriver. Elle ferma les yeux un instant, prête à s'abandonner à son sort lorsque l'image de Nanuk, morte et gisant sur le sol, s'imposa.

Alors que le visage de son assaillante était de nouveau à portée du sien, elle fit ce qu'elle n'aurait jamais pensé faire un jour. Elle ouvrit la bouche et contre attente, elle mordit.

Le sang gicla dans sa bouche en un goût immonde. Elle se détacha de Malverne et cracha le morceau de joue qu'elle venait de lui arracher.

L'autre, abasourdie, se tenait le visage, la main en sang. Lou profita de la stupeur provoquée par sa morsure pour chercher le pieu.

Elle le trouva sous le pied d'un homme, d'un vampire plutôt, qui se montra récalcitrant à le lui restituer. Caliope, qui se tenait près de lui, lui donna un coup de coude dans les côtes et il s'inclina.

Lou se saisit de son pieu et appliqua la technique de lancer qu'elle avait apprise avec Lucie.

Elle projeta le pieu de toutes ses forces dans les airs, priant pour que cette fois l'impact soit le bon.

Après un sifflement sinistre mais contenant tous les espoirs de Lou, le pieu s'enfonça directement dans la poitrine de Lydie Malverne qui tomba à la renverse, un étonnement effrayé dans les yeux.

Lou, qui savait que cela ne suffirait pas à la tuer pour toujours, se jeta sur le corps de la vampire et sortit le pieu de son logement pour l'enfoncer encore, et encore et encore, jusqu'à ce que le torse de Lydie Malverne ne soit plus qu'une flaque de sang et d'os mêlés, et jusqu'à ce que Dubuissert ne vienne poser sur les épaules de Lou sa cape doublé de fourrure qui lui fit prendre conscience qu'elle avait froid. Les nerfs à bout, mais sachant qu'elle avait gagné ce combat, elle se tourna vers Rodolphe et lâcha :

— Je voudrais voir Rosalie.

Il acquiesça d'un signe de tête puis souleva une Lou sans forces et la porta jusqu'au boudoir d'Anissa.

Serrée contre le torse de Dubuissert, elle n'eut pas le courage de le détester et profita pour les quelques minutes qui suivirent de ses bras rassurants.

Elle aurait bien le temps, par la suite, de savoir comment échapper au destin qu'il leur réservait, à Rosalie et à elle. Pour le moment, elle ne voulait voir en lui que l'allié en qui elle avait appris à avoir confiance, dans une autre vie. Demain, elle partirait de nouveau en croisade contre cet ennemi-là.

— Rodolphe, Lou !

La gamine se précipita vers l'improbable couple qui venait de pénétrer dans la pièce et leur témoigna tout son amour, aussi bien à Rodolphe qu'à Lou.

Qu'il serait cruel, ensuite, de lui dire que son ami n'était pas celui qu'elle croyait.

La voix de Dubuissert lui parvint encore, de loin, alors qu'il venait de l'allonger sur la table qu'Anissa avait préparée comme une couche de fortune.

— Elle est très faible, elle a perdu beaucoup de sang. Vous pouvez la panser sans avoir envie de...

— Je n’en suis pas sûre.

— Alors je m’en chargerai.

Le petit visage angélique de Rosalie fut la dernière chose que Lou vit avant de sombrer dans une inconscience bien réconfortante.

Chapitre 21

Inspirant profondément, Rodolphe entreprit de nettoyer les plaies de Lou, pour en estimer d'abord l'importance. L'odeur du sang de la jeune fille lui taquinait les narines et ses papilles frissonnaient sous la tentation. Mais il allait se retenir, se contenir, il le devait...

Le visage de Lou était marqué d'une énorme ecchymose d'un rouge violent. La force vampirique de Lydie avait laissé des traces qui ne partiraient qu'avec le temps. Du sang ruisselait encore de son nez et Rodolphe l'essuya doucement.

Il ne voulait pas lui faire mal et risquer de la réveiller. Il rinça le tissu qu'il utilisait et l'eau de la bassine se teinta de rouge.

Il reporta son attention sur le visage de Lou. Sa lèvre, fendue, était gonflée. Sa bouche, couleur vermillon, faisait écho à la couleur du sang qui la couvrait et la tentation était terrible pour lui. Pourtant, il ne fit rien. Il connaissait le goût de la jeune fille, la saveur sucrée et pimentée de son sang. Il savait le déferlement de plaisir qui se produirait s'il portait une goutte de sang à ses lèvres. Après tout, le sang avait coulé, il aurait très bien pu se servir, comme on grignote parfois les miettes d'un pain après l'avoir coupé. Mais il savait aussi que s'il portait un peu de ce sang à ses lèvres, il serait incapable de résister ensuite.

Après avoir épongé le sang autour de la bouche de la jeune fille, il remonta vers l'œil. Si une joue était marquée par l'ecchymose, l'autre coté du visage de Lou présentait un œil poché qui empêcherait la demoiselle d'y voir clair quelques jours.

La paupière, enflée, se teintait déjà de reflets violets. Il dût plonger plusieurs fois son linge dans l'eau rosée pour venir à bout du sang sur le visage de la jeune femme. Elle devait bien souffrir et il avait mal pour elle. Cette empathie soudaine l'effraya un peu et il reporta son attention sur la tâche qu'il avait à accomplir, à savoir descendre vers les épaules de la blessée. Il baissa la cape avec laquelle il l'avait couverte et appliqua le linge humide sur l'épaule de la jeune femme. Des griffures étaient visibles partout, comme un symbole affiché de la rage de Lydie.

Il faut dire que Louise Godin n'y était pas allée de main morte non plus.

Elle avait peut-être frappé moins souvent, mais ses coups avaient réellement impressionné les vampires autour. Ils n'auraient sans doute jamais pensé qu'une simple humaine puisse être aussi coriace et puisse venir à bout d'une vampire.

Rodolphe suivait la ligne de l'épaule de Lou et pour la première fois il se rendait compte qu'elle était une femme. Une vraie, pas juste un soldat ou un pion comme il avait souvent eu l'occasion de penser à elle, mais dans la forme comme dans le caractère. Lorsqu'elle avait ôté la cape et qu'elle s'était exposée aux regards alentours, il s'en serait presque étranglé s'il en avait été capable. Elle n'avait rien lâché et avait soutenu le regard de tous. Au point de donner envie au Maître ? C'était à craindre...

Le linge longea le bras de Louise et le débarrassa du sang qui coagulait déjà. Sa peau avait été lacérée par les griffes de Lydie et elle en garderait des traces. Avec le temps cela deviendrait de minces filets plus pâles sur sa peau abricotée. Arrivé au bout de son bras gauche, il avisa le bout de tissu enroulé autour de sa main et entreprit de l'ôter. Il déroula doucement la bande de fortune et fut pris d'un vertige.

L'odeur du sang de la jeune fille lui envahit le corps et ses crocs se tendirent malgré lui vers la plaie. Bien plus profonde que les autres blessures, elle avait été volontaire, à n'en pas douter. La coupure était nette, l'entaille conséquente et le sang encore plus odorant car on touchait là à une veine et plus juste à quelques vaisseaux. Tentant de contrôler sa bouche qui s'ouvrait malgré lui, il remercia mentalement Anissa et Caliope d'avoir emmené Rosalie dans leur chambre.

Il comprenait maintenant pourquoi elle s'était présentée au combat dans une telle tenue. Certains avaient sans doute dû penser qu'elle avait eu l'idée de rendre sa tenue plus adéquate pour le combat, mais lui savait qu'elle était arrivée dans la salle sans savoir qu'elle allait livrer une bataille. Elle avait simplement déchiré le bas de sa robe pour se faire des pansements, et au vu de la longueur qui manquait à son vêtement, elle avait dû perdre beaucoup de sang avant de parvenir à contrôler l'hémorragie. Pas étonnant qu'elle ait fini par perdre connaissance. Comment s'était-elle donc blessée ?

Fermant les yeux pour ne plus voir ce sang, stoppant sa respiration pour ne plus le sentir, Rodolphe replaça un bandage propre sur la blessure nettoyée et se détendit enfin.

Pourtant, il n'était pas au bout de ses peines. Le corset de la jeune fille était bien ensanglanté et de toute façon, il se doutait qu'elle aurait voulu quitter ces vêtements, qu'elle devait qualifier d'opérette, pour retrouver des habits plus confortables. Sans se préoccuper de l'objet en lui même, il se saisit du corset à deux endroits différents et tira. Le bustier de la jeune fille céda sans difficulté sous la force vampirique de Dubuissert, libérant ainsi Louise de l'oppressante sensation d'étouffement. Sa respiration se fit plus intense pendant quelques instants, comme si elle reprenait son souffle, puis elle se calma.

Ôtant la cape qui servait de couverture, il n'omit pas de soigner le genou râpé. En plus des écorchures dues au frottement de la peau contre le sol, un hématome était visible. Elle aurait sans doute un peu de mal à marcher pendant quelques jours.

Il avait nettoyé la jeune fille de toute trace de sang et avait pansé ses blessures. Il ne se sentit pas le courage de lui ôter sa robe pour lui enfiler une tenue plus adaptée. Il se contenta de la débarrasser de ses bottes. Elle avait tellement marché pour arriver jusqu'ici que ses pieds devaient encore être bien douloureux et la forme précieuse des chaussures à talons ne devait pas être particulièrement confortable.

Il enleva également les chaussettes de Louise et découvrit ce petit sabre qu'elle y avait caché. Grossièrement nettoyé, il exhalait encore de la saveur du sang de la jeune fille et il comprit que la blessure dans sa main gauche était de l'automutilation.

Une seule raison pouvait avoir poussé Louise Godin à s'infliger une telle blessure.

ADAM !

Il eut bien du mal à l'admettre, mais il fulminait. Il avait senti déjà le parfum du sang de Louise sur l'Équilibré et il avait aussi trouvé sa propre odeur dans le sillage d'Adam. Ce qui ne pouvait signifier qu'une seule chose : Adam avait bu du sang de Louise mais aussi du sien avant de partir à leur rencontre. Rodolphe avait voulu mettre cette découverte sur le compte de la piste. C'était peut-être une manière pour l'Équilibré de retrouver des personnes que de boire un peu de leur sang. Il s'était aussi dit que le jeune demi-vampire avait eu besoin d'un coup de pouce pour les rejoindre si vite et que le sang l'y avait aidé. Mais boire une poche de sang venant d'un frigo était une chose. Forcer Louise à se blesser pour lui prendre son sang et la laisser ensuite affronter Lydie Malverne en était une autre.

Pourtant qui était-il pour porter un jugement ? Lorsqu'il en avait eu besoin, la jeune fille lui avait offert sa veine et il n'avait pas refusé. Il avait même eu bien du mal à s'arrêter de boire. Quant à la laisser se battre, c'est bel et bien ce qu'il venait de faire...

Il ouvrit la porte à la volée et demanda à Anissa et Caliope de finir. Rosalie, heureuse de pouvoir revenir près de Lou, s'installa sur une chaise à son chevet tandis que les deux vampires changeaient les vêtements de la jeune femme. Caliope sortit de ses armoires une autre robe ainsi qu'un bustier neuf, mais Rosalie s'interposa :

— Lou ne s'habille jamais comme ça. Elle ne peut pas avoir un jeans et un pull à la place ?

La gamine, dans sa jolie robe de velours, ressemblait à une candide petite poupée à laquelle on ne pouvait rien refuser.

Caliope adressa un regard interrogateur à sa sœur qui acquiesça d'un sourire. Elle rangea alors les vêtements requis par le maître et fourragea dans les profondeurs de ses placards. En une année, elle avait entassé là des tonnes de vêtements, elle aurait pu habiller une armée. Elle trouva une paire de jeans ainsi qu'un pull cintré, mais elle les posa sur une chaise à proximité de Lou et lui enfila plutôt un large T-shirt. Pour dormir et récupérer, elle serait tout aussi à l'aise dans cette tenue, elle pourrait ensuite s'habiller plus chaudement en se levant. Elle prépara aussi les sous-vêtements qu'elle trouva, à savoir un boxer de dentelle noire et un soutien-gorge assorti ainsi que de jolies chaussettes noires à motifs gris perlé.

— Elle va sûrement avoir faim en se réveillant, Lou est une grande gourmande !

Rosalie savait que Lou, en se réveillant, dévorait son petit déjeuner de bon cœur. Entre les privations et les blessures, elle serait encore plus affamée que d'habitude, à n'en pas douter.

Se dire que Lou et Rodolphe s'étaient jetés sur les routes pour la retrouver était un bonheur pour elle. Elle avait trouvé une nouvelle famille et elle savait qu'elle pouvait compter sur chacun de ses membres. Comme elle s'en voulait d'avoir ouvert le portail, le jour où Lydie Malverne l'avait enlevée. Elle avait vraiment été persuadée que ses amis étaient de retour en entendant des pas si volontaires dans l'allée et comme elle était seule depuis bien longtemps, elle avait ouvert le portail pour courir à la rencontre de son ami Joseph, qui la faisait toujours rire. Elle savait qu'Adam devait veiller sur les accès de la maison. Si quelqu'un était dans l'allée, ce ne pouvait être qu'avec l'accord d'Adam.

Elle avait couru vers le groupe dont elle entendait les pas, espérant qu'ils ramèneraient avec eux quelques rebelles. Elle voulait tellement voir de nouvelles têtes amies !

Quand elle avait vu la figure repoussante de l'homme complètement brûlé, elle avait hurlé et s'était mise à courir à perdre haleine lorsqu'elle avait croisé le regard plein de convoitise de Lydie Malverne. Elle n'avait pas eu le temps d'arriver à la maison, elle avait dû se contenter d'essayer de se cacher dans les écuries. Nanuk et Hinouk avaient bien essayé de la protéger, mais ils l'avaient payé assez cher. La belle chienne qui était son amie et avait déjà bien souffert à cause d'un vampire n'avait pas survécu, cette fois...

Rodolphe lui avait dit qu'Adam avait sauvé Hinouk. C'était déjà une consolation. Plusieurs fois, durant le voyage, elle avait aperçu la silhouette de Kodiak. Elle avait toujours su qu'il la suivait. Elle s'était doutée qu'on viendrait la délivrer. Elle n'avait pas perdu espoir même si elle avait fait semblant de se résigner, pour endormir Lydie Malverne. Comment pouvait-elle croire sincèrement que Rosalie l'aurait un jour appelée Maman ? La seule à mériter ce titre avait été sa Maman, celle que Virgile avait tuée. Quant à Lou, elle n'était ni sa maman, ni sa sœur, ni sa cousine, elle était sa... Lou, tout simplement. Pourquoi toujours vouloir donner des titres et des fonctions aux gens ? Le cœur ne s'embarrasse pas de vocabulaire superflu. Il aime, ou pas. Point.

— Où est Rodolphe ? demanda la gamine à Anissa qui coiffait les cheveux de Lou avec autant de précision que la position allongée de la jeune femme le lui permettait.

— Je ne sais pas, Petite Rose.

Elle noua la tresse qu'elle venait de faire à l'aide d'un ruban de satin bordeaux et reprit :

— Je vais aller voir si je peux trouver quelque chose à manger pour ta Lou. Je regarderai après lui si tu veux.

La gamine accepta d'un sourire puis reporta son attention sur le visage de Lou. Il n'était pas beau à voir. Il représentait pourtant tout l'amour que lui portait Lou et elle trouva son amie encore plus merveilleuse qu'à l'accoutumée.

Elle était fatiguée parce qu'elle s'était longtemps empêchée de dormir de peur que des vampires ne la mangent. Rassurée par la présence de Lou, elle avait envie de se laisser aller au sommeil. Pourtant elle ne voulait pas quitter Lou et encore moins retourner dans la chambre qu'elle avait dû partager avec Lydie. Même si elle ne pouvait plus venir lui faire peur, cette chambre était trop froide, trop humide et elle faisait bien trop peur pour une petite fille qui avait encore envie de croire aux contes de fées !

Caliope, qui voyait les yeux de la petite se fermer malgré elle, la souleva comme une plume et la déposa près de Lou sur la table. Le plateau était bien assez large pour les accueillir toutes les deux et la gamine en avait sûrement besoin.

Dans la chaleur retrouvée de la présence de Lou, blottie sous la cape de Rodolphe et contre le corps de Lou, Rosalie sombra dans un sommeil doux, sans cauchemar mais rayonnant de bonheur pour la première fois depuis longtemps.

Lou, ma Lou,

La bataille est pour bientôt.

Bourreau nous l'a confirmé. Nous allons pouvoir donner l'assaut d'ici à quelques jours.

Thomas est allé porter les impôts à la mairie il y deux jours, comme Thierry l'a fait la semaine dernière, et il nous tarde de mettre un terme aux exactions des auxiliaires et des vampires. Je me demande laquelle de ces deux espèces je déteste le plus.

Les vampires qui veulent assujettir le monde et se nourrir de nous ou ces auxiliaires qui ne voient pas plus loin que le bout de leur nez et vendraient père et mère pour faire plaisir à un Crocs Rouges. Ils ne voient pas que ces Crocs Rouges là sont des animaux prêts à les dévorer ?

Cet Harbonnier mériterait vraiment qu'on le zigouille, pardonne-moi l'expression. Il est arrogant et son visage fondu ne lui a pas fait perdre son ambition.

Il avait interrogé Thierry sur Marie, il a remis le couvert avec Thomas : son interrogatoire a même été un peu musclé en menaces. J'ai bien peur que la semaine prochaine ce ne soit encore pire et je ne tiens pas à ce que Lucie subisse un interrogatoire, ou pire, connaissant le lascar. Cayenne m'a déjà dit qu'elle irait à la place de Lucie s'il le fallait, mais je serais plus rassuré que personne n'ait à y aller.

Harbonnier a promis à Thomas que si on lui livrait Marie, il pourrait faire sortir une certaine Cindy de là où elle est. Avec Joseph nous ne pensons pas qu'il soit sérieux. C'est sans doute du bluff, mais Lucie voudrait savoir où se trouve cette jeune femme.

J'ai compris que Dubuissert vous l'avait confiée. Vous l'aviez prise pour une espionne à sa botte mais elle a disparu en cherchant Marie.

Était-elle une des vôtres ? Lucie me dit que tu ne l'aimais pas beaucoup. Mais Thomas et surtout Lucie semblent l'apprécier particulièrement.

Lou, que ferais-tu dans notre situation ? Essaierais-tu de retrouver cette jeune femme ?

Je suis sûre que oui. Te connaissant, même si tu ne l'apprécies pas des masses, tu monterais au créneau car d'autres que tu aimes l'apprécient.

Si nous avons une chance de la sauver, nous la tenterons, bien évidemment, mais comment être sûr que cette fripouille d'Harbonnier n'est pas encore en train de faire marcher le monde selon son bon plaisir ?

Reviens, Lou, reviens vite. Ce monde que tu as construit sur les ruines de nos vies à besoin de toi. J'ai besoin de toi...

Joseph a pris la direction des opérations avec Bourreau. Ces deux-là s'entendent plutôt bien. Ils ont organisé notre camp en plusieurs groupes.

Les Équilibrés, les vampires et les humains.

Les Équilibrés, menés par Nicolas, donneront l'assaut. Dopés par les réserves de sang que nous faisons et qui, au passage, ne disparaissent plus...

Les vampires, qui eux aussi auront droit à leur « potion magique » composeront la deuxième vague d'assaut, ce groupe-là étant supposé mettre les vampires et les résistances du camp des bois à terre. C'est Joseph qui dirigera les opérations « vampires ».

Les Humains, c'est à dire nous, nous nous faufilerons pendant que les gardes seront occupés, afin de délivrer les humains et de les conduire en lieu sûr.

C'est Bourreau qui prendra le commandement de notre groupe, mais c'est Thierry et Lucie qui nous guideront dans le camp. Leur connaissance du terrain est un avantage certain.

Le Toqué restera avec Marie, qui va beaucoup mieux depuis que nous lui donnons de notre sang. Elle devient plus raisonnable, mais est encore faible.

Les jumeaux viendront avec nous, car Joseph pense que ces deux colosses nous seront précieux dans notre fuite si les autres groupes ne peuvent nous rejoindre vite.

Voilà, je t'ai tout dit, ou presque.

Lucie est remontée, elle rêve de tuer Wilma de ses propres mains. Bien sûr, ce n'est pas une pensée correcte, mais peut-on la blâmer, lorsque l'on connaît les exactions et les atrocités que cette sorcière commet à longueur de journées et de nuits.

Je me souviens de Mamie disant qu'il ne fallait souhaiter la mort de personne, que seul Dieu pouvait donner et prendre la vie. Mais avec les événements qui se sont produits depuis sa mort, penses-tu qu'elle aurait toujours le même discours ? Je pense sincèrement que toute cette engeance ne mérite que la mort.

J'ai peut-être appris à voir plus loin que l'espèce, je ne suis plus complètement anti-vampires, mais il faut admettre que certains Crocs Rouges et certains humains méritent la mort, ni plus ni moins. Je ne leur ferai bien sûr pas subir les tortures qu'ils infligent aux autres, mais une mort nette et sans bavure sera le meilleur des destins pour eux.

Mamie me pardonnera, de là où elle est, j'en suis sûr, et c'est là mon seul réconfort. À part peut-être le fait de me dire que ceux que nous aurons tués ne pourront plus jamais faire de mal, à personne.

Je sais que tu as déjà tué un Crocs Rouges, je pense donc que tu me comprendras. Et puis nous sommes en guerre, et cette guerre c'est notre salut.

Reviens vite te libérer avec nous du joug des Crocs Rouges Sanguinaires.

Je t'embrasse, Sœurette.

Chapitre 22

Bercée par de petites secousses plutôt agréables, Lou émergeait peu à peu. Elle ne parvenait pas à ouvrir les yeux, elle n'en avait d'ailleurs pas envie. Un vent froid fouettait son visage et elle se douta qu'elle avait quitté cette cave à vampires. À travers ses paupières, elle distinguait la lumière blanche d'un jour sans soleil.

Elle était assise dans un véhicule, à n'en pas douter, qui filait sur le chemin. Le bruit caractéristique de patins frisant la neige était tout à fait perceptible, mais elle n'était pas sur son traîneau. Elle avait dormi presque assisc et elle sentait la main de Rosalie serrée dans la sienne. Où étaient-elles donc ? Elle voulut ouvrir les yeux, mais une douleur fulgurante l'en empêcha. Elle ne put retenir un petit gémissement qui attira l'attention de Rosalie.

— Regarde, elle se réveille. La revoilà !

À qui donc parlait Rosalie ? À Adam ?

— Louise, vous m'entendez ?

Cette voix, ferme, grave, pourtant délicate... Elle la connaissait.

— Hum.

Elle se força à se redresser et tourna la tête en direction de la voix. Resserrant la main de Rosalie, elle décida de passer outre la douleur et d'ouvrir les yeux. Un œil, en réalité, l'autre ne s'ouvrit pas.

Elle vit d'abord la figure de Dubuissert penché sur elle. Il était assis en face d'elle, et la neige qui tombait composait un rideau entre leurs deux visages. Lou sentait le froid sans en souffrir cependant. Elle était emmitouflée dans la cape de Rodolphe Dubuissert. Son corps se réveilla lui aussi et la douleur s'en empara presque aussitôt. Elle voulu se redresser mais le moindre mouvement lui était douloureux.

— Ne bougez pas. Vous êtes encore trop faible.

Trop faible ? Pourquoi ? Elle chercha un moment puis tout lui revint en mémoire. Elle avait gagné le combat contre Lydie Malverne, Rosalie était de nouveau libre. Enfin, libre de Malverne. Fronçant les sourcils, elle revécut malgré elle son altercation musclée avec l'Ordonnatrice. Comment pouvait-elle avoir réussi à venir à bout de cette vampire ? Elle ne se l'expliquait pas.

Luttant contre les élancements qui vrillaient son corps, elle regarda autour d'elle. Elle vit la frimousse de Rosalie, à ses cotés, avec ses éternelles couettes et son sourire adorable. La gamine avait bonne mine et surtout elle semblait comblée de revoir Lou. En face d'elle se trouvait Dubuissert, le visage fermé, comme toujours.

Une lourde couverture de fourrure pesait de toute sa chaleur sur leurs jambes à tous les trois. La neige, merveilleuse amie, couvrait le paysage que Lou découvrait. Le son agréable du patin glissant sur la poudreuse était pour Lou la musique de la liberté. Pourtant, l'était-elle vraiment ? Dubuissert avait parlé de faire d'elle sa disciple... Elle regarda le vampire et distingua à travers la neige qui tombait dru la croupe de deux chevaux ainsi que le dos d'un homme. Ou d'un vampire...

Ils étaient bien dans un traîneau, mais il était tiré par des chevaux. La lumière aveuglante de la blancheur immaculée entêta Lou qui referma les yeux un instant. Elle porta la main à son visage et toucha l'œil qui ne s'ouvrait presque pas. Il était gonflé, mais il n'avait pas l'air d'y avoir de plaie. Cet œil aveugle, même temporairement, lui fit penser à son frère. Le reverrait-elle ?

— Je voudrais revoir mon frère, avant de …

Avant de quoi ? Elle ne savait pas quoi dire car elle ne pouvait se résoudre à ce que Dubuissert ne soit qu'un Sanguinaire. Elle avait voulu croire qu'il pouvait devenir un Humaniste. Elle avait voulu qu'il devienne Humaniste.

— Vos blessures sont impressionnantes, mais sans gravité à long terme, je vous assure.

Elle le regarda, perplexe. Que voulait-il dire ? C'est vrai que passées les premières minutes, son corps n'était plus si douloureux. Ankylosé, courbaturé, écorché, mais rien d'insurmontable, visiblement.

Elle n'allait pas se plaindre alors qu'elle avait vu Adam revenir dans leur cellule presque mort. Adam.

— Adam ? interrogea-t-elle soudain.

Elle entendit Dubuissert pousser un soupir puis déclarer :

— Nous ne pouvions rien pour lui. Anissa et Caliope essayeront de le faire sortir si cela est possible, mais nous ne pouvions plus rester. Nous avons été obligés de partir alors que vous n'étiez même pas encore sur pied, alors récupérer votre ami aurait été trop risqué.

Lou paniqua. Elle ne pouvait pas abandonner son ami là-bas. Il avait été torturé et le serait sans doute encore.

Le sang qu'elle lui avait donné avait certes empêché qu'il ne sombre dans un sommeil catatonique, mais pour combien de temps ? Si de nouveau on le vidait de son sang, son organisme se mettrait en veille et tous le croiraient mort.

— Il a besoin de moi, je dois y aller, il faut que je lui...

— Quoi ? Que vous lui quoi ?

Dubuissert siffla entre ses doigts et un cavalier arriva aussitôt. Il valait mieux que la petite n'assiste pas à la suite.

— Młoda dama chciałaby jeździć konno ...

Lou se demanda pourquoi il avait parlé dans une langue étrangère, elle eut soudain peur que Rosalie ne lui soit de nouveau enlevée.

Le cavalier souleva Rosalie sans effort et la chargea sur la selle devant lui, en amazone.

Lou regarda Rosalie partir avec le cavalier la rage au ventre, la peur au cœur. Pourtant, le sourire que Dubuissert adressa à la fillette la rassura.

— Que vous lui donniez votre sang ? Encore ?

— Je vous l'ai bien donné à vous !

Rodolphe la fixa d'un air exaspéré :

— Vous me l'avez offert quand j'en ai eu besoin !

— Parce que pour lui c'était de la gourmandise peut-être ?

— Ce n'était pas la première fois qu'il en buvait !

Lou commença à sentir la colère déferler en elle.

— Bien sûr que non, lorsqu'il convertit des humains en Équilibrés, il boit forcément un peu de leur sang.

— Ce n'était pas la première fois qu'il buvait votre sang !

Rodolphe fulminait. Comment elle, si forte, pouvait-elle aussi être aussi naïve !

— Vous dites n'importe quoi !

— Il serait venu vous dire que je buvais du sang humain que vous l'auriez cru de suite, mais je vous dis qu'il a déjà bu votre sang, et le mien par la même occasion, et c'est une hérésie ?

Lou allait répondre sur le même ton agressif lorsque son esprit se voila d'un doute.

Se pouvait-il qu'Adam ait bu son sang et celui de Rodolphe Dubuissert ? Cela voudrait dire que...

Sa tête disait encore non en dodelinant, pourtant elle commençait à se laisser convaincre. Cela expliquait tant de choses...

Mais il était son ami.

— Je ne peux pas l'abandonner...

Elle était au bord des larmes.

Rodolphe sentait battre son cœur, elle était bouleversée. Elle était tellement attachée à Adam qu'elle ne pouvait lui en vouloir et qu'elle souhaitait par dessus tout le retrouver.

— C'est trop dangereux pour Rosalie, vous en conviendrez !

— Alors laissez-moi ici. Ramenez-la à Anor et laissez-moi retrouver Adam.

Son ton était presque une supplique. Elle s'abaissait plus bas que terre pour pouvoir rejoindre son tendre ami et Rodolphe serra les poings.

— Je sais que je peux vous faire confiance, sur ce point. Elle sera à l'abri avec vous jusqu'à ce que vous l'ayez ramenée, continua-t-elle.

— Mais je ne vous laisserai pas. Je ne peux pas faire cela. Vous viendrez à Anor avec nous.

Non, il ne pouvait certes pas la laisser partir au risque de ne plus la revoir. Ou l'entendre... Si c'était la seule chose qu'il pouvait avoir, alors il saurait s'en contenter.

— Vous savez pertinemment que dès que je saurai Rosalie en sûreté je repartirai.

Il se résigna, puisque c'était la seule solution.

— Alors je vous accompagnerai.

Troublée par cette déclaration qu'elle ne comprenait pas, Lou laissa son regard se perdre dans le paysage, à la recherche d'un point de repère. Elle fût particulièrement rassurée de reconnaître, entre les pattes des chevaux galopant, les panaches de ses loups. Kodiak et Hinouk faisaient donc partie du voyage.

Elle avait beau haïr Dubuissert, elle devait bien reconnaître qu'il avait de bons côtés...

— Nous sommes partis depuis hier. Avec le sauf-conduit que le Maître nous a donné, nous avons changé de chevaux déjà mais nous ne nous sommes pas arrêtés plus longtemps que nécessaire, juste le temps que Rosalie puisse manger. Je pensais faire une halte plus longue ce soir, pour vous permettre de vous allonger et de vous reposer plus confortablement.

Il avait tellement voulu mettre de distance entre le Maître et Lou ! Il avait bien vu que le Maître lui avait accordé un sauf-conduit sur tout le territoire vampire parce qu'il tenait parole, mais Lou l'avait conquis. Il aurait sans doute voulu la garder. Et voilà qu'elle décidait de retourner à Bailly pour récupérer son cher et tendre idiot.

Mais il ne pouvait pas lui confier ses craintes, de toute façon elle ne l'écouterait pas.

— C'est inutile de s'arrêter. Rosalie peut dormir dans le traîneau à condition d'avoir une solide couverture, quant à moi, je n'ai pas besoin de repos, je dors depuis bien trop longtemps. C'est ma faute s'il est coincé là-bas. Si je n'avais pas cédé à la facilité du sommeil, je ne l'aurais jamais abandonné.

Elle ne se rendait pas compte de son état. Il aurait même voulu freiner les cheveux pour lui permettre de reculer l'échéance. À coup sûr, le retour à Bailly serait dangereux, pénible et sans doute violent.

Il avait réussi à convaincre le Maître une fois, il ne parviendrait pas à lui faire entendre raison deux fois.

Pourtant c'est aussi cela qu'il admirait chez elle. Elle n'abandonnait personne. Elle était obstinée, têtue, belliqueuse aussi, mais ces défauts étaient chez elle de grandes qualités, finalement.

Il retournerait avec elle à Bailly, même si pour cela il devait renier son serment, même si pour cela il devait renier son Maître, son Créateur et défier le Cauchemar.

C'est sans doute ce qui lui faisait le plus peur. Le Cauchemar ne s'était toujours pas montré, mais il était indéniablement connecté au Maître, qui en était une sorte d'ambassadeur pour le territoire vampire de l'ouest de l'Europe.

Pourquoi avait-il fallu que cette maudite femme réveille son cœur ? Cela ne pouvait être qu'à cause du lien établi entre eux par le sang. Ce ne pouvait être autre chose.

Rosalie était toujours sur le cheval d'Andrzej, un des vampires polonais que Dubuissert avait gagné à sa cause.

Pour beaucoup de vampires, le monde meilleur promis par le Maître s'était révélé bien pâle. Certains vampires avaient donc décidé, comme lui, de tourner le dos à l'Ordre. Peut-être un jour la cohabitation avec les humains serait possible, après tout.

En cela, Louise Godin était essentielle. Rodolphe le savait. Elle lui était essentielle aussi, pour des tas d'autres raisons, mais il refusait de l'admettre, cela aurait été une faiblesse. Elle devait rester une proie potentielle, une Disciple en devenir. Il devait s'en persuader. De toute façon si elle restait humaine, il la perdrait tôt ou tard. Il savait depuis longtemps, sans se l'avouer, qu'il n'y survivrait pas.

Elle avait de nouveau sombré dans ce sommeil qu'elle refusait pourtant. Son visage tuméfié était aussi laid à regarder qu'il était pourtant beau à voir. Bien sûr, les blessures le déformaient, mais elles représentaient aussi son courage et sa ténacité, son amour et sa rage, sa force et sa faiblesse.

Il se serait sans doute contenté de ce Nouvel Ordre si elle n'était pas apparue dans son fief. Mais elle représentait ce qu'il avait cherché dans l'être humain depuis plus de deux cents ans...

Elle lui avait rendu son âme.

— Mais le Maître, c'est le Cauchemar ? Parce que ce Maître, vous le connaissez, à n'en pas douter.

Finalement, elle ne dormait pas.

— Le Maître est celui qui m'a converti, mais il n'est pas le Cauchemar, bien qu'ils soient en perpétuelle connexion. J'ai plus l'impression que le Cauchemar est une idée, une aura mais sans enveloppe réelle, ce qui le rend aussi fort.

— Ou aussi faible qu'un Dieu dont on ne veut plus !

Savait-elle à quel point elle pouvait avoir raison, en disant cela ?

Sans doute non !

Lou se demanda si elle pouvait poser la question qui lui brûlait les lèvres, mais elle n'en fît rien, par manque de temps.

Il lui raconta. Tout.

Lorsqu'il arriva au moment où il avait vengé sa sœur, de manière atroce, c'est pourtant pour lui qu'elle eut de la peinc. Elle avait l'impression de le comprendre, pour la première fois depuis qu'elle le connaissait.

— Si je devais vivre aussi longtemps, je deviendrais sans doute comme vous.

C'est un aveu qui eut un effet bizarre sur Dubuissert. Il était la mort comme elle était la vie, il ne voulait pas qu'elle devienne un jour aussi froide que lui. Elle allait le perdre et il se maudissait de l'avoir rencontrée autant qu'il s'en félicitait.

Cette femme était une énigme, une guerrière, une mère et il comprit, au plus profond de lui, qu'il aurait souhaité plus que tout qu'elle devienne une amante.

Mais elle en aimait un autre et lui, le fier Dubuissert qui avait juré de ne plus jamais plier sous le devoir mais de prendre partout ce qu'il voulait, se retrouva des années et des années en arrièrc. Mais cette fois, son cœur brisé était bien différent. Il ne cherchait pas la vengeance, mais le bonheur.

Il avait aimé durant son humanité. Son père, son frère et sa sœur qui lui avait servi de mère. Sa tendre sœur dont il gardait aujourd'hui encore le portrait dans sa montre à gousset. Durant sa mort, il devait bien l'avouer, il avait éprouvé un sentiment, timide, pour Cindy. Elle avait était toute sa famille. Il avait d'abord pensé que cet attachement était le résultat du sang dont elle l'abreuvait parfois, lorsqu'il n'avait pas d'autre solution que de boire à sa veine. Mais il avait eu pour Cindy un sentiment presque paternel et il se maudissait aujourd'hui de l'avoir nié. Elle serait peut-être encore à ses côtés !

Louise Godin, cette Lou pour tous qui restait distante pour lui, lui avait au moins enseigné une chose. Il avait, finalement, un cœur. Contre toute attente. Et il s'en rendait compte aujourd'hui, car son cœur, déchiré, le faisait souffrir à en mourir...

Chapitre 23

L'air était glacial. Les joues de Rosalie, rosies par le froid, soulignaient le sourire que la gamine arborait.

Après des jours et des jours de voyage, Anor était en vue. L'épaisse couche de neige ne parvenait pas à cacher la géographie que Rosalie et Lou aimaient tant.

Dubuissert, lui, était renfrogné, comme à son habitude. Il aurait pu filer en toute hâte au château de Trélon et virer l'Ordonnateur par intérim pour reprendre sa place. Le Maître l'y avait même autorisé, à condition qu'il laisse à Wilma la pleine possession de ses droits acquis.

Mais il était décidé à livrer bataille, il avait besoin de se battre pour quelque chose. Pour quelqu'un... De toute façon, les humains qu'il côtoyait ne le laisseraient pas reprendre simplement la place, il lui faudrait la gagner à leurs yeux !

Lou était à la fois heureuse et désespérée. Elle allait enfin revoir son frère, retrouver ses amis, pour les reperdre aussitôt. Mais elle ne pouvait faire autrement. Elle le devait à Adam. Il n'avait pas hésité à se jeter sur les routes pour la retrouver, son cœur lui dictait la même conduite aujourd'hui.

Le fait que Dubuissert veuille l'accompagner représentait beaucoup pour elle. Leur relation avait fini par évoluer et elle ne s'imaginait plus vivre sans lui. Les vampires faisaient désormais partie intégrante de sa vie, et Adam et Dubuissert en étaient les ambassadeurs. Elle ne parvenait plus tout à fait à se méfier de l'ancien Ordonnateur.

Les sourires qu'il échangeait avec Rosalie y étaient sous doute pour beaucoup. Il avait fini par ouvrir son cœur à la gamine et son visage en était parfois transfiguré.

Il lui arrivait même de le trouver beau ! Ils n'avaient pas vraiment eu l'occasion de reparler sérieusement depuis que le vampire lui avait raconté sa vie d'humain. Tout juste l'avait-il convaincu de prendre une soirée de vrai repos pour Rosalie comme pour elle. Pour gagner du temps, elle avait insisté pour que le voyage s'effectue de jour comme de nuit. Mais elle avait bien constaté que Rosalie avait besoin d'une nuit de sommeil dans un endroit confortable. Elle aussi d'ailleurs.

Lou n'avait pas imaginé que les cavaliers polonais qui servaient désormais d'escorte à Dubuissert auraient eu la prévenance de leur préparer une soirée inoubliable. Comme chaque soir, à la nuit tombée, les flambeaux avaient été allumés. Les lueurs des flammes fendaient l'obscurité, instillant une allure festive à la caravane. Pourtant, la troupe fit halte.

Dans une clairière que la neige rendait vierge, les cavaliers avaient stoppé leur monture et dressé un feu de joie. Andrzej, parti en éclaireur, revint avec de quoi nourrir les humains : saucisses campagnardes et pain.

Le sauf-conduit fourni à Dubuissert par le Maître était décidément bien utile !

Une tente de fortune fut improvisée et les lourdes couvertures de fourrure qui isolaient les jeunes filles du froid furent installées comme matelas.

Grâce à un brasero, Lou et Rosalie parvinrent même à faire un brin de toilette dans la tente, et retrouvèrent presque un aspect civilisé.

La gamine tombait de sommeil. Dubuissert l'avait sans doute compris car il avait demandé à ce que son repas lui soit servi sans attendre. Pourtant, elle eut le loisir de s'amuser car elle eut à cuire elle-même sa viande. Piquée au bout d'une tige fine, la saucisse prit le temps de cuire et Rosalie écouta du même coup les musiciens s'adonner à la détente.

Ils n'étaient plus des fugitifs, ils étaient escortés par d'anciens hommes du Maître, sans pour autant être prisonniers, et la différence était notable.

Pour une fois, Rosalie pouvait apprécier l'aventure.

Ses petits yeux ne résistèrent pourtant pas longtemps et son repas avalé, elle goûta vite au plaisir de dormir complètement allongée et sans cahots.

Une fois assurée que la petite dormait paisiblement, Lou ressortit de la tente.

Les chants traditionnels polonais égayaient la soirée et Lou vint s'installer auprès de Dubuissert, sur une souche.

Il lui servit une tasse de Glogg, ce vin chaud à la vodka et à la cardamone, et le liquide brûlant la détendit. Tout était paisible, idyllique presque. Pour quelques heures, elle en oublia le monde, les soucis, la guerre qui se préparait... Kodiak et Hinouk, à ses pieds, apprécièrent tout autant qu'elle les saucisses un peu grossières mais si délicieuses. Personne ne parla, ce soir-là. Cela aurait été comme briser le charme. Quand Lou s'endormit, brisée par la fatigue, Dubuissert la souleva comme une plume et la porta dans la tente, auprès de Rosalie. Le temps avait commencé son œuvre et son visage avait retrouvé des lignes harmonieuses. Quelques hématomes colorés étaient encore visibles, mais elle avait retrouvé l'usage de ses deux yeux. Ainsi endormie, elle avait l'air aussi innocent que Rosalie. Elle était pourtant redoutable, il en avait eu la preuve.

Conscient de la faiblesse qu'elle représentait pour lui, il lutta pour détacher son regard de la jeune fille et sortit de la tente, après l'avoir couverte. Il passa le reste de la nuit à veiller l'entrée de la tente. Et à réfléchir.

S'il partait maintenant, il pourrait peut-être encore l'extirper de sa tête.

Mais le lendemain matin, lorsque la lumière blanche d'une aube neigeuse la tira de son sommeil, il était toujours là.

— Lou, regarde, nous arrivons !!!

L'excitation de Rosalie tira Lou de ses rêveries. Les queues empanachées de Kodiak et Hinouk étaient aussi éloquentes que la voix réjouie de la petite.

Dubuissert éperonna son cheval et se lança dans une course débridée. Il lui fallait rejoindre le poste avancé de la Bâtisse et signaler sa présence dans cette troupe assez impressionnante.

Ce fut Thierry qui l'accueillit. La première question qui lui vint aux lèvres fusa :

— Vous avez retrouvé la petite ? Et comment va Lou ? Où sont-elles ?

— Elles vont bien ! Je vous raconterai cela en détails dès que nous serons rentrés. Elles arrivent avec une troupe, des renforts.

Thierry parut un instant soulagé puis son regard s'assombrit de nouveau.

— Et Adam ? Des nouvelles ?

Dubuissert baissa les yeux, de dépit, de rage aussi. Adam s'était mis dans le pétrin tout seul. L'Équilibré pensait venir sauver Lou alors que lui même veillait sur elle.

Son intervention n'avait rien apporté de plus, mais risquait désormais de porter préjudice à la jeune fille puisqu'elle voulait repartir le chercher.

Rosalie retrouva sa maison avec plaisir, et les bras de Joseph encore plus.

La mine inquiète de Margot traduisait bien l'angoisse que ressentait la mère pour son fils et Lou la serra longtemps dans ses bras.

Revenir dans cette maison qu'elle avait quittée avec autant de hâte lui retournait le cœur.

Lorsqu'elle était partie, elle pensait que Hinouk allait mourir, elle savait que Nanuk était morte, comme le docteur Derode. Elle avait quitté la maison comme elle y était arrivée. En deuil.

Pourtant, cette maison représentait aussi l'espoir qui l'animait toujours.

Retrouver un jour une vie non plus normale ou paisible mais au moins sans angoisse.

Retrouver son frère et veiller sur les personnes qu'elle aimait. Rosalie, en premier lieu.

Retrouver Adam et le rendre à sa famille, dont elle faisait définitivement partie.

Ne pas perdre Dubuissert. Aussi.

Il faisait désormais partie intégrante de sa vie, qu'elle le veuille ou non, et sa présence n'était plus aussi pesante. Elle ne voyait aucune issue quant à leur relation. Ils seraient sans doute toujours à couteaux tirés, prêts à se disputer comme des chiffonniers, mais au final, il lui semblait que cela faisait corps avec le quotidien, que la vie dont elle avait besoin était aussi composée de querelles avec Dubuissert, d'aventures avec lui. Il fallait bien admettre que depuis qu'il avait rejoint les rangs de la rébellion, il avait été d'une aide précieuse pour la jeune fille. Sans ses cours de combat rapproché, jamais elle n'aurait été à même de vaincre Lydie. Il avait livré tous les secrets qui faisaient la force et la faiblesse des vampires. À contrecœur sans doute, au début, mais il l'avait fait.

Elle lui en voulait, bien sûr, d'être parti sans Adam, mais au fond, n'avait-il pas agi raisonnablement pour Rosalie ? Et la gamine ne serait pas repartie sans Lou.

La maison n'avait pas changé. Elle était juste plus habitée ! Claude courut vers elle et la souleva comme une plume. Elle serra son frère de toutes ses forces, en pleurant les larmes qu'elle avait tellement retenues. Ce furent des embrassades comme on s'en accorde peu en temps de crise, mais elles furent d'un réconfort terrible pour Lou.

Elle prit le visage de son frère entre ses mains et pleura de plus belle. Il était tellement beau, malgré son bandeau ! Son corps n'était plus que muscles. Claude, qu'il fallait désormais appeler Utopie, était devenu un homme superbe. Elle se demanda si l'apocalypse l'avait changée, elle aussi !

Elle retrouva avec plaisir les sourires bienveillants de Lucie et Thomas, l'appui sûr de Thierry, elle alla aussi saluer Marie et découvrit ébahie, la grossesse de la jeune vampire. Margot pensait qu'elle portait sans doute un Équilibré comme Adam.

Adam... la seule ombre au tableau. Tout aurait été parfait s'il avait été là !

Pour la première fois depuis longtemps, Lou passa la soirée autour d'une table, avec un bon repas et un feu de cheminée réconfortant.

Pourtant, elle avait prévenu les siens : elle repartait dès le lendemain matin, avec Dubuissert, pour chercher Adam. Elle le ramènerait. Coûte que coûte.

— Si quelqu'un peut le ramener c'est bien toi, déclara Thierry.

Margot, elle, aurait voulu partir avec Lou sur les routes pour retrouver son fils. Mais Joseph, bien que dévoré par l'envie lui aussi, avait su la convaincre.

— Notre place est ici. Adam ne voudrait pas que nous mettions en péril ces projets ou la vie de Marie et de son petit. Nous sommes les seuls à avoir déjà traversé ce que Marie s'apprête à vivre. Sans le docteur, nous restons les seuls à pouvoir les aider, elle et son enfant.

Il avait raison. Il fallait aussi penser au groupe dans sa globalité. Penser au mieux pour la famille dans son intégralité.

La mine de Margot, et sa main serrée dans celle de son mari traduisaient tous les affres de son cœur, menant un combat déloyal avec sa raison.

— Lou, je t'aime comme une fille, tu le sais. Revenez tous les deux, ordonna-t-elle doucement. Puis se tournant vers Dubuissert, elle corrigea : tous les trois.

Elle aussi avait fini par adopter l'ancien Ordonnateur.

La marque de confiance et d'intérêt dut le toucher car il baissa la tête en signe d'assentiment.

La soirée se déroula ensuite presque comme une soirée normale. Avec l'angoisse, certes, du sort qui était réservé à Adam, mais aussi avec le plaisir de se revoir.

Lorsque Rosalie était sortie de la salle de bain avec Lucie, toute propre et sentant bon le savon, elle avait laissé la place à Lou qui se plongea avec délice dans l'eau bouillante. Son dernier bain remontait à la Bourgogne, et l'issue n'était pas un bon lit bien douillet.

Allongée dans l'eau, elle découvrit les lettres que son frère avait écrites à son intention durant son absence. Elle prit ainsi connaissance de toutes les avancées, tous les changements opérés depuis son départ. Adam pouvait-il être responsable de la disparition du sang ? Dubuissert avait bien dit qu'il avait senti l'odeur de leurs sangs dans le sillage d'Adam... Mais il n'en avait pas besoin pour vivre ! Elle sortit de l'eau et alla trouver Nicolas. Il était revenu à la bâtisse et sa présence réconfortait la jeune fille. Dans leur grande bataille, ils auraient au moins le soutien et la force de Nicolas, qui prendrait sans doute la tête des Équilibrés en l'absence d'Adam. Même si elle savait qu'elle ne participerait pas à cette bataille, le savoir dans les rangs de la révolte la rassurait.

Vêtue d'une paire de jeans propre et d'un chandail, elle descendit les escaliers qu'elle avait si souvent cirés et se dirigea vers le studio de Thomas. Elle savait qu'elle y trouverait aussi Nicolas. Ils avaient l'un et l'autre noué une belle amitié fraternelle.

Elle frappa à la porte vitrée et Thomas l'accueillit avec le sourire. L'endroit était empli de la présence d'Adam. Il avait réhabilité l'ancienne bergerie en un studio spacieux pour être indépendant tout en restant à la maison, anticipant ainsi le retour de ses parents. C'était avant...

Les garçons la firent s'installer dans un fauteuil de cuir confortable et Nicolas lui amena une tasse de café fumant. Il était bien sûr coupé à la chicorée, mais il n'en était pas moins réconfortant.

— Margot le perçoit, tu sais. Il est vivant. Parfois sans aucune force, parfois plutôt vigoureux. Mais au moins vivant. Tout n'est donc pas perdu, la rassura Nicolas.

On frappa de nouveau à la porte et se furent cette fois Cayenne, Utopie et Lucie qui les rejoignirent.

Lou prit son courage à deux mains et posa à Nicolas la question qui lui brûlait les lèvres.

— Ce pourrait-il qu'il soit devenu dépendant du sang ?

La mine de Nicolas, comme celle des autres, s'assombrit.

— J'en ai bien peur. Je pense qu'il a tellement converti qu'il a beaucoup ingurgité de sang et est devenu comme drogué. Dans son carnet, il note que ma conversion lui a procuré des heures et des heures de forces décuplées, comme les premières conversions effectuées depuis la fin de notre monde et le début de la nouvelle ère. Pourtant, au fil du temps, il avait l'impression de moins ressentir les effets, de devoir prendre chaque fois plus de sang pour être sûr de la conversion. Il doit être accro au sang. Et représente donc un danger potenticl, pour lui, mais aussi pour tous...

Le cœur de Lou se mit à saigner en silence. Comment n'avait-elle pas vu plus tôt les signes qui auraient pu aider son ami ? Aveuglée par son amitié pour Adam, elle avait refusé l'évidence, alors même que Dubuissert avait compris, lui.

Tous se regardèrent, interdits. Un accord tacite fut pris ce soir là. Ils feraient tout pour qu'Adam ne soit plus un danger. Tout, même le pire. Car lorsque Lou découvrit les pages du carnet d'Adam, elle comprit qu'il avait peur de ce qu'il était devenu, peur de ce qu'il pourrait faire aux autres...

Elle quitta ses amis après quelques étreintes réconfortantes.

Les combats qui les attendaient risquaient de ne pas leur permettre de se retrouver tous ensemble avant longtemps.

Alors que son frère la raccompagnait, elle lui fit promettre de veiller sur leur groupe comme sur leur famille.

Ils se dirigèrent presque naturellement vers le fond du verger, où les pierres tombales de leurs grands-parents étaient tout ce qui restait de leur vie d'avant.

Kodiak, toujours près de sa maîtresse, semblait aussi peiné que Claude et Lou. Lui aussi avait grandi dans cette famille aimante.

Ce qui ne devait être qu'une tombe de fortune pour Papi et Mamie s'était transformé en un véritable cimetière, avec Alice, la maman de Rosalie, mais aussi le docteur Derode et Nanuk.

— Il y a toujours des victimes dans une guerre, mais notre camp a bien plus souffert que celui des Sanguinaires. Il est temps de leur rendre la monnaie de leur pièce.

Les jumeaux unirent leurs mains en un pacte silencieux. Le sang allait couler, ils le feraient couler eux-mêmes et la perspective n'était plus aussi effrayante. Comme il serait bon de voir enfin le cœur des vampires saigner comme les leurs ne cessaient de le faire !

Chapitre 24

Lou n'avait pas eu la force de réveiller Rosalie. La perspective de voir les yeux de la petite s'emplir de larmes à l'idée d'une nouvelle séparation était au dessus de ses capacités.

Elle laissa une lettre sur la table de chevet de la gamine. Avec des mots simples, elle lui disait combien elle l'aimait et combien Rosalie avait empli sa vie d'un bonheur qu'elle ne croyait plus possible. Elle lui disait aussi qu'il aurait été plus facile de rester à ses côtés mais qu'il fallait aussi savoir prendre des risques pour les gens qu'on aime. Elle savait que la petite blondinette à la frimousse angélique trouverait du soutien dans la grande maison.

Dans la grande salle à manger, plusieurs vampires les attendaient, aux côtés des humains.

Ils étaient l'espoir d'un monde meilleur, d'un autre lendemain, plus enclin à la vie.

Elle serra chacun dans ses bras, avec une tendresse particulière pour Margot dont elle percevait l'angoisse et la détresse. Un regard entendu échangé avec son frère, elle se dirigea vers la porte.

La neige était encore tombée dans la nuit, fine et drue.

Ses chiens étaient déjà prêts, heureux de retrouver leur ligne de trait.

Le traîneau, sur le patin duquel Lou avait gravé « Nanuk » au fer rouge, attendait.

Dubuissert déposa sur le basket du véhicule le sac de provisions préparé par Lucie ainsi que quelques petites choses de première nécessité.

Il avait passé la nuit auprès de ses vampires, ceux qui lui étaient restés fidèles après sa prétendue mort et l'avènement de Lydie Malverne. Il avait confié le commandement de sa troupe aux vampires jumeaux que

Lou appelait Castor et Pollux. Ils avaient plusieurs fois prouvé leur bravoure comme leur allégeance.

Il maudissait Adam Sénéchal de le priver de cette bataille ultime, mais il savait aussi qu'ils se précipitaient, Louise et lui, dans la gueule d'un autre loup bien plus redoutable.

Il avait décidé d'affronter le Maître, et même le Cauchemar, s'il le fallait. Pour ne pas faire face à un courroux décuplé par une rébellion sur ses terres, Margot lui avait assuré que les révoltés attendraient son signal pour attaquer. Elle était toujours connectée à son fils et était persuadée qu'elle sentirait le moment où il serait enfin hors de danger. Le camp des bois serait alors pris d'assaut.

Le sauf-conduit toujours en poche, Dubuissert espérait pouvoir traverser facilement les différents fiefs jusqu'à Bailly, sans toutefois utiliser les voies les plus fréquentées. Il ne voulait pas attirer l'attention outre mesure et fournir au Maître une raison de se méfier.

Une fois n'est pas coutume, il avait revêtu une tenue en adéquation avec l'expédition qui les attendait.

Dans son blue jean foncé, il avait l'air encore plus grand. Il avait aussi enfilé un pull et même un anorak, noirs. Il n'en avait pas vraiment besoin, le froid ne le molestant jamais, mais il préférait ne pas mettre en avant sa résistance au froid et sa condition de vampire. Il était bien inutile de se mettre à dos des gens rencontrés en chemin.

Les après-ski étaient néanmoins un sacrifice trop gros et il avait donc opté pour des rangers.

Un sifflement retentit et le traîneau s'ébranla. Louise venait de donner le signal du départ.

Il la vit adresser un dernier regard à la Bâtisse et à ses habitants. À peine avait-elle retrouvé son frère qu'elle devait à nouveau le quitter.

Dubuissert fut surpris par ses pensées. Il était assailli par des émotions humaines dont la responsabilité incombait à Louise Godin et cela ne lui plaisait guère.

Il irait au bout du monde pour elle et avait abandonné son rêve de toujours.

Il se sentait faible pour la première fois depuis longtemps. Et il lui en voulait de ressentir cela.

Le bruit des patins frottant la neige le tira de sa rêverie. Il fallait maintenant avancer. Il éperonna doucement son cheval Ferdinand, et le périple commença.

Les paysages défilèrent sans qu'aucun des deux voyageurs n'y prête attention.

Sans un mot échangé, ils traversèrent une journée de voyage, ne s'arrêtant qu'au soir pour que Louise puisse se reposer un peu.

Après un repas frugal, Lou s'installa dans le basket de son traîneau et s'enroula dans un sac de couchage bien chaud. Elle ne tarda pas à s'endormir. Dubuissert avala une poche de sang fournie par les vampires de la bâtisse qui avaient puisé dans la réserve de la bataille à venir pour qu'il ne soit pas diminué s'il devait affronter le Maître. Il avait été bien rassuré de voir ces quelques poches agrémenter son équipement. La perspective de mordre à nouveau Louise pour se sustenter l'effrayait autant qu'elle l'attirait !

Les premiers jours du voyage se déroulèrent sans heurts, sans grande discussion non plus. Ils ne se parlèrent pas plus que nécessaire et un silence gêné était même fréquent.

Aucun des deux n'aurait pu expliquer pourquoi il en voulait à l'autre.

Adam occupait les pensées de Lou et Dubuissert s'en rendait bien compte. Pouvait-il vraiment lui en vouloir de s'inquiéter pour ce fiancé qu'ils avaient laissé derrière eux ? Elle avait hâte de le retrouver et son traîneau l'emportait toujours plus vite vers lui. Les chemins qu'ils empruntaient n'étaient pas les plus commodes, mais le solide traîneau de frêne allait vaille que vaille sur les sentiers tortueux de leur aventure.

La neige n'était pas toujours du goût de Ferdinand, mais l'immense cheval de Dubuissert ne rechignait pas à l'effort pour satisfaire son maître.

Chacun dans ses pensées, le voyage passait. Tantôt vite, tantôt lentement, au gré des vicissitudes du paysage.

Ils firent quelques rencontres, mais rien de bien palpitant. Dans une campagne presque aussi reculée que son cher Avesnois, Lou rencontra quelques ouvriers reconvertis en paysans qui s'acharnaient à travailler une terre devenue presque aride de toutes ces cultures intensives de maïs. Leurs rendements étaient bien faibles et le joug des vampires locaux implacable. Ils auraient dû rester à couvert, certes, mais Lou avait eu pitié de ce vieil homme qui ne parvenait plus à se relever alors qu'il essayait de sortir les derniers légumes d'un champ dont la terre était aussi dure que la pierre sous l'effet du gel. Jean les invita au village où quelques âmes perduraient. Ne se doutant pas de la nature vampirique de Dubuissert, ces gens offrirent le gîte et le couvert à Lou et son compagnon de voyage.

Le couple qui les hébergea était marqué par le temps. De profondes rides dessinaient des réseaux de méandres sinueux sur leur visage, mais le sourire affable qu'ils affichaient tous les deux avaient encore cette innocence que seuls les gens simples gardent toute la vie.

Ils ne se seraient jamais rebellés contre l'autorité en place. Lou eut mal au cœur pour eux, mais aussi pour elle et pour toute l'humanité. Enfin, ce qu'il en restait.

Un sentiment d'impuissance l'envahit.

L'humanité était composée de gens comme elle et comme les siens, certes, mais elle comptait aussi des spécimens comme Harbonnier, qui était loin d'être unique, ou des gens qui n'imaginaient pas vivre autrement que comme on leur demandait de vivre. Les fameux moutons de Dubuissert !

Pourtant, ils avaient le cœur sur la main et donnèrent presque plus que ce qu'ils avaient aux deux voyageurs. On ne leur posa pas trop de questions, on s'étonna juste de les trouver sur les routes.

— Nous allons rejoindre un ami, nous avons appris qu'il était blessé, nous allons donc le chercher pour le ramener enfin à la maison.

Une explication comme une autre. Les détails n'avaient pas besoin d'être connus.

La seule chambre qu'on pouvait leur proposer était petite mais douillette, celle de leur fille. Ils n'avaient plus de nouvelles d'elle depuis longtemps. Elle vivait en Angleterre.

Françoise expliqua que leur fille avait épousé un Anglais et qu'elle vivait dans les alentours de Londres depuis bien longtemps avec son mari et ses deux fils adolescents. Peut-être que la catastrophe ne les avait pas atteints !

Lou se contenta de sourire aimablement. Elle se retint de dire que la terre entière avait basculé dans un autre monde, une autre ère.

Elle se retira dans la chambre qu'elle devait partager avec Dubuissert. La maison était modeste et la chambre était à son image. Un lit, une garde-robe, une table de chevet et un bureau constituaient l'essentiel du mobilier.

— J'espère que cela ne vous dérangera pas de partager le lit avec votre amoureux, glissa Françoise avec un sourire complice avant de tirer la porte.

Lou se laissa tomber sur le lit et soupira. Son amoureux ! Il ne manquait plus que cela !

Après plusieurs jours de route, une toilette minutieuse s'imposait. Les chiens avaient eu la permission de rester dans la maison, mais pas de venir dans la chambre. Dubuissert était parti bouchonner son étalon. Lou était seule. Elle se saisit de la jarre et versa dans la cuvette en zinc une bonne dose de l'eau qu'elle contenait.

On était bien loin du bain de la bâtisse, mais le savon, même avec l'eau froide, lui fit du bien.

Se sentir propre, dormir dans un lit, voilà qui lui permettrait de reprendre quelques forces avant d'entamer les derniers jours de voyage, deux ou trois tout au plus.

Elle enfila des sous-vêtements propres ainsi qu'un long T-shirt. Elle n'avait pas de pyjama !

Elle se glissa sous les couvertures pour y chercher le réconfort d'une chaleur qui faisait défaut à la chambre.

La tête à peine posée sur l'oreiller, brisée par la fatigue, elle s'endormit.

Lorsque Dubuissert entra à son tour dans la chambre, Lou était blottie sous l'édredon de plumes d'oie, en position fœtale. Elle dormait à points fermés.

Il attrapa la chaise près du bureau et la ramena au près du lit. Ne craignant pas le froid, n'ayant guère besoin de sommeil, il cogita, assis au chevet de cette impétueuse jeune femme qui le brisait autant qu'elle le grandissait.

Que se passerait-il lorsqu'elle aurait retrouvé Adam ? Car au delà d'une certaine jalousie qu'éprouvait Dubuissert à l'égard de l›Équilibré, il fallait bien reconnaître que son cas devait être débattu. Il représentait une menace pour les humains, ou peut-être même pour les vampires. Dubuissert en était certain. Mais comment le faire comprendre à Louise ?

Elle était tellement attachée à Adam... Pourtant, il faudrait bien qu'elle comprenne, elle qui plaçait toujours le bien des autres au-dessus de son propre confort.

Ils reprirent la route tôt le lendemain matin, après avoir avalé quelques œufs sur le plat et croqué un morceau de pain gris.

Ils avaient même eu droit à un encas préparé pour leur route.

Florimont allait bon train et s'entendait plutôt bien avec les chiens. Hinouk et son côté vampirique ne l'effrayait absolument pas, il était déjà bien coutumier des crocs allongés de Dubuissert. Kodiak, quant à lui, semblait heureux de courir dans la neige.

— Hop hop hop devant les chiens, c'est bien ! les encouragea Lou.

Voir le panache de ses chiens sous la ligne de trait lui faisait presque oublier les circonstances tant le plaisir était grand. Pourtant, deux jours après leur escale reposante chez Françoise, la fatigue avait repris le dessus. Ils menaient un train d'enfer et la Bourgogne était là, devant eux.

— Il ne reste plus que quelques heures de voyage, puis nous serons à proximité de Bailly. Alors, il nous faudra laisser le traîneau dans un endroit discret et finir à pied. Ce sera plus prudent.

Lou acquiesça. Il avait raison bien sûr.

— Comment procéderons-nous ? demanda-t-elle.

— Dans un premier temps, j'irai frapper à la grande porte, avança Dubuissert. Peut-être qu'on me rendra Adam sans histoires, continua-t-il, sans conviction.

Lou releva la tête vers lui, tentant de percer ses intentions sous son regard toujours austère.

— Vous n'irez pas seul, je viens avec vous.

Bien qu'il n'eut pas besoin de respirer, il ne put s'empêcher de soupirer devant le comportement de la jeune femme. Admirable, certes, mais inconscient.

— Je ne pense pas que... commença-t-il.

Mais elle le coupa bien vite.

— Je ne vous demande pas votre pensée, je vous informe que je viens avec vous.

Puis elle relança les chiens qui accélérèrent sous ses injonctions. La neige s'était remise à tomber, le soleil ne perçait plus du tout. La nuit serait vite là... L'heure d'abandonner le traîneau aussi.

Chapitre 25

Il avait neigé toute la nuit. Blottie contre Kodiak, Lou avait lutté contre le froid avec l'habitude de ceux qui aiment les frimas. Ferdinand s'était couché dans la neige et lui avait servi d'oreiller. Il était doux et calme pour un fougueux étalon. Pourtant lorsqu'il était éperonné c'était un destrier remarquable. Lou ne doutait pas de la tendresse de son maître à son égard. Ce sentiment était assez rare chez Dubuissert pour être souligné.

— Pourquoi être discret durant tout le voyage pour finalement passer par la grande porte ?

Lou était dubitative.

Hinouk, qui s'était enterré sous la neige pour dormir, s'ébroua, les éclaboussant de paillettes gelées qui scintillèrent dans la douce lumière rosée du matin.

— Je ne voulais pas attirer l'attention sur notre venue. Je préfère que le Maître soit surpris de nous voir. S'il n'a pas eu le temps de s'y préparer, il sera peut-être plus enclin à nous laisser repartir avec votre... fiancé.

Il était presque temps de se mettre en route. Le prochain poste de garde, celui à ne pas éviter, était proche. Il s'y présenterait avec Louise et son sauf-conduit. Néanmoins, quelques ajustements étaient nécessaires. Il ouvrit une des grandes sacoches de bât de sa selle et en sortit une multitude de tissus. Lou s'interrogea un moment, redoutant de comprendre.

Il lui tendit un paquet de linge.

— C'est Andrzej qui me les a donnés. Ils sont simples, sans fioritures, mais nous pourrons nous présenter devant le Maître sans attendre.

Lou déballa les vêtements et soupira. Une jupe longue, un corset, une cape...

Tout à fait son genre ! Si elle devait se battre, ce ne serait pas bien pratique.

Dubuissert lui tendit une chemise de flanelle blanche.

— Mettez cela sous le corset, je n'en ai pas besoin sous la veste et vous aurez moins froid.

Elle le remercia d'un signe de tête puis entreprit de se changer.

— Tournez-vous je vous prie.

Il s'exécuta et elle se dévêtit rapidement. Le froid mordant attaqua vite sa peau.

Elle décida de garder son jean sous sa jupe, de toute façon, avec ses après-ski, elle aurait l'air ridicule d'office. Le jean la protégerait du froid et lui permettrait d'arracher sa jupe au besoin.

Elle enfila ensuite la chemise par dessus son soutien gorge, puis entreprit de s'équiper du corset. Elle dut néanmoins se résoudre à faire appel à Dubuissert pour le serrer.

— Vous pouvez m'aider ?

Il se retourna et la découvrit de nouveau dans une tenue féminine.

La longue jupe rouge sang soulignait sa haute taille et le corset de satin noir lui donnait un piquant qui s'accordait à merveille à son caractère.

Il saisit les lacets du corset et tira suffisamment fort pour faire regretter à la jeune fille les quinze derniers repas qu'elle avait pris.

Après avoir noué le cordon en un joli nœud qui témoignait de la connaissance de Dubuissert en matière de corsets, il fouilla de nouveau dans les sacoches de Ferdinand pour en sortir une paire de bottes à talons.

— Voilà qui sera plus saillant que vos après-ski ! déclara-t-il en les lui lançant.

Elle les attrapa en grognant mais elle dut reconnaître qu'elles n'étaient pas inconfortables. À la rigueur, elle serait même plus libre de ses mouvements dans ces chaussures de ville que dans ses lourdes bottes de neige. Il lui tendit alors son sabre de poche, qui avait été si efficace la dernière fois !

— Merci, se contenta-t-elle pourtant de répondre en le glissant dans sa botte.

Un regard satisfait de Dubuissert plus tard, ils avaient laissé le traîneau à couvert et marchaient vers le poste de garde. Ils ne tardèrent pas à voir au loin quelques vampires en faction. Ils arrivaient sur le territoire du Maître.

Le cœur de Lou battait un peu plus fort, sans doute parce qu'Adam était proche.

Dubuissert, lui, se contentait de redouter la rencontre tout en étant prêt à l'affrontement.

Il tuerait son Maître s'il le fallait, il y était résolu. Encore faudrait-il qu'il y parvienne, en cas de lutte !

Les chiens loups marchaient aux côtés de Rodolphe et Louise, droits et fiers. Hinouk avait tant gagné en grâce et en légèreté que le chien râblé qu'il avait était, un peu pataud, avait disparu. Il avait aujourd'hui autant d'élégance que Kodiak.

Voyait-on qu'il n'était plus tout à fait animal ? Lou n'aurait su le dire, pour elle il était toujours son gros nounours et rien ne la ferait changer d'avis !

À l'approche des marcheurs et de leur escorte canine, un vampire s'avança.

Dubuissert avait déjà sorti son laisser-passer et le présenta derechef.

— Quel est l'objet de votre visite ? interrogea le vampire, tel un douanier d'un autre temps.

— Je viens rencontrer mon Maître.

Le cerbère porta son attention sur Lou.

— Voici ma compagne, je viens la présenter officiellement.

Lou tenta de dissimuler la surprise que lui occasionna la nouvelle. Avec un certain succès, à en croire le passage qu'on leur dégagea.

Ils arrivèrent ainsi devant l'entrée de la « Grotte ».

Jadis des autobus s'engouffraient dans cet antre, aujourd'hui réservé aux vampires et à leurs victimes.

Hinouk ouvrit la voie, suivi par Kodiak, Lou et Dubuissert.

Cernée par deux des plus puissants vampires qu'elle connaissait, Lou se sentait assez en sécurité pour marcher sans trop angoisser.

Pourtant, à mesure qu'elle avançait, la lumière du soleil s'atténuait et un signal de danger s'allumait dans son cerveau.

— Mon Seigneur, déjà de retour ?

D'une faille dans la roche, un homme d'une cinquantaine d'années d'apparence s'extirpa.

Sa nature n'était à n'en pas douter vampirique.

— Louis, toujours là où on ne vous attend pas !

Le ton sur lequel s'exprimait Dubuissert en révélait beaucoup de l'animosité qui semblait régner entre les deux vampires.

— Dois-je prévenir mon Maître de votre arrivée et de celle de votre... escorte ?

Dubuissert acquiesça fièrement d'un clignement de paupières puis répondit :

— Faites donc cela.

Le petit personnage sec apparu un instant plus tôt disparut alors par le même chemin.

Dubuissert se tourna vers Lou.

— Il y a des parasites dans toutes les espèces...

Il saisit Lou par le bras, la forçant à se tourner vers lui.

— Si les choses tournent mal, promettez-moi de ne penser qu'à vous. Je sais que secourir Adam est votre priorité, mais si vous êtes en danger, pensez surtout à vous. Vous êtes bien plus importante que vous ne le pensez.

Il leva ensuite sa main jusqu'à son visage, les yeux toujours rivés à ceux de Lou qui ne comprenait pas tout à fait ce qu'il voulait dire, mais son geste resta en suspend. Déjà on arrivait pour les emmener vers la salle centrale. Avant d'être à portée de vue de leur escorte, Rodolphe extirpa un pieu ouvragé de sa cape et le tendit à Lou.

Les mots étaient devenus inutiles.

Chapitre 26

Installé sur le bar aménagé en estrade, au cœur de la salle dont le sol et les murs étaient taillés à même la roche, le Maître avait l'air encore plus jeune que la dernière fois qu'elle l'avait vu.

Toujours perdu dans ses pensées, il avait l'air d'un illuminé. Il sembla acquiescer, comme s'il s'adressait à un être imaginaire, puis s'inclina. Lorsqu'il se releva, son esprit avait regagné la réalité.

— Mon cher Rodolphe, te voici de nouveau devant moi, si vite, et accompagné...

Rodolphe ne répondit rien. Il se contenta de courber la tête un bref instant, sans doute plus par obligation que par respect. Cela dit, comment Lou pouvait-elle en être sûre, puisque cet homme était son Créateur ?

— Que me vaut ce plaisir ? continua le Maître.

Rodolphe saisit Lou par le bras puis répondit, d'une voix calme, presque atone.

— Maître, vous m'avez accordé une disciple, je vous demande la permission d'en faire ma compagne.

Lou tenta malgré elle de faire bonne figure et de ne pas montrer sa surprise à l'évocation d'une telle relation entre eux.

— Ta compagne... As-tu vraiment besoin de mon assentiment pour faire de cette humaine ta compagne ? Convertis-la de suite et tu seras libre d'agir comme bon te semble.

Le Maître avait une voix si douce, comme un père réconfortant son enfant malade.

Lou se demanda s'il n'était pas en train de se moquer de Dubuissert.

— C'est que... Je les aime plus mûres, Maître, souffla-t-il sur le ton de la confidence.

En face de lui, son Créateur avait l'air d'un gamin. Pourtant, il sourit d'un air entendu.

— Je la trouve à point, pour ma part...

Son regard avait changé et Rodolphe le redouta.

— Maître, je souhaiterai une audience privée, si cela vous agrée.

Lou, interdite, se demanda ce qu'il se passait. Elle n'avait pas envisagé les choses sous cet angle et la tournure que prenaient les événements avait l'art de l'inquiéter.

Le maître se leva et d'un bond, imperceptible aux yeux de Lou, se retrouva auprès de Rodolphe.

Sa main fine aux longs ongles se posa sur la tête de Kodiak, qui ne broncha pas. Les yeux de son chien rivés aux siens, Lou comprit que ce n'était pas la peur mais bien la méfiance qui motivait son loup.

— Soit, je te verrai donc demain, dans mon boudoir. En attendant, ta compagne et toi pourrez regagner ton appartement. Elle n'est bien entendu plus ma prisonnière, mais elle reste ta responsabilité !

Rodolphe posa un genou à terre, inclina de nouveau la tête et murmura :

— Bien, Maître. Merci.

Puis il sortit de la salle centrale, entraînant dans son sillage Lou et les deux chiens. Avant de quitter la salle, Lou croisa le regard piquant de Petra, le « Sécron », qui l'avait, il y a peu, menée à une mort presque décidée d'avance à cause de Lydie Malverne. En pensant à la poitrine de la vampire qu'elle avait déchiquetée, Lou releva la tête. On pouvait être humaine et rester fière !

L'appartement mis à la disposition de Rodolphe par le maître était froid, comme le reste de la grotte. C'était plutôt, d'ailleurs, une cellule. Comme toutes les salles et toutes les pièces de l'ancienne champignonnière, une lourde grille en fer donnait accès à un espace plutôt large. Des tapis d'Orient déchiraient l'uniformité du sol de pierre poli par le temps comme autant de tâches rouges.

Un sofa confortable et une table basse de lourd bois scupté occupaient un côté de la pièce et Lou se laissa tomber sur le fauteuil, découragée.

Elle ne savait même pas si elle pouvait parler ouvertement à Dubuissert, elle soupçonnait même qu'on ait caché des espions dans les parages !

Elle brûlait d'avoir des nouvelles d'Adam. Elle avait pensé le revoir aussitôt franchies les portes de l'antre vampirique du Maître. Vingt-quatre heures à attendre lui semblait donc le bout du monde.

Avant qu'elle ne puisse les percevoir, Rodolphe annonça des pas dans le couloir menant à leur « logis ».

Lou fut néanmoins heureuse de découvrir Caliope et Anissa. La première avait les bras chargés de vêtements et Lou redouta de devoir encore subir les affres de la vêture royale qu'imposait le Maître.

Caliope déposa son fardeau sur la table basse et Lou ne distingua pas vraiment de corsage de satin, de corset ou de capes. Quelques éléments bien féminins s'y trouvaient en effet, mais le tas recelait aussi des jeans ou des pulls et Lou en vint à penser que les deux vampires avaient déjà compris la raison de leur retour et en préparaient la suite !

Des vêtements de voyage pour Lou et pour Adam...

— Louise, nous avons compris que vous n'appréciez que peu nos jolis atours, aussi nous avons pris la liberté de vous apporter quelques tenues plus à votre goût ! déclara Anissa dans un sourire.

Caliope lui tendit alors un jean et un pull. Elle la poussa presque derrière le paravent de manière à ce qu'elle les passe.

Lou ne se fit pas prier, elle ôta vite le corset avec le concours de la jeune vampire muette puis enfila la sélection proposée après une toilette de chat permise par le broc d'eau en porcelaine qui composait, avec une jolie cuvette, un ensemble de toilette désuet mais pratique.

Elle détacha ensuite ses cheveux et secoua la tête, elle avait horreur de devoir les attacher aussi strictement. Elle avait certes pris l'habitude, depuis qu'ils étaient plus longs, de les nouer, mais bien souvent elle les relevait négligemment et quelques mèches s'échappaient pour revenir sur son visage et souligner ainsi son caractère rebelle.

Lou revint s'installer dans le fauteuil, en face de Dubuissert. Celui-ci était pensif.

Sa longue silhouette ne passait pas inaperçue, même lorsqu'il était assis.

Elle aurait voulu poser mille questions mais se retenait de le faire car elle se doutait que l'endroit n'était pas sûr.

Les sens très développés des vampires permettraient très vite à ses ennemis de connaître les raisons de sa présence, ici, avec Dubuissert.

— Merci pour votre prévenance, vous pouvez dorénavant regagner vos quartiers, nous saurons bien nous occuper.

Anissa et Caliope se retirèrent donc, dans un sourire.

Avant de franchir la grille qui composait la limite de leur « appartement », Caliope se retourna et tapota son aine, en regardant Lou avec insistance.

Lou porta machinalement son regard vers son propre corps, mais ne comprit pas de suite le sens du geste de la jeune vampire.

Le silence s'installa entre les deux compagnons de route. La contrariété gagnait Lou à mesure que les minutes s'écoulaient et elle demanda :

— Avons-nous l'autorisation de sortir de notre suite ? J'aimerais me dégourdir les jambes.

Dubuissert comprit bien sûr qu'elle voulait surtout explorer les environs, parcourir les couloirs et les salles de l'antre du Maître afin de découvrir un indice quant au sort d'Adam, mais il n'y fit aucune allusion.

— Ce n'est pas possible, ma mie.

De nouveau le silence s'installa. Lou était vaincue de fatigue, pourtant dormir lui paraissait incongru alors qu'Adam était sans doute en train de souffrir quelque part non loin d'elle.

Elle se leva de son fauteuil, bien plus inconfortable qu'il ne le paraissait et commença à aller et venir dans la pièce.

Machinalement, elle posait les pieds entre les motifs des tapis, sans jamais mordre sur les lignes. Sa préoccupation était palpable, et Dubuissert en était énervé.

Elle n'avait pas rechaussé ses bottes, pour être plus à l'aise, et son jean lui mangeait la moitié des pieds.

Kodiak et Hinouk avaient eux aussi bien conscience de l'état de nervosité dans lequel se trouvait leur maîtresse. Occuper son esprit, occuper ses pieds, occuper ses mains... Elle croisait les bras, les décroisait, entortillait ses doigts, se massait la nuque, mettait les mains dans les poches.

C'est en ressortant sa main de la poche qu'elle comprit le regard de Caliope. Au fond de la poche du jean, il y avait un petit papier qui tomba sur le sol lorsque sa main quitta la poche.

Les loups dressèrent les oreilles, Dubuissert focalisa son regard sur le morceau de papier que déjà Lou dépliait.

« Adam faible mais en vie, toujours gardé dans la même salle, fuite prête. Attendons instructions avec lessive. »

Ils n'étaient pas observés, mais écoutés sans doute, aussi se dirigea-t-elle vers Dubuissert et prit son courage à deux mains. Elle s'installa sur les genoux du vampire qui en retint un hoquet de surprise et se contint en lisant le mot. Elle enfuit sa tête dans son cou puis lui souffla, dans un murmure :

— Nous pouvons y aller ! Qu'en pensez-vous ?

À son tour, Dubuissert joua le jeu et écarta une mèche de cheveux roux qui avait glissé dans le cou de sa partenaire puis susurra :

— C'est dangereux, nous pourrions attendre l'entrevue et si elle n'est pas positive, alors nous interviendrons.

Le contact de la peau chaude de Louise était un supplice pour lui. Le sang de la jeune femme battait dans ses veines, faisait osciller son épiderme en un milliers de vagues gourmandes. Était-ce le fait d'y avoir goûté une fois qui provoquait une telle envie, presque impossible à réprimer, d'y goûter encore ?

— Si l'entrevue est un échec, nous serons à découvert et surveillés, car votre maître se doutera que nous tenterons quelque chose. C'est ce soir ou jamais.

Lou se détacha de l'étreinte du vampire et planta son regard vert dans les ténébreuses prunelles de Dubuissert. Elle lui passait un message de détermination qu'aucun mot n'aurait pu traduire.

L'encre noire des yeux de Dubuissert parut se voiler un instant puis il espéra qu'elle pourrait lire sur ses lèvres :

— Je suis désolé, je n'ai pas le choix.

Il posa ses deux mains en corolle autour du visage de Lou puis la tira vers lui et l'embrassa.

D'abord doucement, puis avec plus de hardiesse.

Lou était submergée par l'étonnement à tel point que la colère ne vint pas.

Les lèvres fraîches de Dubuissert étaient bien plus douces que dans son souvenir et lorsque la langue téméraire du vampire se glissa entre ses lèvres pour chercher la sienne, elle n'eut pas de réaction immédiate.

Un frisson parcourut son échine, en découvrant pour la première fois ce qu'était un baiser. Un vrai.

Fermant les yeux et oubliant où elle était, avec qui et pourquoi, elle se laissa aller au plaisir de la découverte. Sa langue offrit un pas de deux à celle de Dubuissert et un ballet voluptueux s'improvisa.

Les mains de Dubuissert, posées sur son visage, offraient un refuge bienvenu à Lou qui s'abandonna. Ses doigts remontèrent jusqu'à la chevelure épaisse de Dubuissert et se glissèrent dans la masse brune, attirant un peu plus vers elle le visage du vampire.

— Je vois que j'interromps quelque chose...

La voix nasillarde du « Sécron » tira Lou de son abandon et elle se détacha à la hâte de Dubuissert.

Le feu aux joues, se rendant compte de la situation, elle baissa les yeux.

— Je vous apporte vos repas, selon les ordres du Maître. Il vous fera quérir dans la matinée, demain, Seigneur Dubuissert.

Une jeune fille s'avança vers la table et déposa un plateau chargé de victuailles plutôt alléchantes pour Lou. Mais rien pour Dubuissert.

— Il n'y a qu'un repas, risqua Lou.

— Non, celui du Seigneur Dubuissert sert le vôtre en ce moment.

Lou mit un quart de seconde à réaliser que la jeune fille qui ne devait pas avoir plus de seize ans était désignée d'office pour être dévorée par le vampire.

Elle savait que Dubuissert avait besoin de sang, et humain de préférence, car les événements à venir seraient pénibles, mais de là à le voir se nourrir à la source et peut-être même tuer cette gamine qui n'était pourtant pas beaucoup plus jeune qu'elle !

Un haut le cœur saisit Lou et elle reprit, bravant tous les dangers :

— Non, je serai sa source, cette jeune fille est encore bien verte, et mon Initiateur les aime mûres ! En attendant, je lui offrirai ma veine.

Le « Sécron » attrapa la jeune fille par le bras et la poussa sans ménagement vers la sortie.

— Il sera fait selon vos envies, Madame, puisque mon Maître en a décidé ainsi.

Les mots de la vampire sonnèrent le glas de la raison de Dubuissert.

Le Maître avait déjà donné des instructions concernant Lou. Il était rare qu'on appelle Madame une humaine dans l'entourage du Maître, il fallait qu'elle ait un statut particulier à ses yeux. Comme il l'avait craint, Lou était en danger...

Il fallait donc agir vite, et trahir son Maître, ouvertement, pour sauver une humaine.

Petra quitta les lieux, emportant dans son sillage l'humaine qui n'avait rien obtenu d'autre qu'un sursis, en réalité. Lou en avait sans doute conscience et elle se maudit intérieurement, car ce qui la préoccupait plus dans l'histoire n'était-il pas que Dubuissert ne se rende pas coupable de meurtre ?

Ce n'était pas pour la jeune fille qu'elle était intervenue, elle s'en rendait compte, c'était plutôt pour lui. Et pour elle-même...

La soupe de légumes était savoureuse, mais Lou n'y goûta que peu. Dubuissert avait repris un visage fermé et sa mine était encore plus taciturne qu'à l'accoutumée.

Si au moins il avait pu se nourrir, il aurait fait en sorte de ne pas tuer la jeune fille par égard pour Louise Godin, mais elle le privait d'un repas plutôt important vu les circonstances, et se faisant elle le traitait comme un enfant !

Il la regarda avec plus d'attention. Elle jouait avec sa cuillère à soupe plus qu'elle ne mangeait. Son bouillon avait l'air plutôt bon, pourtant. Elle était sans doute aussi préoccupée que lui.

Il se leva d'un geste brusque et s'approcha d'elle. Il se saisit du couvert de Lou et le posa sur le plateau. La demoiselle leva des yeux étonnés vers lui et se trouva sur ses pieds en une fraction se seconde. Dubuissert l'avait attrapée par le poignet et elle était maintenant contre lui. Un doigt sur la bouche, il lui enjoignit de se taire. La main dans la main, ils quittèrent leur « suite » et longèrent d'abord un couloir.

Le corridor était plongé dans la pénombre. Si Dubuissert n'était en rien gêné par l'obscurité, Lou, elle, n'y voyait goutte et perdait fréquemment l'équilibre sur le sol glissant.

Dubuissert glissa une main dans le dos de Lou et agrippa son bras, l'invitant à s'appuyer sur lui. Il faut bien dire que c'était confortable de pouvoir se laisser aller contre Dubuissert, de s'en remettre à lui, mais jamais elle ne l'aurait avoué ! Elle préférait garder l'illusion d'avoir le plein contrôle des événements. Ils cheminèrent plusieurs minutes dans un silence uniquement brisé par les battements de cœur de Lou. Un bruit inaudible pour Lou mais un vacarme terrible pour Dubuissert, qui imaginait le sang délicieusement carmin de Lou jaillir de l'organe à chaque battement.

Il prit une inspiration profonde et essaya de se vider la tête de ces images voluptueuses. Les images gourmandes s'effacèrent peu à peu et le galop perçant se transforma en douce mélodie, ce qui permit à Dubuissert d'entendre avant Lou un autre bruit, bien plus dangereux que les battements de cœur de sa compagne.

Des pas résonnaient au loin, des pas qui n'avaient pas besoin de se cacher.

À en juger par leur bruit et leur fréquence, il s'agissait d'une personne seule, sans doute une jeune vampire dont les talons claquaient et qui n'avaient pas encore pris la mesure de la légèreté qui lui avait été offerte avec sa nouvelle nature. Ne souhaitant pas être surpris, Dubuissert entraîna Lou dans une faille dans le mur. L'espace y était particulièrement restreint et ils se retrouvèrent collés l'un à l'autre. Dubuissert tenta d'enfuir Lou dans ses bras.

— J'ai peur qu'on ne sente votre odeur d'humanité, murmura-t-il dans un souffle.

Heureusement que les chiens étaient restés dans la « suite », leur odeur aurait été impossible à couvrir.

Lou ne fût pas longue à trouver la solution adéquate :

— Mordez-moi, votre odeur vampirique décuplée couvrira la mienne, lui répondit-elle d'une voix presque imperceptible, mais pleine d'assurance.

Elle avait raison, mais le pouvait-il ?

Les pas se rapprochaient néanmoins et elle renversa la tête. La gorge offerte était palpitante et les mains de Lou, agrippées à ses épaules, encourageait à la manœuvre.

Dubuissert se pencha vers la peau de Lou, sentant les ondes électriques provoquées par le mouvement régulier de la carotide galopante. Ses lèvres fraîches se posèrent sur Lou, juste au dessus de l'artère et le contact électrisa la jeune femme. Elle sentit la caresse des crocs, puis la pénétration des dents dans sa chair. Un frisson la parcourut toute entière et elle dut se retenir à son « agresseur » pour ne pas tomber. Elle aurait dû manger !

— Bon appétit !

Une voix joyeuse les tira de leur étreinte. La jeune vampire venait de passer à leur hauteur et effectivement avait pris les deux aventuriers pour un vampire et son repas.

Dubuissert s'arracha malgré lui à la peau de Lou et avala doucement la dernière gorgée de sang. Il en avait prélevé très peu, mais avait dû faire preuve de beaucoup de raison pour ne pas aller plus loin.

Sans un mot, presque gênés même, ils reprirent leur route. Dubuissert ne percevait toujours pas l'odeur d'Adam et cela le préoccupait. Il n'était pas mort et toujours dans la place, selon Caliope et Anissa, alors son odeur aurait dû être perceptible.

Cependant, l'odeur du sang de Lou, dont le cou était à nu, dominait largement.

Il sortit un mouchoir immaculé de sa poche et le tendit vers la marque des crocs qu'il avait laissée dans le cou de sa compagne.

— Trop tard...

La voix de Louis, ce parasite qui les avait accueillis à leur retour dans l'antre, les immobilisa.

— Suivez-moi, reprit-il sur un ton dont la suffisance n'avait d'égale que le bonheur d'avoir piégé Dubuissert.

— Et si je refuse ? se permit Dubuissert qui était hiérarchiquement bien supérieur à Louis.

Louis tira sur une corde qu'il avait dans la main et ricana :

— Alors je le tuerai !

Il alluma une torche d'étoupe et révéla son butin.

— Non, cria Lou en reconnaissant les traits d'Adam. Elle avança vers lui, une main tendue vers son visage. Adam était hagard, comme perdu. Il regarda Lou sans vraiment la voir puis, lorsqu'elle toucha son visage, étira sa bouche en un sourire carnassier qui dévoila de longs crocs pointus, des dents qu'elle ne lui connaissait pas.

Ses yeux étaient injectés de sang, ils avaient dû lui faire subir les pires tortures. Le cœur de Lou saigna. Elle s'en voulut d'être partie sans lui et de l'avoir ainsi laissé aux mains de ces bourreaux.

Résigné, Dubuissert répondit :

— Bien, nous te suivons.

Ils arrivèrent dans la salle centrale où le maître et sa cour les attendaient.

Après un salut forcé devant le Maître, celui-ci prit la parole.

— Je suis un peu étonné, Rodolphe. Que faisais-tu avec ton humaine dans mes allées ?

La voix était presque amicale, mais Dubuissert ne s'y trompa guère. Il savait à quel point le Maître pouvait être mielleux avec une personne et lui déchirer la poitrine l'instant d'après.

Des vampires curieux, attirés par les bruits de couloir, affluèrent vite.

Anissa et Caliope furent parmi ceux-là. Elles étaient accompagnées des chiens de Lou, qui en ressentit un soulagement.

Ses loups vinrent en effet se poster à ses côtés, et cette présence rassurante la revigora.

Louis avait toujours la corde au bout de laquelle il menait Adam. Dans la lumière plus claire de la grande salle, Lou fixa son attention sur Adam pour le découvrir bien différent du souvenir qu'elle en gardait.

L'avait-on drogué, si tant est que la drogue puisse avoir un effet sur lui ?

— Je ne vais pas vous mentir, Maître, nous sommes venus pour reprendre notre ami. C'était l'objet de ma demande d'audience.

Dubuissert avait été direct, car il ne souhaitait pas mentir. Il gardait un profond respect et une affection sincère pour son Maître, même s'il savait aujourd'hui qu'il était prêt à le tuer s'il le fallait.

Le Maître ne parut pas surpris outre mesure, mais bel et bien contrarié.

— Je trouve que tu demandes beaucoup, en ce moment, Rodolphe. Être mon préféré ne justifie pas ta gourmandise de pouvoir. Je t'ai accordé l'humaine, que j'aurai bien gardée pour moi, laisse-moi donc ce jouet merveilleux ! D'ailleurs, tu connaissais l'existence d'un tel spécimen et tu ne m'as parlé de rien. Tu es bien déloyal, maintenant.

Le Maître se leva de son estrade. En une seconde à peine, il fut devant Lou. Sa main fine, aux ongles longs et effilés, se posa sur la joue de la jeune femme. Kodiak réagit au quart de tour et grogna. Lou posa alors une main qu'elle espéra convaincante sur la tête de son chien pour lui enjoindre de se taire.

— Je vais être clément, je te laisse le choix ! Tu ne peux pas avoir deux jouets et moi aucun, alors lequel prends-tu, et lequel puis-je garder ?

Le regard noir de Dubuissert se posa sur son Maître et pour la première fois sans doute de sa vie, il défia son créateur.

— Je réclame les deux, Sire.

La main si fine s'abattit sur le visage de Rodolphe avec une telle violence que le vampire recula de plusieurs mètres.

— Tu ne réclames rien du tout ! tonna le Maître.

Rodolphe se releva et revint à sa place, près de Lou.

Adam avait suivit la scène sans rien dire. Un éclair de lucidité sembla traverser sa conscience et il reconnut son amie.

— Lou, lâcha-t-il dans un souffle.

Le maître tapa dans les mains et une vampire d'une grande beauté s'avança vers lui, un plateau à la main. D'un signe du doigt, le vampire à la mine d'adolescent commanda de soulever la cloche. Un rictus se dessina sur ses lèvres, qui mit sans doute mal à l'aise une grande partie de l'assemblée, lorsque le plateau révéla son contenu. Le Maître tendit la main et se saisit du pieu proposé.

Hinouk et Kodiak relevaient leurs babines, montrant leur désaccord, mais le Maître ne s'en retourna même pas.

Il posa sa main libre sur le visage de Lou, le caressant du menton à la tempe, s'arrêtant sur le rebondi de la joue. Les lèvres pincées, Lou subissait le contact, ses yeux verts exprimant clairement son dégoût.

—Ne la touchez pas ! la défendit Rodolphe en avançant déjà, menaçant.

Le Maître reporta son attention sur celui qui avait jadis été son disciple puis claqua des doigts. Aussitôt, deux vampires imposants vinrent se saisir de Dubuissert, le maîtrisant et lui maintenant les bras vers l'arrière, poitrine offerte.

— Tuez-moi si vous le souhaitez, mais laissez-la partir...

Lou posa un regard empli de tendresse sur Dubuissert. Il avait parlé sur un ton presque suppliant qu'elle ne lui aurait jamais imaginé. L'idée de le perdre, ici et maintenant, lui sembla d'un coup insupportable, insurmontable.

Lorsque le maître vampire aux allures de jeune homme s'approcha de Rodolphe, le pieu en main, elle paniqua.

— Non, je vous en supplie... lâcha-t-elle.

La voix chevrotante de leur maîtresse eut un effet stressant sur les chiens qui s'agitèrent.

— Quand comprendrez-vous, tous les deux, que je suis le seul Maître ici. Je décide, j'ordonne, on ne me trahit pas, on m'obéit ! J'aurais pu faire de vous de grandes choses, toi, qui étais comme mon fils, je t'aurais fait mon successeur, et toi, sorcière rousse, tu aurais pu être bien plus qu'une simple humaine à mes côtés.

Lou releva la tête, planta ses yeux francs dans le regard du Maître et déclara, froidement :

— Plutôt mourir...

Un ricanement du chef des vampires précéda sa réplique :

— Tu ne perds rien pour attendre. Tu vas juste voir tes amis mourir, puis se sera ton tour... Rodolphe, en souvenir de la tendresse que je t'ai portée, tu vas mourir vite. En revanche, ta chère humaine, pour qui tu as renié ta famille, elle, va souffrir !

Dubuissert essaya bien de résister à la prise des vampires qui lui servaient de cerbères, mais c'était visiblement peine perdue.

Lou, qui n'était pas entravée, essaya de trouver une solution, une fuite, un repli, mais elle ne voyait aucune possibilité.

Lorsque le Maître releva le pieu en direction de la poitrine de Rodolphe, alors qu'Adam s'agitait au bout de la corde tenue par Louis, la panique la gagna.

Elle vit ses chiens, proches des gardes de Rodolphe, elle vit Adam, qui semblait reprendre des couleurs, ou tout au moins ses esprits, elle se souvint de sa lame, toujours coincée dans sa botte...

Rodolphe n'était pas prêt à mourir, il se débattait comme un beau diable et cherchait à échapper à ses geôliers, ce qui avait le don de faire sourire le Maître.

— Tu vas mourir, tu me manqueras, mon fils... souffla le Maître.

— Non, cria Lou, qui plongea vers sa botte, tandis qu'elle faisait signe à Hinouk d'attaquer les deux sbires du Maître qui entravaient les gestes de Rodolphe.

— Adam, mords-le, ordonna-t-elle en hurlant pour fendre le vacarme que sa révolte provoquait parmi la foule.

Adam parut un instant chercher à comprendre et Kodiak saisit l'occasion pour attaquer. Il se dirigea vers Louis, les poils hérissés, les crocs révélés. En l'espace d'une seconde, tout dérapa.

Les crocs de Kodiak, encore canin, se plantèrent dans la jambe de Louis qui ne réagit que très peu. La douleur n'était pas insoutenable, mais l'attitude du chien eut l'effet d'un électrochoc sur Adam qui comprit ce qui lui restait à faire. Les yeux moins perdus qu'une seconde plus tôt, il se retourna vers Louis et tira sur la corde qui les solidarisait l'un à l'autre.

— Tu cherche à te rebeller, chien ? interrogea Louis, plein d'orgueil, en assénant un violent coup de poing à Adam, qui le reçut au niveau de la tempe. L'Équilibré s'agrippa au bras du vampire au front dégarni, tandis que le loup revenait à l'attaque au niveau de la jambe. Aucune douleur ne pouvait vraiment ressortir de l'attaque combinée du chien et d'Adam, mais une gêne assez significative pour lui faire baisser sa garde.

Hinouk, qui n'était plus tout à fait le même chien que son frère, avait lui aussi saisi l'importance du moment. Il sauta sur un des deux geôliers de Dubuissert qui fut surpris par l'attaque et n'eut pas le réflexe de se défendre ou de se protéger.

La morsure de ce chien d'un genre nouveau, de ce vampire inédit, eut le même effet que celle des Équilibrés.

Le vampire touché s'effondra lourdement, déjà secoué par les affres de l'agonie.

De violentes convulsions se saisirent de lui, tandis que de la bave mousseuse s'échappait de sa bouche tordue par la douleur. Les secousses durèrent une minute qui sembla interminable, puis le rythme diminua pour s'arrêter avec la mort du sujet.

Alentour, les vampires se turent. Tous fixèrent leur attention sur la mort de l'un des leurs, une mort dont ils avaient entendu parler il y a peu mais qu'ils pensaient être une fable. Effaré, le Maître suspendit son geste dans l'air et le picu qui allait frapper la poitrine de Dubuissert se baissa.

L'incompréhension se lisait dans le regard du Maître comme dans ceux de ses sbires.

Même Anissa et Caliope étaient interdites. Le seul que cette mort n'étonna pas fut Adam qui connaissait l'effet de la morsure d'un croc d'Équilibré. Alors que la stupeur régnait encore, Adam en profita pour tenter de se libérer de la corde. Louis essaya de réagir tandis qu'Adam bataillait ferme pour s'émanciper du lien. L'odeur du sang versé par Hinouk eut pour effet de décupler la rage d'Adam, ainsi que sa force. Quand Louis revint à la charge avec un coup de poing prompt à faire chanceler le plus résistant des vampires, Adam réagit avec une vitesse sans commune mesure et le poing du vampire à la solde du Maître se retrouva tout entier dans la bouche d'Adam, qui referma ses crocs sur les doigts. Les yeux ronds de Louis devinrent deux billes d'incrédulité tandis que son corps s'affaissait et calquait déjà son rythme sur les soubresauts qui avaient secoué son camarade un instant plus tôt.

Son épée miniature en main, Lou ne pouvait s'en servir. La vision de ce que provoquait la morsure des Équilibrés était à la fois terrifiante et fascinante. La Maître, fou de rage à cause de la tournure que prenaient les événements, reporta son attention sur Rodolphe, qu'il rendit responsable de la débâcle de son autorité. Alors que ce dernier s'agitait en tous sens pour échapper au second de ses gardiens, le pieu s'abattit violemment vers lui, le touchant en plein visage et laissant une entaille profonde et sanglante.

La cour du Maître, victime d'une fascination morbide pour ce qui se passait, ne bronchait pas, à l'exception de Petra qui s'avança. Elle était une des plus proches suivantes du Maître et sa fidélité était sans faille, elle serait morte mille fois pour lui.

Lou, tirée de sa torpeur par les grognements de Hinouk, se retourna pour découvrir Petra dans son sillage. Sa petite épée de fortune à la main, elle assit sa position, jambes légèrement fléchies, prête à recevoir l'assaut de celle qu'elle avait surnommée « le Sécron ».

Le danger frôlant ainsi Lou poussa Dubuissert à décupler ses efforts en vue de se libérer tandis qu'Adam, requinqué par le sang de Louis, grisé par la sensation enivrante de sa liberté retrouvée, commença une moisson particulière.

Petra vola presque dans les airs jusqu'à Lou, avec une force qui fit s'écrouler la jeune fille à l'impact. L'apparence fluette de la vampire n'était en rien le reflet de la réalité. Elle avait sans doute plus de force et de rage même que Lydie Malverne.

Lou avait combattu Lydie pour sauver Rosalie, elle combattrait Petra pour sauver Adam et Rodolphe.

Elle repoussa l'assaut de Petra et se releva donc d'un bond, tandis que la vampire avançait déjà pour revenir à la charge.

Plus aucune restriction n'était de mise et Petra ne se gêna donc pas pour utiliser la force et les capacités des vampires que lui dispensait l'absence de soleil.

Lou, toujours équipée de son épée de poche, dérisoire, ne savait où donner de la tête et n'allait pas tarder à s'avouer vaincue. Elle tournait sur elle même, la lame en avant, espérant que Petra, dans sa précipitation, ne saurait éviter les blessures que le hasard lui fournirait.

Dubuissert, lui, tentait de reprendre le dessus face au Maître, qui avait toujours en main le pieu. Contrairement aux apparences, Dubuissert et ses quelques siècles étaient bien plus jeunes que son créateur, qui comptait bien plusieurs millénaires.

La haute stature de Rodolphe aurait vite dû prendre le dessus si le maître n'avait rien été de plus que l'adolescent auquel il ressemblait. Pourtant, son statut d'ambassadeur du Cauchemar lui procurait une force incommensurable, et Dubuissert faiblissait, sans pour autant s'avouer vaincu. Les coups du Maître étaient précis, d'une violence inouïe, mais Dubuissert se relevait sans cesse. Tant qu'il résistait au Maître, Lou avait une chance de se sauver, de sauver sa vie !

Il aurait voulu regarder dans sa direction pour s'assurer qu'elle allait bien, mais les attaques en rafale de son Créateur ne lui en laissaient pas l'occasion.

À maintes reprises, il essaya de porter un coup à son père en vampirisme, mais son frêle adversaire avait une capacité d'anticipation supérieure à tous les vampires.

À bout de forces, mais refusant de renoncer, Dubuissert portait lui aussi des coups, qui allaient bien souvent dans l'air plutôt que vers sa cible. Néanmoins, son poing parvint à atteindre le bras du Maître qui en lâcha le pieu de stupeur. Hinouk attrapa le morceau de bois ouvragé au vol, coinçant la pointe entre ses dents. En quelques secondes à peine, il fut aux pieds de Lou, qui se débattait toujours pour repousser les assauts du « Sécron ». Son visage avait souffert du combat et les traces qui s'étaient effacées après le combat avec Lydie revenaient en force. Pourtant, Lou n'était pas plus décidée que Dubuissert à lâcher prise. Elle lançait sa lame sans arrêt et parvenait parfois à toucher Petra qui la trouvait d'ailleurs bien résistante pour une simple humaine.

Lassée de jouer, elle finit pourtant par lui asséner un violent coup de pied sur le côté du genou. La rotule de Lou sortit de son logis et la jeune fille s'écroula, déséquilibrée et vaincue par une douleur fulgurante.

Hinouk s'approcha de sa maîtresse plus vite que ne le fit Petra et déposa dans le creux de sa main le pieu du Maître, dégoulinant de salive.

Les larmes ruisselant sur son visage, Lou se saisit de l'arme providentielle et se protégea de l'assaut de Petra bras croisés sur la poitrine, pieu en avant.

Entraînée par son élan, Petra ne parvint pas à s'arrêter et le pieu s'enfonça dans la chair de son bras. Elle s'immobilisa, regarda Lou dans les yeux, puis entreprit de rire, car le pieu n'avait pas touché son cœur. Pourtant, elle roula sur le côté, la bouche figée dans un rictus qui n'avait plus rien du sourire malsain qu'elle affichait une seconde plus tôt.

Son corps fut soulevé par des convulsions atroces et elle cracha une salive devenue presque jaune, en laissant échapper de sa bouche des râles étouffés, annonceur d'agonie foudroyante.

Lorsque le corps de Petra ne fut plus qu'un morceau de peau desséché d'où les veines saillaient, le Maître tomba à genou.

— Mon enfant… murmura-t-il.

Dubuissert profita de ce moment pour chercher Lou des yeux, la trouva allongée à terre mais sauve et leur regard, bref mais intense, témoigna de leur soulagement de se savoir l'un et l'autre en vie. Lou, qui avait gardé le pieu en main, le lança à Dubuissert qui l'attrapa au bond. Il allait le planter dans le cœur de son Maître, mais celui-ci se releva de rage, et se jeta sur Lou, qu'il jugeait responsable de la mort de Petra. Il avait perdu trois enfants aujourd'hui. Deux étaient morts à cause d'elle et il allait tuer le troisième par sa faute également. Il atterrit sur le corps de la jeune fille, toujours au sol, puis écarta violemment sa tête, dégageant ainsi son cou. La veine jugulaire de la jeune fille était là, chargée du sang désoxygéné. Les crocs du Maître se plantèrent dans la chair de Lou et elle découvrit la douleur de la morsure cruelle.

Chancelante, sous l'effet combiné des élancements des blessures physiques et mentales, elle crut son heure arrivée, essayant de repousser son assaillant sans succès. Lorsque le vampire se décolla d'elle, arrachant un cri de souffrance à Lou, elle ne mit pas longtemps à comprendre ses intentions.

D'un coup de croc encore sanglant, il arracha sa propre chemise au niveau du poignet qu'il porta à ses lèvres. Il enfonça ses crocs dans sa propre chair et fit couler son sang. Le liquide glacial coula sur le menton de Lou mais elle ferma désespérément la bouche. Enragé, le Maître tira les cheveux de Lou, maintenant sa tête en arrière dans l'espoir de lui faire ouvrir la bouche, de douleur ou de dépit.

Serrant les lèvres jusqu'à en saigner la jeune femme refusait de le laisser gagner. Elle préférait mourir que de devenir sa Disciple. Pourtant, ses forces s'amenuisaient et elle se sentait peu à peu partir vers sa damnation, lorsque le Maître suspendit son mouvement. Ses yeux enragés se teintèrent d'étonnement, puis il bascula sur le côté. Lou s'écarta autant qu'elle le put malgré la douleur que son genou déboîté lui procurait.

— Comment as-tu pu... souffla le Maître, à l'agonie.

— Je l'aime plus que vous, tout simplement, répondit Dubuissert.

Les convulsions qui secouèrent son créateur n'attirèrent aucune compassion dans le cœur de Dubuissert. Il rejoignit Lou et s'assura que la vie n'avait pas quitté le corps de son amie. La jeune femme avait encore les lèvres scellées. Il essuya le sang du Maître qui marquait le menton de Lou, puis les deux se regardèrent, frappés d'incompréhension. Le Maître ayant rendu son dernier soupir, plus aucun bruit ne subsista. Un silence plus épais qu'une chape de plomb s'était subitement abattu sur le lieu.

Les vampires encore debout s'agenouillèrent, et regardèrent Dubuissert.

Lou comprit que la mort du Maître faisait de lui son assassin, certes, mais aussi son successeur. Soulagée de voir enfin ce combat prendre fin, Lou osa entrouvrir les lèvres.

— Adam, murmura-t-elle...

Elle s'attendait bien évidemment à voir son ami accourir, sain et sauf.

Mais c'est un cri affreux qui retentit. Caliope, pleurant à chaudes larmes, tenait entre ses bras le corps presque momifié de sa sœur Anissa. Voyant la mort à laquelle avait succombé celle qui était devenue leur amie, Lou comprit qu'elle était le résultat de la morsure d'un Équilibré. Elle crut tout d'abord qu'Hinouk avait mordu la vampire, dans la panique du combat. Dubuissert l'aida à se relever et elle s'approcha de Caliope, sautant sur sa jambe valide, appuyée sur Dubuissert. La douleur qui électrisait son genou n'était plus rien comparée à la peine de voir le chagrin qui ébranlait la vampire muette. La perte d'Anissa était injuste car bien que disciples du Maître, Anissa et Caliope n'en avaient pas moins aidé largement Lou et soutenu Dubuissert. C'est à lui qu'elles avaient offert leur fidélité dès le premier jour.

Une trace de crocs était bien visible, mais les deux saillies étaient bien trop rapprochées pour être l'empreinte des crocs d'Hinouk.

— Adam, murmura à nouveau Lou, comprenant l'affreuse réalité qui s'offrait à elle.

Des sanglots secouaient Caliope. Savait-elle qui était responsable de la mort de sa sœur ?

Dubuissert aida Lou à s'asseoir à même le sol, puis se concentra sur le genou de cette dernière.

Il fallait partir et l'état de sa rotule, déboîtée, ne le permettait pas. Une fois de plus, Lou serra les dents. Elle savait que la manœuvre qu'entreprenait Dubuissert allait être douloureuse, mais nécessaire. Il fallait au moins qu'elle puisse poser le pied par terre et physiologiquement, elle ne le pouvait pas. Lorsque le genou serait remis dans l'axe, elle le pourrait. Ce serait douloureux, largement douloureux, mais elle serait à même de marcher.

Son jean était assez serré pour voir que le genou était enflé. Dubuissert passa la main sur le dessus de l'articulation plusieurs fois, cherchant la rotule.

La luxation était sévère. Dubuissert tendit la jambe de Lou, doucement. Il fallait que la rotule revienne d'elle même dans l'axe, suite à l'extension du membre.

La douleur était telle que Lou détourna le regard. Elle prit une profonde inspiration et ferma les yeux pour ne plus voir les larmes de Caliope. Elle plongea ses mains dans la fourrure de Kodiak, resté à ses côtés, puis elle voyagea vers la Bâtisse, ses repères, sa petite Rosalie, son frère, ses amis... Coincée contre le mur de pierre glaciale, Lou se laissa aller à rêver de lumière, de neige immaculée, de promenades en traîneau. Sa rotule revint dans l'axe dans un bruit de branche qui casse, instillant une violente décharge de douleur dans sa jambe. L'instant d'après, elle ouvrit les yeux.

Elle vit d'abord Dubuissert qui la regardait, attendant le verdict de sa patiente pour savoir si la manœuvre avait porté ses fruits. Puis elle constata que la plupart des vampires agenouillés plus tôt avaient déjà regagné leurs quartiers. Enfin, le sol parut lui sauter aux yeux et elle découvrit, abasourdie, un spectacle aussi immobile que violent.

Des dizaines de vampires étaient allongés, là. La majorité des vampires qui avaient assisté au début du combat, à vrai dire, était encore présente. Ils étaient morts. Secs. Victimes de la morsure équilibrée. Un carnage total. Alors même qu'elle haïssait ces vampires qui avaient eu les pires desseins à l'encontre de l'humanité, elle ne put s'empêcher de penser que ce n'était plus une bataille mais un crime de guerre.

Une exécution sommaire, sans aucune forme de procès. Celui qui avait été son ami, celui pour lequel elle s'était battue, était devenu un monstre. Leur seule présence ne justifiait sans doute pas qu'ils meurent tous. Certains, comme Anissa, étaient peut-être de potentiels « Humanistes » !

Dubuissert ordonna qu'on brûle les corps de tous les vampires victimes d'Adam.

Il s'occupa lui même, néanmoins, du corps d'Anissa, à qui il réserva des funérailles respectueuses.

Il laissa à leur destin les vampires survivants, leur précisant néanmoins que la race des Équilibrés se répandait. Le traumatisme du carnage les dissuaderait sans doute de vouloir, à nouveau, œuvrer pour annexer le monde. Quelques ennemis en moins.

Hinouk fut le premier à retrouver un comportement normal. Il rattrapa les voyageurs sur le chemin du retour. Dégrisé du sang qu'il avait ingurgité, il retrouva sa bonhomie classique, si humaine parfois. Son frère l'accueillit avec joie, tout comme Lou. Elle était sur le basket du traîneau, conduit par Dubuissert qui le poussait essentiellement pour soulager les efforts de Kodiak.

Son frère de nouveau sous la ligne de trait, le traîneau pris une allure plus dynamique.

Caliope, elle, montait Ferdinand. Rodolphe avait refusé de la laisser derrière lui et Lou avait été d'accord avec lui. Cette nouvelle façon de fonctionner, à l'unisson, était plutôt confortable, finalement.

Son genou était bien serré dans une atèle de fortune et elle était persuadée que son entorse guérirait vite. Plus vite que son cœur, à n'en pas douter.

— Il reviendra, tenta de la rassurer Dubuissert.

Dans quel état ? S'il était un monstre, il serait dangereux pour tout le monde ! pensa Lou, mais elle se garda bien de partager ses inquiétudes.

Chapitre 27

Margot savait qu'Adam était proche, elle le sentait. Elle sentait aussi un tumulte dans ses émotions qui lui laissait entrevoir les pires choses. Le cœur de son fils était ravagé par la peine et Margot craignait que Lou ne soit morte. Qu'est-ce qui aurait pu mettre son fils dans un état pareil ?

Ses craintes enfouies tout au fond d'elle même, elle vaquait à ses occupations.

Il fallait préparer l'attaque, de pied ferme. Maintenant qu'Adam était libre, il fallait se concentrer pour œuvrer à la libération des détenus de ce camp de reproduction, comme l'appelait désormais Harbonnier.

Margot se souvenait de ce qu'elle avait découvert lorsqu'ils avaient sauvé Lucie et Thierry. Cette sorcière de Wilma reniflant les femmes pour déterminer leur fécondité, les forcer à s'accoupler sous le regard de mégères qui s'assuraient de la « saillie », comme elle l'avait dit. L'humanité n'était que du bétail, élevé pour être servi aux vampires, sur un plateau.

Margot en avait des envies de vomir. Elle avait toujours était fière d'être un vampire. Être la femme de Joseph et la mère d'Adam avait sans doute contribué à maintenir en elle l'humanité suffisante pour être une Humaniste pure et dure.

D'autres vampires l'étaient devenus, écœurés par les événements. Certains, plus sauvages, avaient même rejoint la révolte parce que la perspective de manger un sang de batterie, sans le plaisir de la chasse, lcs révulsait. Certains vampires étaient des assassins, c'est vrai, mais beaucoup ne tuaient pas leurs victimes. Après le passage sous les crocs d'un vampire, la plupart des « donneurs » se trouvaient un peu faibles, mais sans un souvenir de ce qui leur était arrivé. Syncope passagère ayant entraîné une chute, ayant entraîné une blessure sérieuse mais sans conséquence si soignée rapidement, *dixit* les médecins. Des vampires allaient même jusqu'à maquiller leur morsure pour effacer les traces !

— Aïe ! Lou fait moins mal que toi !

La petite voix de Rosalie tira Margot de ses pensées. Brosser les cheveux blonds de la gamine espiègle n'était pas toujours une sinécure. D'autant que la petite était énervée. Elle avait compté les jours depuis le départ de Lou et d'après elle, son retour était imminent. Pourvu qu'il ne lui soit rien arrivé ! Lou avait tout de suite fait partie de sa famille.

Elle noua l'élastique au bout de la natte de Rosalie.

— Voilà Mistinguette, c'est terminé !

Rosalie se leva de sa chaise, déposa un baiser sonore sur la joue de Margot puis se dirigea de nouveau vers la fenêtre.

Utopie, qui passait là, s'adressa à elle :

— Alors Rosalie, toujours rien ?

— Non, mais elle se rapproche, j'en suis sûre !

Il voulait y croire. Retrouver sa sœur était son souhait le plus cher. Ils ne s'étaient pas toujours entendus, plus jeunes, mais la perdre une fois lui avait permis de prendre la mesure de l'importance qu'elle revêtait pour lui. Aujourd'hui, elle était importante pour les membres de sa troupe. Même les vampires les moins « Humanistes » de la troupe attendaient son retour. Elle les avait conquis...

— Il m'a fait signe, il m'a fait signe, ce sont eux !

Rosalie avait convenu avec Nicolas qu'il lui adresserait un signe si leurs amis étaient de retour.

Cela dit, échaudée par son dernier empressement, Rosalie se contenta d'attendre derrière la porte, en trépignant d'impatience.

Au bout de quelques minutes qui lui parurent une éternité, le traîneau ainsi que le cheval monté par Caliope firent leur apparition dans la cour.

En un rien de temps, tous les habitants furent dans la cour aussi. La neige, toujours abondante, n'avait pas déserté le ciel et de gros nuages cotonneux se ruaient vers eux. La température, glaciale, incita tout le monde à profiter du retour des leurs à l'intérieur.

Joseph portait Rosalie, qui n'avait pas pris la peine de mettre des chaussures, et Dubuissert décolla Lou du traîneau. Margot détacha la ligne de trait et les chiens furent libérés de leur harnais.

Lucie, qui n'était pas sortie, avait très vite préparé une tasse de café bien chaud qu'elle porta à Lou.

Margot, tout à son plaisir de voir Lou vivante, n'en demanda pas moins des nouvelles de son fils.

Lou, qui ne savait pas encore où il était, ne trouvait rien à répondre lorsque Nicolas la soulagea :

— Le voilà, il arrive ! Il devait surveiller leurs arrières.

Caliope se crispa. L'arrivée du meurtrier de sa sœur n'allait pas être un moment facile. Murée dans son silence et son chagrin, elle n'avait pas posé de question. Adam ne les connaissait pas, ni elle ni sa sœur, et n'avait sans doute vu en elles rien d'autre que des ennemies à la solde du Maître. Mais elle ne parvenait pas à le pardonner et elle avait la très nette impression que Lou non plus.

Passées les premières effusions, et plusieurs tasses de café, Lou demanda à prendre un bain, avec l'assistance de Margot. Son genou était encore bien douloureux et l'aide de son amie serait bienvenue.

— Rodolphe, vous voulez bien rester avec Rosalie, le temps de mon absence ?

Dubuissert acquiesça.

Les autres s'étonnèrent peut-être de l'entendre l'appeler par son prénom et lui témoigner ainsi sa confiance, mais personne ne releva. D'ailleurs après avoir combattu côté à côte et être revenus sains et saufs, n'était-ce pas normal, finalement ?

Margot passa près de son fils, à qui elle adressa un sourire radieux, traduisant sa joie de le retrouver. Lou, quant à elle, se releva avec l'aide de la vampire, boitant encore sévèrement. Lorsqu'elle passa à hauteur d'Adam, elle lui envoya un regard des plus glacials. Le jeune homme n'osa pas affronter la réalité et détourna le regard. Pourtant, dès que ce fut possible, il se confia à son père.

Le dernier conseil avant l'assaut fut palpitant.

Bourreau, Utopie et Cayenne étaient autour de la table de la grande salle à manger, de même que Margot, Joseph, Dubuissert, les jumeaux, Nicolas, Thierry, Lucie, Adam, Thomas...

— Nicolas et Adam, avec les autres Équilibrés, vous donnerez le premier assaut. Il faudra être rapides et précis. Votre objectif est de nous ouvrir la voie pour que nous puissions délivrer les prisonniers. Les vampires qui sont dans ce camp ne méritent aucune pitié. Ils ont tous pleinement conscience de ce qui s'y passe et d'après Thierry et Lucie, qui en sortent, la situation leur plaît particulièrement. Ce sont des vampires tout acquis à la cause du Nouvel Ordre, ce ne sont en aucun cas des « malgré-nous ». Nous interviendrons ensuite, avec le but de faire sortir les prisonniers et de protéger leur retraite. Les Insurgés nous y aideront. Des multitudes de cachettes ont été préparées en vue d'accueillir ces rescapés. Lou restera ici, avec Rosalie.

Se tournant vers la jeune femme il ajouta :

— Ta jambe ne te permettra pas de participer à l'action, mais tu seras aussi efficace ici, à la protection de notre ange. Tes loups resteront aussi, nous serons plus rassurés, je pense, d'autant qu'il te faudra accueillir Marie. Elle est sur le point d'accoucher, nous ne pouvons pas la laisser seule. Elle se maîtrise parfaitement, désormais. Rassure-toi. Cependant, Hinouk sera à même de régler les choses rapidement, d'après ce que j›ai pu comprendre. Le Toqué se joindra à nous, finalement.

Lou hocha la tête. Elle n'avait pas le choix.

Sa jambe allait mieux, elle pourrait même soutenir un combat, mais pas une fuite ou une course éperdue.

— Bourreau, la parole est à vous.

— Mes hommes et moi, nous serons la troisième ligne, l'escorte. Lorsque les gens seront libérés, nous les prendrons en charge pour les mener à leur cachette. Si la deuxième ligne êtes encore au combat, nous ne vous attendrons pas, concéda-t-il. Cela dit, l'idée ne m'enchante pas ! Utopie et Cayenne, eux, seront dans la deuxième ligne avec Lucie et Thierry. Ils connaissent bien la mission de la troisième ligne et par conséquent seront utiles pour exfiltrer les derniers déportés secourus si nous sommes déjà partis.

Le silence était de mise. Chacun enregistrait clairement les consignes, les informations. Chaque membre du soulèvement voyait dans cette première véritable action de masse une issue à la situation. Une façon de montrer aux « Sanguinaires » à quel point l'ordre qu'ils avaient mis au point serait combattu.

Nicolas prit la parole :

— Bien qu'Adam soit de retour, c'est moi qui vais mener la première ligne sur sa demande et celle de Joseph. Vous pouvez compter sur nous pour vous ouvrir la voie !

— La météo sera sans doute parfaite demain. Le ciel est clair, et particulièrement étoilé. Il n'y aura pas de chute de neige ni de nuage trop occultant. Les vampires de Wilma seront donc privés de leurs capacités surhumaines, comme nos Humanistes. Il faut prendre du repos ce soir, car demain sera sans doute le dernier jour de ce monde et le premier d'un autre, que j'espère meilleur ! Bonne chance à tous, conclut Lou.

La solennité de l'instant était palpable. Pourtant, lorsque la frimousse de Rosalie passa par l'embrasure de la porte, le sérieux quitta bientôt les visages.

— Bon c'est pas bientôt fini vos réunions tupperware ? J'ai faim, moi !

Pratiquement tous partirent d'un grand éclat de rire. Rien que pour ce petit bout de jeune fille, se battre était nécessaire !

Chapitre 28

C'est à l'aube que les choses se mirent en marche, alors que le ciel s'embrasait de reflets roses, donnant à la neige une teinte délicate. La première chose que firent les humains fut de manger. Solidement.

Les poches de sang décongelées la veille furent distribuées et les Humanistes ingurgitèrent le sang que les humains avaient amassé en prévision, alors que les Équilibrés le remisaient dans un sac. Leur métabolisme étant différent, c'est juste avant le combat qu'il leur faudrait boire leur « potion magique ».

Les recommandations de Nicolas à leur encontre étaient claires. Mordre le moins possible, profiter de la supériorité de la force Équilibrée pour venir à bout des Sanguinaires à coup de pieux majoritairement. Adam prétendait qu'ingurgiter trop de sang rendrait les Équilibrés moins précis, moins efficaces.

Lou avait raconté à Margot ce qu'elle avait vu et elle savait que le cœur de mère de son amie avait beaucoup souffert. Elle ne doutait cependant pas du fait que Margot avait mis Joseph dans la confidence. C'était sans doute la raison pour laquelle Nicolas prenait la tête des Équilibrés.

Pour ne pas attirer l'attention, de petits groupes partirent les uns après les autres, plus discrets qu'un déplacement de masse.

Lou les regarda partir, la peur au ventre.

Quelles étaient les chances pour que tous reviennent vivants ?

Rosalie avait embrassé chacun des insurgés, avec encore plus de tendresse pour Joseph et pour Rodolphe.

Nicolas était en tête, suivit par Adam et les Équilibrés.

En voyant son frère s'éloigner avec Lucie, Cayenne et Thierry, le cœur de Lou se serra. Devant eux marchaient Joseph, Margot et Dubuissert, les jumeaux fermant la marche avec le Toqué qui avait tenu à se battre à leur côté.

Thomas, lui, avait rejoint Bourreau.

Marie était revenue à l'intérieur de la maison.

— Je suis contente que tu sois de retour Marie, même si je t'avoue que je me méfie encore un peu.

— Je sais, je te comprends. Rassure-toi. Mais tu te doutes que Joseph ne m'aurait jamais laissée approcher Rosalie si j'avais été un danger.

Elle n'avait pas tort sur ce point. Lou en était pleinement consciente.

Son angoisse allait surtout vers les combattants.

— Je les ai entraînés dans cette histoire et je ne suis même pas à leur côté pour me battre, commenta Lou, amère.

— Ils se battent pour le présent, mais toi tu protèges l'avenir, répondit Marie en tournant la tête vers Rosalie.

Le présent des combattants allait d'ailleurs en s'accélérant.

Veillant à n'utiliser que des traces déjà faites dans la neige, les insurgés avaient atteint les abords du camp des bois.

Ils avaient relativement bien avancé, protégés par des vêtements qu'ils avaient préparés pour l'occasion afin d'éviter que l'odorat d'un vampire ne les remarque : ils avaient séjourné longtemps dans l'étable ou l'écurie, prenant ainsi le fumet des animaux.

Le signal du départ était simple : un ululement répété trois fois.

Lorsqu'il retentit, les choses devinrent cruellement sérieuses.

Le froid dominait la journée, le gel recouvrant d'un voile brillant chaque centimètre carré. Le soleil, pourtant, ne manquait pas à l'appel. Le ciel bleu était largement dégagé, permettant à la lumière solaire d'avoir la pleine maîtrise des pouvoirs vampiriques. Les Équilibrés, eux, conservaient l'exercice de leurs pleins pouvoirs.

Ils profitèrent de la relève de la garde et des quelques minutes de vigilance restreinte de la part des sbires de Wilma pour franchir, d'un bond aérien, la haute clôture bardée de barbelés. Dès que leur attaque aurait commencé, Utopie se chargerait de former de sa pince coupante un chemin à travers le grillage. Tous les attaquants n'avaient en effet pas les mêmes facilités pour franchir le mur d'enceinte du camp.

Nicolas était le centre d'attention de tous les Équilibrés. La tension était palpable parmi eux. Ils redoutaient et attendaient pourtant avec impatience cette confrontation. Révulsés par le comportement des Sanguinaires, désireux de reprendre le contrôle du monde et de libérer les humains captifs, tous avaient des raisons de se trouver là. Lorsque Nicolas leva la main, donnant ainsi le signal du départ, des dizaines d'Équilibrés déchirèrent les poches de sang, burent avec avidité cette potion magique et s'élevèrent dans les airs pour franchir le dernier rempart. Sans un bruit, ils atterrirent de l'autre côté de l'obstacle, attirant néanmoins l'attention des quelques vampires veillant à l'extérieur.

Ceux-ci n'eurent cependant pas besoin de s'approcher car d'un bond, leurs assaillants furent à leur portée. La rapidité affichée des Équilibrés eut vite raison des premiers défenseurs du camp. Les autres vampires s'approchèrent afin de prêter main forte à leurs collègues, sans se douter des attaques imminentes des autres lignes.

Lucie avait une boule dans la gorge. Son courage n'empêchait pas de craindre son retour dans le camp où elle avait failli perdre plus que la vie. Utopie, qu'elle était une des seules, avec Lou, à appeler Claude, lui serra la main. Aucun mot n'était nécessaire à ce stade. Un simple regard, un contact suffit à apaiser la jeune fille. Il serait là.

Alors que la bataille faisait rage, les Équilibrés se servant essentiellement de leurs pieux pour venir à bout des vampires, la deuxième ligne entra en action.

Guidée par Lucie et Thierry, les Humanistes ainsi que Utopie et Cayenne pénétrèrent dans le camp. Ils se dirigèrent très vite dans le premier baraquement, où les humains commençait à s'agiter. Certains avaient même déjà cherché à s'équiper parmi le mobilier réduit au minimum qui occupait leur logis.

Voyant leur tenue, Lucie pensa qu'il devait être bientôt l'heure de l'exercice pour les humains. Les vampires qui les gardaient mettaient un point d'honneur à faire faire de l'exercice à leurs prisonniers. Il fallait les garder en bonne forme. Quelle ironie. Cette pensée eut au moins le mérite de gonfler sa volonté. Elle devait mener les Humanistes à travers le dédale de bâtiments préfabriqués où étaient parqués les humains. Elle savait que différents groupes d'insurgés menés par Bourreau s'affairaient à ouvrir de multiples passages dans le grillage tandis que les Équilibrés occupaient les vampires de Wilma. L'extraction des prisonniers allait donc bon train.

Elle guida le premier groupe à l'extérieur, redoutant à tout instant de croiser Wilma.

Elle avait aussi un peu peur de tomber sur les matrones chargées par la sorcière de s'assurer des saillies, selon ses termes. Lucie n'était pas sûre de se retenir de leur sauter à la gorge. Leur obéissance écœurante était le fruit d'une collaboration active et complaisante qui avait de quoi révulser les amoureux de l'humanité. La position initiale de Dubuissert quant à l'espèce qu'il comparait à une bande de moutons était assez compréhensible lorsque l'on voyait ce que des êtres humains pouvaient faire à leurs congénères pour s'élever et profiter d'un système, aussi sordide et répugnant soit-il !

En passant à travers les préfabriqués pour délivrer les humains, elle essaya de se vider la tête : il lui fallait rester concentrée sur sa mission.

Thierry lui aussi était concentré. En formation serrée avec les deux résistants, Lucie et lui s'acquittaient de leur tâche avec courage et détermination. Des vampires exfiltraient ensuite les humains vers les groupes constitués vers Bourreau et peu à peu le bois de l'Abbaye se remplissaient de groupes d'échappés, de rescapés...

Les Équilibrés menaient leur combat avec application. Pourtant au milieu de ceux qui se battaient à la loyale conformément aux ordres de Nicolas, il y avait Adam.

Il avait bien essayé de se contenter de son pieu, mais il trouvait que les choses traînaient, que les vampires de Wilma étaient trop résistants et risquaient même de compromettre leur mission de sauvetage. Lorsque son pieu se planta pour la première fois dans le corps d'un vampire, il sentit les effluves du sang lui chatouiller les narines. Le cœur n'était pas atteint, le pieu était allé se loger entre deux côtes flottantes, mais chaque mouvement défensif du vampire affaibli faisait couler un peu plus de sang. Tentant de prendre une respiration profonde afin de se calmer, il n'en réussit qu'à s'enivrer un peu plus de l'odeur. La tentation était trop forte et il ne résista plus. Tous les Équilibrés étaient particulièrement actifs grâce au sang ingurgité quelques instants plus tôt. Pour Adam, le temps écoulé lui paraissait plutôt une éternité. Il attrapa le vampire avec toute la violence dont son espèce disposait puis planta ses crocs devenus immenses dans la chair glacée. Un flot de sang froid envahit sa bouche et le bien-être le gagna. Rapidement, son corps fut parcouru par le frisson d'une énergie débordante. Ses gestes furent de plus en plus rapides, de plus en plus cruels et il décima à lui seul plus de vampires que ses congénères réunis.

Grisé par la drogue que constituait désormais pour lui le sang, humain ou vampire, il était entraîné dans une spirale infernale où plus il tuait à coups de crocs, plus il avait besoin de le faire. Ses déplacements n'étaient plus que des ombres et personne, dans le feu de l'action, ne prêta attention à son manège.

Lucie continuait son chemin, vaille que vaille, parmi les bungalows. Margot n'était pas loin, prête à en découdre à ses côtés, tout comme Joseph, Utopie, Cayenne ou encore Anatole.

Ils avaient délivré déjà un nombre impressionnant de prisonniers dont ils ne présumaient pas. Pourtant, Lucie sentait que les choses allaient se compliquer. Cela avait presque été trop simple jusque là. Elle n'avait pas tort.

La première complication fut la découverte d'une couveuse...

Il y a avait sans doute là des centaines de bébés et d'enfants, parqués dans des sortes de niches à peine plus grandes que le corps. Des stabulations... Les plus jeunes poupons bénéficiaient encore de la présence de leur mère, mais la plupart des enfants étaient seuls, pleuraient à grands cris et tremblaient de peur.

L'arrivée du groupe de Thierry et Lucie leur fit sans doute peur, dans un premier temps.

—Nous sommes ici pour vous aider, tenta-t-elle de rassurer les mères terrorisées qui s'accrochaient fermement à leurs nourrissons.

— Et tu n'y arriveras pas, espèce de sainte nitouche de malheur !

La voix affreuse et nasillarde de Wilma semblait sortir de nulle part. Elle avait dû se replier dans cette partie la plus reculée du camp en espérant pouvoir sauver sa « production ».

La vieille femme dégingandée s'avança, l'air menaçant, et Lucie revit son dernier jour dans le camp : la terreur qu'elle y avait ressentie, mais le courage dont elle avait fait preuve aussi avec Thierry. Oser parler devant Wilma était déjà un exploit quand tous les autres se soumettaient sans un bruit.

Joseph et Margot voulurent s'interposer entre la sorcière vampire et la fragile humaine mais Lucie voulait affronter Wilma, se venger et avec elle venger les autres.

Elle brandit son pieu et se dirigea vers Wilma. La vieille éclata d'un rire moqueur et suffisant, mais les autres emboîtèrent le pas de Lucie. Lorsqu'elle reconnut Dubuissert parmi eux, elle crut s'étouffer.

— Toi ? Mais tu es mort !

Il sourit nonchalamment et lui répondit calmement.

— Oui, et je suis un fantôme maintenant, je reviens pour te hanter ! Ce Nouvel Ordre auquel j'ai tant cru n'est finalement que le délire de vieux cinglés et tu en es une des plus fidèles représentations ! Tu mérites de mourir, tu es un monstre...

Wilma regarda de haut ce vampire qui avait été, jadis, un allié. Certes pas le plus fidèle, car ils ne s'étaient jamais supportés, mais il avait été un Ordonnateur !

— Ton Maître te punira pour ta trahison, crois-moi, siffla-t-elle entre ses dents.

Dubuissert pouffa de rire un instant, puis redevint plus sérieux :

— Mon Maître, je l'ai tué, et je n'hésiterai pas à en faire autant avec toi.

Il sortit de sa manche le pieu ouvragé qui avait fait périr son Maître. Il avait eu de la tendresse pour celui qui l'avait aidé à venger sa famille. Pour Wilma, en revanche, il n'éprouvait que haine, rage et dégoût.

Il s'avança, serrant dans la main l'arme qu'il avait pris soin d'imbiber de nouveau de la salive d'Hinouk. Wilma, forte de son âge avancé qui lui permettait de résister à la violence de la lumière et de garder quelques forces surnaturelles en pleine journée, n'était pas vraiment inquiète. Dubuissert était solide, certes, mais elle aurait le dessus. Elle s'amuserait quelques minutes avec lui, puis elle l'achèverait comme le chien qu'il était.

Alors que les autres faisaient sortir les enfants, les mères présentes leur emboîtant le pas en portant parfois trois petits, Dubuissert prit conscience du fait qu'il était satisfait. L'attaque était une réussite, ne subsistait que la présence de Wilma qui ne serait bientôt plus qu'un souvenir.

Il serait facile, ensuite, de faire tomber les restes de l'Ordre local, privé de nourriture directe. Il faudrait toutefois veiller à ce que les humains « libres » soient bien protégés ou les vampires en déroute feraient des festins à chaque coin de ferme.

Se réjouir de la chute de l'empire qu'il avait souhaitée, profiter de la première bataille gagnée au nom d'une espèce qu'il voyait encore comme sous-évoluée quelques mois plus tôt, lui laissait pourtant une impression bizarre. Il fallait qu'elle soit sacrément convaincante, cette Louise Godin, pour l'avoir changé à ce point.

C'est en pensant à elle, justement, qu'il engagea le combat.

Il n'avait pas imaginé que Wilma pouvait avoir tant de force. Il la vit se projeter dans les airs, frôlant presque le plafond pour venir s'écrouler violemment sur lui. Le choc passé, il se releva prestement et para le coup que Wilma lui assénait déjà. Il en récolta une profonde entaille sur le bras, les ongles de la vieille s'étant enfoncés dans sa chair pourtant résistante.

Il répondit aussitôt par une gifle retentissante qui humilia Wilma. Elle enragea et se jeta de nouveau sur lui, toutes griffes dehors, prête à lui arracher les yeux.

Le pieu de Dubuissert fendait l'air, Wilma se déplaçant plus vite que ses réflexes ne lui permettait de réagir. Il fut d'un coup projeté contre le mur du préfabriqué qui vola en éclats, et tous deux se retrouvèrent dans la neige. Dubuissert renversa Wilma et lui frappa plusieurs fois la tête sur un des arbres sensés dissimuler le bâtiment. Les yeux exorbités par la rage, l'affreuse vieille harpie, dont la robe presque moyenâgeuse se soulevait, révélant ses membres d'une maigreur repoussante, essuya d'un revers de manche le sang noir coulant de son front.

Il lui faudrait bien le sang de deux ou trois humains pour réparer les dégâts que ce mufle avait causé à son visage et au vu des échappées provoquées par la horde de sauvages de Dubuissert, elle allait droit à la disette. Cette pensée renforça sa hargne et elle se releva énergiquement, prête à en finir avec celui qui avait osé tuer le Maître, défiant ainsi le Cauchemar, et ravagé sa ferme, qu'elle espérait voir devenir la plus grande des territoires de l'Ouest du continent, la plus productive aussi.

Aveuglée par sa rage, elle ne prêta pas attention aux racines des arbres qui affleuraient là où la neige, balayée par le vent, n'avait pas tenu. Elle se prit les pieds dans une racine et fut déséquilibrée, l'espace d'un bref instant. Dubuissert saisit l'occasion et se rua sur elle, la basculant de nouveau vers le sol. Il coinça la vieille mégère en la plaquant au sol et fit pression avec ses propres pieds pour bloquer les jambes osseuses tandis que d'une main il tenait fermement en respect les griffes acérés de Wilma. Le pieu déjà levé, il était prêt à frapper lorsqu'une voix suspendit son geste.

— Maître, Puis-je ?

Redoublant de force dans le blocage de Wilma, il leva la tête, sans y croire. Cindy était là. Sa voix était plus fluette qu'avant, tout comme son apparence. La magnifique image qu'elle avait laissé dans son souvenir n'avait plus aucune commune mesure avec la réalité qui s'affichait devant lui. Décharnée, les traits tirés, elle était méconnaissable. Elle avait sans doute souffert à un point que peu d'humains peuvent supporter. Par sa faute.

Au milieu du chaos qui régnait alentour, le temps suspendit son vol. Wilma, qui était bel et bien coincée, malgré sa force, sous la pression de Dubuissert, redoublait d'effort pour se libérer, en vain. La colère de Dubuissert décuplait sa puissance et il tendit le pieu à Cindy.

Elle s'approcha, s'agenouilla auprès de Wilma et, tenant le pieu à deux mains elle le brandit au dessus de la poitrine de son ennemie.

La vieille avait compris que la mort venait à sa rencontre. Tuée par une humaine, voilà qui était l'humiliation suprême.

— Fais vite, gamine, articula Wilma.

À quoi bon repousser l'inévitable ? Au vu de la catastrophe du jour, elle serait de toute façon exécutée, autant prendre les devants.

Cindy souleva le pieu bien au dessus de sa tête et frappa avec toutes les forces qui lui restaient. Le pieu s'enfonça dans la poitrine de Wilma dans un craquement sordide. Les secousses s'emparèrent bien vite de la dépouille de la harpie et Dubuissert se releva prestement, en tirant vers lui Cindy qui ne comprenait pas ce qui arrivait.

Lorsque les convulsions abandonnèrent le corps de Wilma, la vieille n'était plus qu'un squelette recouvert d'une sorte de membrane jaunâtre censée être sa peau.

Ses yeux globuleux, sans plus d'expression, regardaient le ciel bleu et la mousse qui se dégageait de sa bouche avait des relents fétides.

Cindy fondit en larmes. Dubuissert l'attira à lui et la serra fort, soulagé de la savoir en vie, heureux de retrouver celle qui était sa famille.

Les combats avaient cessé. Le soleil avait depuis longtemps passé le zénith et commençait à décliner. Il était temps de rentrer.

La bataille qu'ils avaient tous préparée de longue date avaient été, finalement, une parenthèse temporelle bien furtive.

Ils allaient tous rentrer, retrouver le confort de la bâtisse pour un instant puis œuvrer à la reconstruction. Du moins le pensèrent-ils tous un instant.

Le calme était revenu sur le camp et les quelques vampires à la solde de l'Ordre qui n'étaient pas morts avaient été fait prisonniers. Nicolas et quelques Équilibrés les garderaient en attendant de trouver une solution. En attendant un procès, sans doute.

Les auxiliaires et les observatrices de saillies aussi devraient attendre qu'une justice statue et leur emprisonnement serait sans doute salutaire, car bon nombre de femmes rescapées du camp voulaient les pendre sans autre forme de procès. Les souffrances endurées pendant plusieurs mois, les humiliations à répétition, les tortures et les violences avaient eu raison de leur conscience immédiate. Le désir de vengeance les animait.

Il faudrait du temps pour reconstruire, mais avec de la bonne volonté et de l'entraide, cela irait sans doute. Cela dit, Dubuissert imaginait déjà tout un tas de règles et de lois afin de s'assurer du bon fonctionnement de leur nouveau monde. Car on ne pouvait plus revenir à l'ancien. Il fallait désormais compter avec les vampires, sans le progrès, et tirer des leçons des erreurs du passé.

Alors que chacun vaquait à ses occupations, surtout la troisième ligne dont la mission était loin d'être terminée, Joseph et Margot retrouvèrent leurs troupes au centre du camp.

Les mines fatiguées étaient aussi heureuses d'avoir gagné cette première bataille qu'écœurées d'avoir découvert la réalité de ce camp dont certains aspects étaient encore insoupçonnés. Ils furent rejoints par les jumeaux, qui ne pausèrent pas, décidés à prêter main forte au geôliers des vampires de Wilma, menés par Nicolas.

Utopie et Cayenne rejoignirent Bourreau qui leur ordonna de prendre en charge les enfants seuls, les plus jeunes, et de trouver pour chacun une personne qui en prendrait soin.

Thierry cherchait Lucie des yeux. Elle avait eu besoin de prendre l'air lorsqu'elle avait reconnu l'homme qui devait lui être destiné lors de sa fuite des mois plus tôt. Il avait été si réjoui à la perspective de profiter de ce que Wilma offrait, qu'à la vision de ce visage tant craint, elle avait ressenti le besoin de fuir à nouveau.

Les dangers étaient jugulés, certes, mais Thierry aurait préféré l'avoir près de lui, surtout lorsqu'il découvrit Dubuissert soutenant Cindy. Lucie avait tant de fois prié pour le retour de cette femme qui avait partagé leur quotidien qu'elle ne pourrait qu'être soulagée de la voir revenir.

Devant l'absence de plus en plus longue de sa jeune amie, Thierry résolut de parler à ses alliés. Ce furent Joseph et Dubuissert qui furent ses interlocuteurs privilégiés.

— Le Toqué n'est pas encore revenu non plus. Le camp est grand. Nous n'avons peut-être pas exploré chaque recoin.

Dubuissert et Joseph avait beau essayer, ils ne percevaient pas les odeurs des deux manquants. Tous avaient en réalité la même odeur tant les vêtements qu'ils portaient avaient été bien préparés dans l'auge à cochon.

Joseph, Margot, Dubuissert, Cindy et Thierry s'éparpillèrent donc à nouveau à la recherche de Lucie et du Toqué.

— Louise n'avait pas confiance en ce fou, peut-être avait-elle raison... pensa à haute voix Dubuissert.

Margot le contredit aussitôt :

— Je suis sûre, moi, qu'il n'aurait pas fait de mal à Lucie. Adam a confiance en lui.

Cette dernière réplique n'était pas faite pour rassurer Rodolphe, mais il ne mentionna aucunement sa réserve.

Au bout d'un moment qui leur parut une éternité, Margot trouva le Toqué. À l'arrière d'un bâtiment, aux abords de la clôture déchirée par les pinces des insurgés, il gisait dans la neige, la gorge profondément ouverte. Il s'était vidé de son sang et avait ainsi perdu l'ultime étincelle de vie qui animait sa nature vampirique.

Près de lui, des lettres de sang livraient un message inachevé qu'il avait rédigé en mobilisant le peu de forces que son agonie lui avait laissé utiliser.

« Lucie tête brul... »

Le retour à la bâtisse serait moins joyeux qu'on ne le présageait une heure plus tôt.

Chapitre 29

Lou était comme un fauve en cage depuis trop longtemps enfermé : elle tournait en rond. L'angoisse l'étreignait à chaque pas et elle enviait Rosalie de ne pas paraître inquiète, d'autant que la présence de Marie dans la Bâtisse avait aussi son côté angoissant.

Elle était le seul vampire, la seule ligne de défense, avec Lou, pour Rosalie. Pourtant, Lou ne pouvait s'empêcher de penser au danger qu'elle pouvait représenter. Après sa conversion, Marie avait été à deux doigts de la dévorer, heureusement que Dubuissert l'en avait empêché ! Bien sûr, Joseph disait qu'elle se maîtrisait totalement désormais, qu'ils avaient trouvé le moyen de la nourrir en subvenant aux besoins faramineux du petit être qui, contre toute vraisemblance, grandissait dans son ventre. Elle devait faire confiance à Joseph, il était le roc le plus sûr dans la débâcle.

— Allez, allonge-toi ! S'il te plaît. Je voudrais encore voir les vagues sur ton ventre...

Rosalie ne s'en lassait pas.

Marie s'exécuta, le sourire aux lèvres et dévoila sa peau nacrée et bombée. Son nombril couronnait son ventre rebondi et des ondulations rythmées dessinaient sur la surface les vagues tant attendues. Entre deux rires, Rosalie posait des tas de questions. Marie ne voulait cependant pas trop penser à la suite. Sa grossesse était pratiquement entièrement vampirique, contrairement à celle de Margot qui avait été en grande partie humaine. L'enfant ne serait peut-être pas semblable à Adam...

Soudain, presque en même temps qu'Hinouk, Marie se releva. Elle repoussa doucement les mains de Rosalie et rabattit le vêtement sur son ventre.

— Quelqu'un approche.

Lou resserra l'attelle autour de sa jambe, puis se mit debout. Elle attrapa sa carabine, vérifia qu'elle était bien chargée, glissa le pieu de Dubuissert dans la ceinture de son jean et s'adressa à la jeune vampire :

— Marie, prends soin de Rosalie. Tu dois te replier dans la bergerie. N'oublie pas de prendre avec toi quelques poches de sang, on ne sait pas combien de temps cela peut durer, tu ne dois pas être en manque. Kodiak ira avec toi.

Il ne fallait pas que Rosalie puisse courir le moindre risque !

Lou se tourna ensuite vers Rosalie :

— Chérie, je t'aime. N'oublie pas que tout ira bien. La bergerie a été préparée pour le cas où, mais ce n'est peut-être que le retour des nôtres. Dès que le danger sera vraiment écarté, dès que j'en serai sûre, je viendrai te chercher.

Elle serra très fort la gamine contre elle puis la laissa partir avec Marie, en espérant avoir fait le bon choix. Ce serait de toute façon moins dangereux pour Rose d'être avec Marie plutôt que d'être prise par les sbires de Wilma si les leurs ne revenaient jamais.

En voyant la fillette s'éloigner à contrecœur, les larmes aux yeux, Lou eut toutes les peines du monde à contenir son propre chagrin. Elle s'assura néanmoins que Rosalie, Marie et Kodiak étaient bien dans l'ancienne bergerie, devenue un petit loft « garçonnière », avant de revenir vers la porte d'entrée. Sa jambe était certes encore douloureuse, mais bien serrée dans l'attelle, sa marche était presque normale.

Elle se posta près de la fenêtre et attendit, dissimulée par les rideaux. Hinouk lui donnerait de toute façon le signal. Ce furent les secondes les plus longues de la vie de Lou qui s'écoulèrent avant que son chien ne s'agite pour annoncer l'arrivée imminente du ou des visiteurs. Quel ne fut pas son soulagement lorsqu'elle vit arriver Adam ! Il était sans doute là en éclaireur, pour lui donner des nouvelles du front.

Elle mit sa carabine en bandoulière et ouvrit la porte. L'Équilibré pénétra dans la maison en trombe, encore en course.

Lou aurait voulu l'étreindre tant son soulagement de le voir était grand, pourtant il était insaisissable. Agité, il se déplaçait sans discontinuer, se jetant même sur le frigo.

— Où sont-elles ? Il y en avait encore ce matin. Où sont-elles ?

Il était énervé et Lou ne comprit pas de suite ce qui lui arrivait.

— Mais que cherches-tu ? Demanda-t-elle.

— Du sang, répondit-il tout en agressivité. Je veux du sang, il me faut du sang.

Hinouk sentit que quelque chose n'allait pas. Il se plaça derechef entre Adam et Lou.

— Tu n'en as pas besoin, Adam, répliqua Lou calmement.

— Comment peux-tu savoir ce dont j'ai besoin ? J'ai vu des choses atroces...

Lou s'angoissa :

— Les nôtres ?

Il eut un sourire ironique, presque méchant.

— Non, les miens. Le Toqué était mon ami ! Bien sûr, tu te réjouiras sans doute de sa mort, toi. Et Dubuissert, il a retrouvé sa Cindy, voilà qui sera aussi très réjouissant ! Mais le Toqué...

— Je suis désolée, Adam.

Elle était sincère, elle n'avait pas pour habitude de se réjouir de la mort d'un être qui avait basculé du bon côté.

Elle essayait de le regarder dans les yeux, de capter son attention, mais il était tellement agité que c'était impossible. Il tournait, sans cesse, fuyant le regard de son amie, les yeux injectés de sang.

— J'en ai tué, aussi. Un nombre incalculable, je l'ai ai vidés de leur sang. Et plus j'en tuais, plus j'avais envie d'en tuer. Plus je buvais leur sang, plus j'avais envie d'en boire.

Il criait presque et la scène devenait terrifiante pour Lou.

— Je ne pouvais plus m'en passer, reprit-il, jusqu'à ce que je découvre le cadavre de cet ami qui m'avait tant épaulé lors de notre périple au loin.

Ses yeux prirent une teinte encore plus sombre, toute chagrin.

— Il gisait là, il était mort de la pire des façons, égorgé par une lame humaine, vidé de son sang. Il a fallu qu'on le tienne longtemps pour qu'il ne puisse pas cicatriser.

Il tomba à genou, en sanglots.

— Si j'avais été à ses côtés plutôt que de... Puis ce message qu'il a laissé dans la neige, prouvant définitivement son appartenance à notre groupe... j'aurais pu le sauver si je n'avais pas...

Lou s'avança, émue par les larmes de son ami.

Elle s'assit difficilement par terre puisqu'il lui était impossible de s'agenouiller et prit Adam dans ses bras. Elle le serra aussi fort qu'elle put, espérant même que son chagrin se transporterait vers elle pour alléger sa peine.

— J'ai couru, de rage, puis j'ai vomi tellement du sang que j'avais ingurgité qu'il m'en faut à nouveau.

Lou caressa doucement les cheveux de l'Équilibré, souhaitant ainsi ramener le calme dans la tempête qui animait dangereusement son esprit et son cœur.

Adam agrippa Lou, pleurant tout son saoul, la tête enfouie au creux de l'épaule de la jeune femme. Sa respiration se calma peu à peu et Lou pensa être arrivée à lui apporter une certaine sérénité. Les grognements d'Hinouk la tirèrent néanmoins de cette utopie. Elle s'écarta d'Adam, voulant savoir pourquoi son chien avait une telle attitude, mais Adam refusa d'abord de la lâcher.

— Je n'en peux plus, souffla-t-il dans un murmure.

Écartant la tête de son ami à deux mains, Lou découvrit, horrifiée, les deux énormes crocs d'Adam, encore plus longs que la dernière fois.

—Je ne veux pas te mordre, mais je le dois, j'en ai besoin !

Hinouk grogna de plus belle et Adam sembla essayer de raisonner.

— Je suis désolé, je suis désolé, répéta-t-il à plusieurs reprises, je ne peux pas m'en empêcher.

Lou se saisit alors du pieu qui était toujours dans sa ceinture et le montra à Adam.

— Lâche-moi, ordonna-t-elle au bord des larmes.

À contrecœur, il s'exécuta.

S'appuyant sur son chien, Lou se releva.

— Je n'aurais jamais pensé que tu puisses vouloir me mordre un jour.

Elle était déçue. Profondément.

— Je ne suis plus moi-même, je ne pense plus qu'à cela ! Je ne vois plus que des veines, du sang...

— Il va falloir te ressaisir, le coupa-t-elle durement.

— Je ne peux pas ! Ils vont tous revenir en héros, sauf Lucie, peut-être, et je ne suis plus qu'un déchet inutile.

— Sauf Lucie ? Pourquoi ? Elle n'est pas... La voix de Lou se brisa avant qu'elle ait pu prononcer l'issue dramatique qu'elle redoutait.

— Je ne sais pas. Le Toqué a écrit « Lucie tête brul » avec son propre sang. Je ne sais pas ce que cela signifie. Je sais juste que normalement, je me serais lancé sur la piste que me donnait l'odeur de Lucie, encore bien présente, mais je ne suis allé nulle part. Je suis juste rentré ici avec 'espoir fou de prendre de ton sang.

Une alerte s'était allumée dans la tête de Lou. Même si les autres revenaient en ayant terrassé Wilma et son camp, la victoire ne serait pas complète.

Le message du Toqué fit penser à Lou que Lucie était en danger, sans doute aux mains de cette enflure d'Harbonnier. Qui d'autre méritait le qualificatif de tête brûlée ?

À moins que Lucie ne soit une tête brûlée, mais cela paraissait peu probable. Depuis l'épisode de l'enlèvement de Rosalie, Lucie était la prudence même.

— Tue-moi !

Lou regarda son ami, sans comprendre.

— Tue-moi maintenant ! Je ne peux plus vivre comme cela. J'ai essayé de me sevrer de sang, mais c'est désormais impossible. Tue-moi maintenant, je laisserai une lettre pour mes parents. Tue-moi ! Il hurlait presque à présent.

La tête de Lou allait de gauche à droite puis de droite à gauche, dans un mouvement négatif rapide.

— Je ne peux pas.

— Tu es la seule à pouvoir. Les autres refuseront et vous le regretterez tous quand je transformerai Rosalie, ou même pire. Car cela arrivera, j'en suis sûr ! Vous aurez une menace bien plus dangereuse que Wilma à gérer alors, crois-moi !

Il avait raison. Imaginer des crocs devenus immenses se planter dans la chair tendre de Rosalie était au dessus de ses forces.

Elle ouvrit un tiroir de la cuisine, en tira un bloc de papier, un stylo et une enveloppe puis lui tendit le matériel.

— Écris à tes parents.

Il s'exécuta, d'une écriture nerveuse et torturée. Il n'en eut pas pour plus de trois minutes.

Toujours agité, il tenta de presser son amie.

— Lou, je ne vais plus résister longtemps. Ton sang bouillonne dans tes veines et m'appelle.

— Allons dans la grande salle à manger.

Ils empruntèrent donc la porte qui menait vers l'ancienne double étable depuis longtemps transformée en vaste salle à manger.

La lumière déclinante de la fin d'après midi imprimait une atmosphère mordorée à la pièce immense.

Hinouk sur ses talons, Adam se dirigea vers la lourde table de chêne massif couleur miel. Lou, derrière eux, serrait le pieu dans sa main, le visage inondé de larmes.

L'idée d'enfoncer le morceau de bois dans la poitrine de son ami était révoltante, mais elle ne voyait pas d'autre solution. La vision de Rosalie tuée par les crocs d'Adam si elle ne le faisait pas l'avait convaincue !

Pour autant, son cœur était déchiré entre l'amour sincère qu'elle éprouvait pour Adam et son devoir de protéger toutes les autres personnes qu'elle aimait, dont certaines qu'elle aimait tout autant, voire plus, elle s'en rendait finalement compte.

— Je sais que ton cœur est partagé, Lou. Je crois que même si l'amour n'a pas d'avenir, il vaut le coup d'être vécu. Ne l'oublie jamais.

— Ne parlons pas de cela ! Je dois te dire adieu et je ne sais pas comment faire.

Les larmes roulaient sur ses joues, dessinant des sillons brillants sur sa peau.

Adam saisit sa main et la serra très fort, en essayant de faire abstraction des veines battantes qui agitaient son poignet.

— Je vais m'allonger sur la table, et le plus bel adieu que tu pourras m'adresser sera de me délivrer de mes démons. S'il te plaît, prononça-t-il dans un murmure.

Au milieu d'un sanglot, Lou essuya ses larmes d'un revers de main.

Resserrant sa prise autour du pieu, elle le leva au dessus de sa tête puis marqua un temps d'arrêt.

— Je t'aime, murmura-t-elle.

— Je t'aime aussi.

Ensuite, avec tout l'élan dont elle se sentait capable, elle abattit le pieu vers la poitrine d'Adam. En pénétrant sa chair la résistance se fit pressante mais Lou ne céda pas.

Les os de son ami émirent un craquement sinistre, puis le pieu arriva à sa destination finale. Elle attendit de voir, comme elle l'avait déjà vu, les veines saillir, le corps s'assécher, mais il n'en fut rien. Adam resta pareil à lui même. Le pieu planté dans sa poitrine mis à part, il donnait l'impression de dormir, figé dans la perfection de son Équilibre.

Alors, après s'être assurée qu'elle ne parviendrait pas à le réveiller, après l'avoir secoué dans tous les sens, elle fondit en larmes. Elle se posa sur une chaise et laissa libre cours à ses sanglots, reposant sa jambe endolorie.

Après plusieurs minutes, elle se reprit. Avec un mouchoir de coton blanc comme ceux qui ne quittaient jamais Dubuissert, elle essuya ses larmes puis concentra sa peine vers sa rage.

« Lucie, Tête brul... »

Cela ne pouvait être qu'Harbonnier, elle en était persuadée. La perspective de perdre à nouveau quelqu'un de son entourage lui fut insupportable.

Elle épaula de nouveau la sangle de sa carabine puis siffla Hinouk, restant sans voix devant le cadavre d'Adam.

Elle passa une dernière fois la main sur la joue froide et inerte de son ami, puis sortit.

Sans prévenir personne à la bergerie, elle attela son robuste chien au traîneau. Avec sa force d'Équilibré, Hinouk était bien capable de la traîner seul sur des dizaines de kilomètres sans qu'elle ait même besoin de pédaler derrière son traîneau.

Reportant tout son poids sur sa jambe valide, elle parcourut difficilement mais sans jamais se plaindre la route entre la bâtisse et le centre du bourg. Puisque pour elle « Tête Brul » ne pouvait être que Harbonnier, l'urgence était donc de le retrouver avant qu'il ne puisse faire le moindre mal à Lucie. Elle se souvenait avoir surpris une conversation entre deux auxiliaires, parlant de la gueule cramée et avait de suite compris qu'il s'agissait de lui. Dubuissert et Lou étaient parvenus à faire sortir Marie de la cabane d'Harbonnier en feu. Marie en serait définitivement morte si Dubuissert ne l'avait convertie, sur l'insistance de Lou. Quant à Harbonnier, il avait filé aussi vite que le feu qu'il avait aux fesses l'avait poursuivi. Il avait survécu, mais marqué à jamais. Il avait aussi perdu plus que son visage dans l'incendie si comme la jeune fille le pensait, il avait percé le secret des Équilibrés et de la conception d'Adam. Sans savoir pourquoi, ni comment, elle était convaincue que la grossesse de Marie avait un but bien précis pour le faux-cul en chef des auxiliaires.

Mathieu Harbonnier avait dû enlever Lucie dans la confusion du moment, surtout si les Humanistes avaient pris le dessus. Le Toqué, dont Lou s'était méfiée jusqu'au bout, avait finalement était l'ultime allié de son amie.

Alors que le jour se faisait dangereusement déclinant, Lou siffla à nouveau son chien qui s'anima sous la ligne de trait. Elle n'avait qu'à se soucier de ménager sa jambe blessée. Son chien faisait le reste du travail. La douleur était là, certes, mais sans commune mesure avec la rage qu'elle éprouvait. La nuit arrivant rapidement ne l'aurait pas dissuadée. S'il fallait qu'elle meure un jour, alors ce serait le moment idéal !

Désespérée par le geste qu'Adam lui avait demandé d'assurer pour lui, elle ne se voyait pas vivre plus longtemps si Lucie devait périr sous le joug d'Harbonnier. Cet humain était bien pire que nombre de vampires réunis et imaginer son amie sous ses griffes était un supplice.

Elle engagea Hinouk à accélérer le rythme. Connaissant Harbonnier, il s'était sans doute replié à la mairie, c'était en effet le lieu où l'illusion de son pouvoir était encore possible. Le paysage défilait à une allure folle tandis que la neige chantait sous les patins, insensible à la peine de Lou, qui avait équipé le basket de son traîneau d'une couverture épaisse et chaude pour le cas où, comme elle l'espérait, elle retrouverait Lucie.

Elle avait aussi de nouveau pris un pieu, moins ouvragé, mais elle comptait surtout sur sa carabine pour venir à bout d'Harbonnier. Que méritait cette ordure hormis une balle entre les deux yeux ?

Les premiers bâtiments du centre bourg s'annoncèrent et Lou stoppa son traîneau, le temps de resserrer son attelle. Il était impératif que son genou ne vienne pas gêner la manœuvre qu'elle s'apprêtait à tenter, et qui consistait purement et simplement à abattre Harbonnier.

Elle engagea de nouveau son véhicule sur le chemin immaculé, espérant trouver Harbonnier là où elle pensait, et surtout délivrer son amie.

De la lumière semblait poindre du deuxième étage de la mairie. C'était forcément lui.

Elle stoppa Hinouk et le détela. Tous deux entreprirent de s'approcher sans bruit, afin de ménager un effet de surprise. Les habitants aux abords de la mairie étaient rares et les façades de brique affichaient toutes la mine inerte des habitats déserts.

Son chien à ses côtés, Lou avait parfois bien du mal à se déplacer dans la neige, mais elle était décidée. Pour les derniers mètres, elle longea les murs. D'autres empreintes de pas dans la neige lui confirmèrent ses impressions.

Entrer dans le bâtiment où elle avait jadis travaillé ne fut finalement pas si compliqué. La lame de son épée de poche glissée entre les deux panneaux de la porte coulissante, elle parvint à se ménager une ouverture par laquelle Hinouk la suivit.

La salle dans laquelle Harbonnier s'était replié était à l'étage. Afin de ne pas faire de bruit en gravissant les escaliers à cloche pied, Lou décida de s'asseoir sur la marche du bas et de monter à la force des bras, Hinouk couvrant la manœuvre.

Elle voulut se hâter car elle percevait déjà les pleurs et les supplications de son amie, mais elle ne pouvait physiologiquement aller plus vite. Elle arriva en nage au sommet de l'escalier tournant et se releva grâce à l'aide de son chien sur lequel elle put s'appuyer. Les gémissements de Lucie se faisaient plus pressants et Lou sut qu'elle ne s'était pas trompée. Les mains encore souillées de la mort d'Adam, elle n'en saisit pas moins sa carabine, prête à tuer à nouveau pour sauver son amie.

Se glissant sans bruit jusqu'à la porte, elle posa la main sur le bouton, tant pour soulager sa jambe que pour en tester l'ouverture. Elle était verrouillée tandis que Lucie, de l'autre côté, semblait se débattre vertement. Lou poussa la porte en vain, et décida d'épauler sa carabine. En visant la serrure vers le bas, elle pourrait sans doute faire sauter le verrou sans risquer de blesser Lucie. De toute façon, si elle essayait d'entrer autrement, elle perdrait l'effet de surprise.

Elle respira un grand coup avant de presser la détente. La porte se déverrouilla dans un fracas qui vit pénétrer Hinouk devant Lou dans la salle de réunion de la mairie.

Harbonnier était là, avec Lucie, qui avait sûrement déjà subi les assauts et les outrages de l'ordure locale : son sweat était en lambeaux, ses chairs clairement exposées. La pauvre avait saisi un rideau pour tenter d'envelopper sa nudité dans un soupçon de décence défensive. Pire que tout, son visage, baigné de larmes, témoignait de la violence de l'auxiliaire.

Comment Dubuissert avait-il pu travailler avec ce type ?

— Louise Godin, s'exclama Mathieu Harbonnier en se saisissant d'un pistolet posé à proximité. Que me vaut ce plaisir ?

Il n'avait rien perdu de sa suffisance et Hinouk, qui suivait la scène, montrait des crocs ouvertement belliqueux.

— J'ai reçu un message me disant que tu avais terrassé Lydie. Cela me contrarie, elle m'avait promis la vie éternelle. Tu auras décidément toujours été un obstacle sur ma route.

À mesure qu'il parlait, son visage marqué de cicatrices profondes se faisait plus froid, si tant est que cela fut possible en ayant l'air fondu.

Ses narines semblaient s'ouvrir à outrance pour inspirer l'air qui lui manquait et ses yeux donnaient l'impression de vouloir sortir de leurs orbites pour foudroyer Lou.

Lucie ne bougeait plus. Avait-elle entrevu l'espoir que représentait pour elle l'arrivée de Lou, ou pensait-elle que Lou ne pourrait rien contre l'affreux humain qui se terrait là, bien plus cruel en paroles et en actes que les vampires qu'elles avaient affrontés ?

— Laisse-la partir, Mathieu.

Lou avait parlé d'une voix calme et posée, pourtant son cœur ne l'était pas.

Lui éclata de rire avant de répondre :

— Qu'est-ce que j'y gagnerais ?

— La question est plutôt de savoir ce que tu perdras dans le cas contraire.

Armant sa carabine, elle déclara :

— La vie.

Un rictus malveillant se dessina sur les lèvres invisibles de Harbonnier.

— Si tu me tires dessus, j'aurais au moins le temps de te rendre la pareille avant de mourir.

— Soit ! Je n'ai plus rien à perdre. Si je dois mourir pour qu'elle vive, alors je mourrai comblée.

Cette réponse n'eut pas l'heur de plaire à son ennemi qui dirigea son pistolet vers Lucie.

— Alors c'est elle que je viserai.

La panique gagna Lou, mais n'eut cependant pas le temps de s'installer car Hinouk sauta sur le vaurien pour le faire basculer.

Harbonnier tomba à la renverse, perdant ainsi son arme dans la chute.

Lou aurait pu en profiter pour tirer sur l'humain mais elle n'était pas tombée si bas.

L'idée de frapper un homme à terre ne la comblait définitivement pas.

— Lucie, Hinouk, sortez, vite !

Les deux la regardèrent sans bouger.

— Maintenant ! cria-t-elle rageusement.

— Lou, tenta encore Lucie.

Lou ramassa l'arme de Harbonnier encore un peu sonné, la tendit à Lucie puis répéta, sans quitter le futur cadavre de l'homme des yeux :

— Maintenant.

Lucie, se saisissant du pistolet, comprit que Lou avait un contentieux à régler avec l'immonde ordure qui l'avait enlevée. Il était inutile de vouloir l'en dissuader. Elle sortit donc, escortée par Hinouk qui, comme elle, partait à contrecœur.

— À présent, articula Lou en posant sa carabine, nous allons régler cela entre nous. Elle invita Harbonnier à se relever puis sortit le pieu qu'elle avait emmené avec elle.

Bien campée sur sa jambe valide, elle attendit le premier coup. Harbonnier n'était pas du genre à avoir des scrupules à frapper une femme. Il asséna un coup de poing violent sur la tempe de Lou, qui encaissa malgré tout sans broncher.

Pour elle, l'essentiel était de ne pas perdre l'équilibre.

— Tu voulais devenir un vampire, tu vas mourir comme eux !

Harbonnier ricana, dévoilant des dents désespérément normales puis se lança à nouveau sur Lou, espérant la faire tomber. Lou n'eut que le temps de pivoter sur sa jambe vaillante et se retrouva de fait derrière son assaillant. Elle mit toute son énergie à frapper l'arrière de la tête d'Harbonnier, qui claqua violemment contre le mur.

Il se retourna, bavant de rage une salive teintée de sang.

— C'est ce que tu voulais, au fond, avoir du sang dans la bouche.

— J'aurai le tien sur mes mains, en tout cas, c'est certain.

Son arrogance et son impulsivité était ses plus gros défauts. Ou tout au moins faisaient partie de la liste de ses plus gros défauts.

Il se rua de nouveau sur Lou qui se baissa et atteignit l'homme à la cuisse.

Une profonde entaille s'ouvrit à travers la toile du jean et le pieu se teinta de rouge.

Portant sa main vers la blessure, Harbonnier hurla, tant de douleur que de rage.

— Pour l'instant, c'est surtout le tien que tu as sur les mains, se moqua Lou, sans se départir de son calme.

— Tu vas me le payer, petite garce, assura-t-il avait de lui asséner une gifle monumentale, qui laissa Lou pantelante un instant.

Il en profita pour faire basculer la jeune fille qui tomba à la renverse, écrasée par le poids de celui avec qui elle avait partagé les bancs de l'école primaire.

Le contact du corps d'Harbonnier l'écœura à tel point qu'elle fut vite remise de la torpeur du coup. Son haleine fétide balayait son visage et son sourire licencieux, chargé de vice, laissa entrevoir à Lou les immensités de son délire pervers. Elle lui cracha au visage. Il avait coincé la main armée du pieu sous sa propre main, mais Lou se battit comme une fille. Relevant la tête, elle atteignit le lobe de l'oreille gauche de Harbonnier, le seul qui lui restait puisque l'autre avait brûlé, puis mordit de toutes les forces de son dégoût.

Le goût du sang dans la bouche de Lou lui provoqua un haut le cœur et elle dut se retenir de ne pas vomir. Malgré la douleur que la morsure avait dû lui infliger, son désir malsain était toujours là, au grand dam de Lou. Il fallait vraiment que cette personne soit ravagée pour avoir de telles réactions. Essayant de se dégager de sous le corps de Harbonnier, Lou balança plusieurs fois d'un côté puis de l'autre. Malgré cela, malgré la douleur de la morsure, Harbonnier ne laissait pas la main de Lou. De nouveau elle releva la tête, pour l'envoyer dans celle de son ennemi. Son front alla se heurter au nez de l'autre qui, cette fois, lâcha prise.

Il se redressa et porta la main à son visage ou à ce qu'il en restait. Lou profita de la fenêtre de tir offerte et, saisissant son pieu à deux mains, le plongea dans la poitrine d'Harbonnier. Il traversa le corps de son adversaire avec beaucoup plus de facilité que s'il s'était agit d'un vampire. Harbonnier ne réalisa pas de suite ce qui lui arrivait, la douleur sans doute anesthésiée par la surprise. Ses yeux devinrent deux billes incrédules et sa bouche s'ouvrit une dernière fois pour déverser un flot de sang pourpre qui jaillit sur Lou.

Elle repoussa le corps sans vie d'Harbonnier puis voulut se relever au plus vite, sans même faire attention à sa jambe.

Elle ôta sa parka et essuya comme elle le put le sang de son visage, laissant malgré tout quelques sillons bordeaux que les larmes vinrent bientôt éclaircir.

Se laissant aller contre le mur, elle descendit l'escalier sans se presser, mais non sans avoir repris sa carabine.

Sa jambe, à présent, révélait toute la mesure de la torture qu'elle lui avait fait subir. Raide, l'articulation refusa même qu'elle pose le pied par terre. Elle avait l'impression que son genou allait éclater, ou tomber à la hauteur de sa cheville, entraînant avec lui le haut de la jambe vers le bas.

Pourtant, elle descendit. Utilisant sa carabine comme une canne, elle sortit de la mairie en sautillant sur sa jambe saine, à bout de forces. Chaque mouvement était violent, mais elle voulait, à tout prix, retrouver Lucie, son chien et rentrer.

— Lou, s'exclama Lucie en voyant son héroïne arriver.

Elle s'avança et accueillit celle qui l'avait sauvée à bras ouverts. Hinouk allait faire la fête à sa maîtresse lorsque son poil se hérissa.

— Quelqu'un arrive, murmura Lou.

Très vite, pourtant, les grognements du loup se firent plus discrets et son panache s'agita joyeusement. L'arrivée était celle d'amis.

Dans le crépuscule, Lucie et Lou distinguèrent une personne marchant dans la neige, ainsi qu'un cavalier.

Leur approche sembla bien longue à Lou, soutenue par Lucie. Elle finit néanmoins par reconnaître Ferdinand à sa stature imposante et en déduisit que le cavalier était Dubuissert. D'ailleurs le cheval fut éperonné lorsque les arrivants distinguèrent les deux jeunes filles.

C’était Claude, sur le cheval, Dubuissert courrait à ses côtés.

Claude descendit prestement de sa monture et s’approcha d’elles.

— Que s’est-il passé ? Vous allez bien ? La panique était encore palpable dans sa voix.

— Maintenant, oui, grâce à Lou.

Celle qui se sentait pourtant bien mal après cette journée affreuse adressa un sourire à son frère, espérant ainsi le rassurer.

Claude se retourna vers Dubuissert, qui comprit son regard.

— Prenez Ferdinand avec Lucie, je ramène votre sœur en traîneau, ce sera mieux pour sa jambe.

Claude remonta sur l’étalon de Dubuissert, qui porta Lucie afin qu’elle s’installe en amazone devant le cavalier, enroulée dans la couverture que Lou avait pris soin d’apporter.

Côte à côte, Dubuissert et Lou regardèrent Utopie et celle qui serait sans nul doute un jour sa compagne s’éloigner vers la bâtisse.

Sans sa parka, l’adrénaline du combat redescendue, Lou fut gagnée par le froid. Dubuissert s’en rendit compte et ôta son caban pour le déposer sur les épaules de la jeune fille.

Ce simple geste, plus que tous les mots possibles, émut la jeune fille qui se laissa aller à sangloter.

Dubuissert lui fit alors face, puis, vaincu par sa peine, referma ses bras autour d’elle.

Il l’a maintint longtemps contre lui, la portant pour que sa jambe n’ait pas à soutenir son corps. Pendant de longues minutes, au creux de ses bras, elle se sentit renaître. Une douce chaleur gagna bientôt ses membres et elle se blottit encore plus fort contre lui. Qu’il était bon de se laisser aller, en sécurité dans ses bras. La main qui caressait doucement les cheveux de Lou suivit la ligne de la joue de la jeune fille puis se posa sous le menton. Elle releva la tête et leurs yeux se rencontrèrent. A cet instant, les paroles d’Adam lui revinrent à l’esprit.

— Vous avez retrouvé Cindy...

— Oui, j’ai retrouvé Cindy, mais c’est vous que j’ai failli perdre, et je ne l’aurais pas supporté.

Son regard n’avait jamais été doux auparavant, comme elle le découvrait là.

Collant son front à celui de la jeune fille il lui demanda :

— Quand comprendrez-vous que vous êtes ma vie ?

Sans lui laisser le temps de répliquer, il posa ses lèvres sur celles Lou, tendrement.

Contre toute attente, elle se laissa aller au baiser que Dubuissert fit plus passionné.

Demain serait de nouveau un autre monde, mais pour le moment, elle ne voulait plus penser qu'à l'instant présent.

Qui détrône mon ambassadeur,
devient mon représentant,
m'obéissant à toutes heures,
à son corps défendant

Passé le vertige du premier roman, il est parfois difficile de se lancer à nouveau dans l'aventure de l'écriture.

Grisée par le plaisir d'écrire et conquise par celui d'être lue, j'ai replongé avec délice dans les eaux tortueuses de mon imagination pour livrer la suite des Insoumis.

Pourtant, les Révoltés n'est pas que le produit de mon imagination. Ce roman est aussi le résultat d'une équation de multiples facteurs et c'est ici, sur cette page, que je veux les remercier.

Merci à mes parents et à ma soeur, d'abord, qui ont toujours stimulé mon imagination, ma soif d'apprendre et de découvrir, mon esprit d'aventure.

Merci à Antoine qui se délecte des divagations de mon esprit au quotidien.

Merci à Elise et Gabriel d'être aussi fiers de leur Maman. Vous êtes ma plus belle histoire.

Merci à Tesha, qui livre toujours un travail d'orfèvre pour qu'un simple fichier devienne un vrai livre.

Merci à Val Sombre, à la Confrérie de l'Imaginaire et à tous les bénévoles, Tesha, jibé, Phero, Claire, Lisa, Stef, Cindy et les autres, qui font que les rêves deviennent réalité !

Merci à Lisa, d'avoir toujours cru en moi, même quand je doutais.

Merci à Cécile Guillot qui a de nouveau su exprimer en image ce que je voulais dire et merci à Nicolas Lannoy de capturer l'instant parfait pour faire de si belles photos.

Merci à Chica, capitaine des Pirates, ma première supportrice !

Merci à vous qui avez lu les Révoltés, d'avoir fait glisser un peu de mon monde dans le vôtre pour quelques instants !